P. D. James

Un impulso criminal

Traducción de
Roser Berdagué Costa

CÍRCULO DE LECTORES

Para Edward Gordon James

Nota de la autora

En Londres existe únicamente un número reducido de clínicas psiquiátricas autónomas para pacientes externos y es natural que dichos centros, tratando como tratan la misma especialidad y organizados como están de acuerdo con un servicio unificado de Seguridad Social, tengan forzosamente sistemas de tratamiento y procedimientos administrativos comunes. No es de extrañar, pues, que compartan algunos con la Clínica Steen. Sin embargo, es sumamente importante aclarar que la Clínica Steen es un centro imaginario, situado en una plaza londinense imaginaria, que ni sus pacientes ni su personal, tanto médico como no profesional, representan a ninguna persona de la vida real y que los lamentables acontecimientos que tuvieron lugar en su sótano no son más que el producto de un curioso fenómeno psicológico: la imaginación de una autora de novelas policíacas.

P. D. J.

1

El doctor Paul Steiner, psiquiatra de la Clínica Steen, estaba sentado en el consultorio situado en la parte delantera de la planta baja y escuchaba la explicación extraordinariamente racional de un paciente acerca del fracaso de su tercer matrimonio. El señor Burge estaba cómodamente tumbado en el diván para poder exponer mejor las complicaciones de su psique, mientras que el doctor Steiner estaba sentado en la cabecera, en una de las sillas que la junta directiva del hospital, tras concienzudo estudio, había seleccionado para uso de sus médicos. Era un mueble funcional y no era feo del todo, pero no permitía recostar la cabeza. De vez en cuando, un tirón repentino en los músculos del cuello arrancaba al doctor Steiner de su olvido momentáneo para devolverlo a la realidad de su viernes por la tarde en la clínica de psicoterapia. Aquél había sido un caluroso día de octubre. Después de dos semanas de fuertes heladas, que habían hecho tiritar al personal de la clínica, la fecha oficial para la puesta en funcionamiento de la calefacción central había coincidido con uno de esos espléndidos días de otoño en los que la plaza donde estaba situada la clínica quedaba bañada por una luz dorada y las dalias tardías de su jardín cercado, resplandecientes como una caja de colores, habían brillado con el esplendor del verano. Eran casi las siete. Fuera, el calor del día hacía un buen rato que había cedido, primero a la neblina y finalmente a una fría oscuridad. Sin embargo, dentro de la clínica, había quedado atrapado el calor de mediodía y el aire, pesado e inmóvil, parecía haberse enrarecido con el murmullo de tanta conversación.

El señor Burge se explayaba en la inmadurez, frialdad e insensibilidad de sus esposas en un tono de falsete quejumbroso. El instinto clínico del doctor Steiner, que acusaba las consecuencias de una buena comilona y de la poco sabia elección de un buñuelo de crema para su té de media tarde, le decía que todavía no había llegado el momento de señalar que el único defecto que compartían las tres señoras Burge radicaba en una curiosa falta de criterio a la hora de elegir marido. El señor Burge todavía no estaba preparado para afrontar la cruda realidad de su propia ineptitud.

El doctor Steiner no se sentía moralmente molesto por el comportamiento de su paciente y, de hecho, hubiera sido de lo más poco ético si un sentimiento tan impropio como aquél hubiera enturbiado su criterio. Había pocas cosas en la vida capaces de enojar al doctor Steiner en el aspecto moral y la mayoría tenían que ver con su propio bienestar. De hecho, muchas de ellas estaban relacionadas con la Clínica Steen y su administración. No le gustaba nada la oficial administrativa, la señorita Bolam, y veía la preocupación de ésta por el número de pacientes que él visitaba por sesión y la precisión de sus dietas de viaje como parte de una sistemática política de persecución. Se sentía agraviado por el hecho de que sus tardes del viernes en la clínica coincidieran con la sesión de terapia de electro-convulsión del doctor James Baguley, lo cual obligaba a sus pacientes de psicoterapia, todos ellos sumamente inteligentes y conscientes del privilegio que suponía que él los visitara, a sentarse en la sala de espera con el abigarrado tropel de amas de casa deprimidas, de habitantes de las afueras de la ciudad, y con los psicóticos maleducados que Baguley parecía entusiasmado en ir coleccionando. El doctor Steiner se había negado a utilizar uno de los consultorios de la tercera planta, resultado de la colocación de tabiques en habitaciones georgianas espaciosas y elegantes, porque no sólo los consideraba cubículos desproporcionados y desagradables sino, además, inadecuados, dado su cargo y la importancia de su trabajo. Por otro lado, no había creído conveniente cambiar la hora de su consulta, lo cual implicaba que Baguley tendría que cambiar la suya. Sin embargo, el doctor Baguley se había mantenido firme, y aquí el doctor Steiner había vuelto a ver la influencia de la señorita Bolam. Su petición para insonorizar los consultorios de la planta baja había sido desestimada por la junta directiva del hospital alegando su elevado coste. En cambio, no habían puesto ningún reparo a la hora de proporcionar a Baguley un moderno y carísimo artefacto con el que podría despertar en sus pacientes las pocas luces que todavía les quedaban. Es verdad que la junta médica de la clínica había estudiado la propuesta, pero la señorita Bolam no había escondido en ningún momento de qué lado estaba. En sus diatribas contra la oficial administrativa, el doctor Steiner creyó conveniente olvidar que la influencia de ésta sobre la junta médica era nula.

Las molestias que causaban las sesiones de T.E.C. eran difíciles de olvidar. La clínica había sido edificada en los tiempos en que los hombres construían edificios para que duraran, pero ni siquiera la sólida puerta de roble del consultorio era capaz de amortiguar el ruido de las idas y venidas de los viernes por la tarde. La puerta principal se cerraba a las seis y los pacientes que se visitaban por la tarde esperaban el permiso para entrar o salir desde que, hacía unos cinco años, una enferma entró sin ser vista, se escondió en los lavabos del sótano y fue a elegir ese inmundo lugar para suicidarse. Las sesiones de psicoterapia del doctor Steiner se veían constantemente interrumpidas por el timbre de la puerta principal, los pasos de los pacientes que entraban o salían, o los tremendos vozarrones de familiares y acompañantes que animaban al paciente o se despedían a gritos de la hermana Ambrose. El doctor Steiner se preguntaba por qué razón los familiares creían necesario gritar a los pacientes, como si además de psicóticos fueran sordos aunque, considerándolo bien, lo más probable es que después de una sesión con Baguley y su diabólico artefacto lo fueran de verdad. Lo peor de todo, sin embargo, era la mujer de la limpieza de la clínica, la señora Shorthouse. Lo lógico hubiera sido que Amy Shorthouse tuviera tiempo de hacer la limpieza por la mañana temprano, como es práctica habitual, ya que de este modo las molestias para el personal de la clínica habrían sido mínimas. Sin embargo, la señora Shorthouse aseguraba que necesitaba dos horas extra por la tarde para terminar su trabajo, cosa que la señorita Bolam había aceptado. En opinión del doctor Steiner, poca era la limpieza que se hacía los viernes por la tarde. La señora Shorthouse sentía especial predilección por los pacientes de T.E.C. –de hecho, el doctor Baguley había visitado a su marido en una ocasión– y normalmente se la veía merodeando por el vestíbulo y por las oficinas centrales de la planta baja siempre que se celebraba una consulta. El propio doctor Steiner lo mencionó en más de una ocasión ante la junta médica y le indignó el desinterés general de sus colegas frente al problema. La señora Shorthouse necesitaba que alguien le recomendara que trabajara sin ser vista y no se le debía permitir que se quedara en el edificio de cháchara con los pacientes. La señorita Bolam, que era tan absurdamente estricta con otros miembros del personal, no mostraba ninguna intención de poner a raya a la señora Shorthouse. Ya se sabe que las buenas asistentas son difíciles de encontrar, pero cualquier oficial administrativa que conociera bien su trabajo hubiera debido arreglárselas para dar con una. La falta de mano dura no solucionaba las cosas. Sin embargo, no había manera de convencer a Baguley de que se quejara a la señora Shorthouse y, por otra parte, era seguro que la señorita Bolam no criticaría jamás a Baguley. Seguramente la pobre mujer estaba enamorada de él. Le correspondía a Baguley tomar una actitud firme, en lugar de rondar por la clínica con su ridícula bata blanca, tan larga que parecía un dentista de segunda fila. Evidentemente, aquel hombre no tenía ni la menor idea de la dignidad con la que debe llevarse una clínica consultorio.

De pronto se oyó el ruido de unas botas a lo largo del corredor. Probablemente era el viejo Tippett, un esquizofrénico crónico, paciente de Baguley, que desde hacía nueve años pasaba las tardes de los viernes en el departamento de terapia artística tallando madera. Pensar en Tippett empeoró el mal humor del doctor Steiner. Aquel hombre no hubiera debido estar en la Steen. De estar lo suficientemente bien para salir del hospital, cosa que el doctor Steiner ponía en duda, hubiera debido acudir a un hospital de día o a cualquiera de los talleres subvencionados por la junta del distrito. Los pacientes como Tippett eran los que daban una reputación dudosa a la clínica y los que ensombrecían su verdadera función como centro de psicoterapia de orientación analítica. El doctor Steiner se sintió verdaderamente incómodo cuando uno de sus pacientes más cuidadosamente seleccionados tropezó con Tippett, que andaba por la clínica a gatas un viernes por la tarde. No era seguro que Tippett anduviera por ahí... El día menos pensado se produciría un accidente y entonces Baguley tendría problemas.

La halagadora imagen de su colega en apuros se vio interrumpida por el timbre de la puerta principal. Pero bueno, ¡era el colmo! Al parecer, esta vez se trataba de un coche de servicio del hospital que venía a recoger a un paciente. La señora Shorthouse corrió hacia la puerta para que se apresuraran. Sus odiosos alaridos retumbaron por todo el vestíbulo:

—¡Adiós, majos! Hasta la próxima semana. ¡Andaos con cuidado!

El doctor Steiner dio un respingo y cerró los ojos. Sin embargo, su paciente, afortunadamente ocupado hablando de sí mismo, su pasatiempo favorito, no pareció darse cuenta de nada. De hecho, el latoso gimoteo del señor Burge no había decaído un momento durante los últimos veinte minutos:

—No me tengo por una persona fácil. No lo soy, soy un tipo complicado y eso es algo que ni Theda ni Sylvia comprendieron jamás. Claro que las raíces del problema son profundas. ¿Recuerda la consulta que tuvimos en junio? Creo que en aquella ocasión salieron a la luz algunos puntos básicos.

El terapeuta no recordaba la visita en cuestión, pero le traía sin cuidado. Con el señor Burge, los puntos básicos estaban siempre cerca de la superficie y era de esperar que emergieran por sí solos. Se hizo una paz inefable. El doctor Steiner empezó a hacer garabatos en su cuaderno de notas, los estudió con interés y atención, volvió a examinarlos de nuevo con el cuaderno colocado al revés y, por un momento, se sintió mucho más preocupado por su propio subconsciente que por el de su paciente. De pronto le pareció oír un ruido que venía de fuera, débil al principio, pero cada vez más audible. Una mujer estaba chillando en alguna parte. Era un grito espantoso, agudo persistente y absolutamente desgarrador. Su efecto en el doctor Steiner fue especialmente desagradable, pues era tímido por naturaleza y sumamente nervioso. A pesar de que su trabajo lo enfrentaba con alguna que otra crisis emocional, era más experto en eludir situaciones críticas que en afrontarlas. El temor, sin embargo, cedió paso a la indignación y el doctor Steiner, de pronto, se puso en pie de un salto y empezó a chillar.

—¡Ah, no! ¡Esto ya es demasiado! ¿Qué estará haciendo la señorita Bolam? ¡Se supone que en este lugar tiene que haber un encargado!

—¿Ocurre algo? —preguntó el señor Burge, incorporándose como un muñeco de resorte de una caja de sorpresas y bajando media octava la voz.

—No, nada, nada. Una mujer que tiene un ataque de histeria, eso es todo. Quédese donde está. Vuelvo en seguida —ordenó el doctor Steiner.

El señor Burge volvió a tumbarse, pero aguzó la vista y el oído centrándolos en la puerta. Así que accedió al vestíbulo, el doctor Steiner vio que un pequeño grupo de gente se volvía a mirarlo. Jennifer Priddy, la mecanógrafa, estaba abrazada a uno de los vigilantes, Peter Nagle, que la consolaba dándole palmaditas en el hombro, un tanto azorado y confuso. La señora Shorthouse también estaba presente. Los gritos de la chica ahora se habían convertido en lloriqueo, aunque le temblaba todo el cuerpo y estaba tremendamente pálida.

—¿Qué ocurre? —preguntó el doctor Steiner abruptamente—. ¿Qué le pasa?

Antes de que nadie pudiera responderle se abrió la puerta de la sala de T.E.C. y el doctor Baguley apareció, seguido de la hermana Ambrose y de su anestesista, la doctora May Ingram. En un momento el vestíbulo se llenó de gente.

—Tranquilícese... Eso es, ¡buena chica! —dijo suavemente el doctor Baguley—. Estamos intentando hacer funcionar una clínica —y dirigiéndose a Peter Nagle le preguntó en voz baja—: ¿Qué está pasando aquí?

Cuando ya parecía que Nagle iba a hablar, la señorita Priddy consiguió dominarse y, soltando a Nagle, se volvió hacia el doctor Baguley y dijo con toda claridad:

—Se trata de la señorita Bolam. Está muerta. Alguien la ha matado. Está en la sala de historiales del sótano, asesinada. Yo la he encontrado. ¡Han asesinado a Enid!

Se abrazó a Nagle y rompió a llorar de nuevo, pero esta vez más sosegada. Aquel terrible temblor de su cuerpo había desaparecido.

—Llévela a la sala de tratamiento —ordenó el doctor Baguley al vigilante— y haga que se tumbe. Mejor, déle algo de beber. Aquí tiene la llave. Vuelvo en seguida.

Baguley se dirigió hacia las escaleras del sótano y los demás, abandonando la chica a los cuidados de Nagle, se dispusieron a seguirlo, empujándose entre sí. El sótano de la Steen estaba muy bien iluminado y la clínica utilizaba todas las habitaciones de que disponía ya que, como la mayor parte de centros psiquiátricos, padecía una falta de espacio crónica. Allí, al final de las escaleras, además de la sala de las calderas, la centralita telefónica y el cuarto de los vigilantes, había el departamento de terapia artística, un archivo de historiales médicos y, en la parte frontal del edificio, una sala para pacientes sometidos a tratamiento con ácido lisérgico. Cuando la pequeña comitiva llegó al pie de las escaleras, se abrió la puerta de la sala y la enfermera Bolam, prima de la señorita Bolam, apareció en el umbral como la sombra de un fantasma, vestida con un uniforme blanco que contrastaba con la oscuridad de la habitación que tenía a sus espaldas. Su voz suave y vacilante llegó hasta ellos flotando a través del corredor.

—¿Ocurre algo? Hace unos minutos me ha parecido oír un grito.

—No ocurre nada, enfermera —sentenció bruscamente la hermana Ambrose con autoridad—. Vuelva con su paciente.

La silueta blanca desapareció y se cerró la puerta.

—Y usted no tiene nada que hacer aquí, señora Shorthouse —añadió la hermana Ambrose, dirigiéndose a la asistenta—, de modo que haga el favor de subir arriba. Puede que a la señorita Priddy le apetezca una taza de té.

La señora Shorthouse refunfuñó contrariada, pero tuvo que emprender la retirada muy a su pesar. Los tres médicos, seguidos por la hermana, continuaron adelante.

La sala de historiales médicos quedaba a la derecha, entre el cuarto de los vigilantes y el departamento de terapia artística. La puerta estaba entornada y las luces encendidas.

El doctor Steiner, que se había vuelto extrañamente consciente de los más mínimos detalles, advirtió que la llave estaba en la cerradura. No se veía a nadie en los alrededores. Las estanterías metálicas, con sus carpetas de manila llenas a reventar, llegaban hasta el techo y se extendían en ángulo recto hasta la puerta, formando una serie de pasillos, cada uno iluminado por un tubo fluorescente. Las cuatro ventanas que había en lo alto tenían rejas y estaban atravesadas por las estanterías. Era, en suma, un cuartucho con poca ventilación, en el que apenas entraba nadie y que se limpiaba raras veces. El pequeño cortejo se adentró por el primer pasillo y giró a la izquierda hasta llegar a un pequeño espacio sin ventanas ni estanterías, amueblado con una mesa y una silla utilizadas para clasificar los informes destinados al archivo o para copiar información de las notas sin necesidad de tener que llevarse todo el archivador. Todo estaba patas arriba. La silla estaba volcada y el suelo estaba sembrado de informes. Algunos tenían las cubiertas dobladas y arrancadas las hojas, otros estaban tirados en montones medio deshechos debajo de los huecos de la estantería, que parecía insuficiente para soportar el peso de tanto papel. Entre aquel desorden, cual una Ofelia regordeta, flotando en un mar de papeles, yacía el cuerpo de Enid Bolam. Una figura grotesca y pesada tallada en madera reposaba contra su pecho y sus manos amparaban de tal modo su base que la escena parecía una horrible parodia de la maternidad, con la criatura junto al seno de la madre, conforme a la tradición.

Estaba muerta, no cabía ninguna duda. A pesar del horror y de la repugnancia que sentía, el doctor Steiner no podía equivocarse en su diagnóstico.

–¡Tippett! –exclamó mirando la figura de madera–. ¡Éste es su fetiche! Es la talla de la que se siente tan orgulloso. ¿Dónde se ha metido? ¡Baguley, es su paciente! ¡Será mejor que sea usted quien se encargue del asunto!

–Tippett no ha venido esta tarde –dijo muy tranquilo el doctor Baguley, arrodillado junto al cadáver.

–¡Pero si siempre está aquí los viernes... y éste es su fetiche! ¡El arma homicida!

El doctor Steiner se rebelaba ante tamaña estupidez.

–Esta mañana han llamado de Saint Luke –dijo el doctor Baguley sin levantar la cabeza, mientras con el pulgar abría suavemente el párpado izquierdo de la señorita Bolam–. Tippett está ingresado con neumonía. Creo que ingresó el lunes. De todos modos, esta tarde no estaba aquí.

De pronto lanzó una exclamación y las dos mujeres se acercaron más al cadáver. El doctor Steiner, que no podía ver nada desde donde estaba, oyó que decía:

—También ha sido apuñalada. Le han atravesado el corazón y, por lo que parece, han utilizado un escoplo de mango negro. ¿No es uno de los de Nagle, hermana?

Hubo una pausa y a continuación el doctor Steiner oyó la voz de la hermana:

—Eso parece, doctor. Todas sus herramientas tienen el mango negro. Las tiene guardadas en el cuarto de los vigilantes. Pero ha podido cogerlo cualquiera —añadió a la defensiva.

—Por lo visto, alguien lo ha hecho —se oyó el ruido del doctor Baguley al ponerse de pie, quien, sin apartar los ojos del cadáver, decía—: Hermana, haga el favor de telefonear a Cully, el portero. No le alarme, dígale únicamente que no deje que nadie entre ni salga del edificio. La orden incluye también a los pacientes. Luego vaya a buscar a Etherege y dígale que baje. Imagino que debe de estar en su consultorio.

—Habría que llamar a la policía, ¿no? —dijo la doctora Ingram llena de nerviosismo, al tiempo que su carita sonrosada, ridícula como la de un conejo de angora, todavía se ruborizaba un poco más que lo habitual.

El hecho de no reparar en la presencia de la doctora Ingram no era normal únicamente en los momentos dramáticos, sino que lo era también en otros, pero ahora el doctor Baguley la miró desconcertado, como si por un momento hubiera olvidado que existía.

—Esperaremos a que llegue el director —dijo.

La hermana Ambrose desapareció con un crujido de ropa blanca almidonada. El teléfono más cercano estaba justo a la entrada de la sala de archivos pero, aislado como estaba de cualquier ruido por hileras y más hileras de papeles, de nada sirvió que el doctor Steiner aguzara el oído para tratar de oír el receptor al ser descolgado o el murmullo de la voz de la hermana. Hizo un esfuerzo y miró una vez más el cadáver de la señorita Bolam. En vida, la había tenido por una mujer sin gracia y carente de atractivo; la muerte no realzaba su aspecto. Yacía en el suelo boca arriba, con las rodillas dobladas y separadas, dejando perfectamente visible un buen trozo de bragas de lana de color de rosa, mucho más indecentes que la piel desnuda. Su rostro insulso y redondo tenía una expresión tranquila. Las dos apretadas trenzas que llevaba siempre recogidas, coronando su frente, estaban intactas. Al fin y al cabo, nadie había sabido nunca de nada capaz de alterar el anticuado peinado de la señorita Bolam. El doctor Steiner recordó sus fantasías particulares acerca de aquellas trenzas, apretadas e inertes, como si rezumaran secreciones misteriosas que las hubieran pegado para siempre, inmutables, en la cima de aquel plácido rostro. Mientras la miraba, inmersa en la indefensa indignidad de la muerte, el doctor Steiner trató de sentir piedad, pero sólo sintió miedo. Únicamente era capaz de sentir repugnancia. Era totalmente imposible experimentar ternura hacia algo tan ridículo, desconcertante y obsceno. El insulto afloró espontáneamente a la superficie de sus pensamientos. ¡Obsceno! Sentía la ridícula urgencia de tirarle de la falda, de cubrir aquel rostro abotargado y patético, de encajarle bien aquellas gafas, que le habían resbalado de la nariz y que colgaban torcidas de la oreja izquierda. Sus ojos estaban entrecerrados y sus labios fruncidos, como si esbozaran una mueca de desaprobación ante aquel final tan poco digno y menos merecido. Aquella expresión no sorprendía al doctor Steiner; de hecho, había tenido ocasión de verla en vida en aquel rostro.

«Parece que me esté mirando, con mis dietas para viajes en la mano», pensó.

De repente le sobrevinieron unas ganas insoportables de reír y estalló en una carcajada incontenible. Sabía que aquella horrible urgencia era producto del nerviosismo y de la impresión, pero el hecho de saberlo no le ayudaba a contenerse. Viéndose impotente, dio la espalda a sus colegas e hizo un esfuerzo por guardar la compostura, agarrándose al borde de una estantería y apretando la frente con fuerza contra el frío metal, la boca y la nariz sofocadas por aquel olor a moho de las viejas historias clínicas.

No vio regresar a la hermana Ambrose pero, de pronto, oyó su voz.

–El doctor Etherege viene hacia aquí. Cully está en la puerta y está avisado de que no debe dejar salir a nadie. Doctor Steiner, su paciente está alborotando bastante.

–Será mejor que vaya a verle.

Ante la necesidad de actuar, el doctor Steiner consiguió recuperar el control. Por alguna razón, el instinto le decía que era importante estar con los demás, quedarse allí para estar presente cuando llegara el director, ya que podía ser prudente asegurarse de que no se hacía ni se decía nada importante en su ausencia. Pese a ello, no le hacía ninguna gracia permanecer junto al cadáver. Aquella sala de archivos, iluminada como un quirófano, claustrofóbica y sofocante, le hacía sentirse como un animal atrapado. Aquellas estanterías abarrotadas parecían empujarlo, obligarlo a mirar, una y otra vez, aquel cuerpo derribado, metido en su féretro de papeles.

–Me quedo –decidió–. El señor Burge tendrá que esperar, como todo el mundo.

Se quedaron allí, sin hablar. El doctor Steiner advirtió que la hermana Ambrose, pálida, pero sin otro signo de perturbación, seguía allí de pie, impávida, con las manos levemente entrelazadas sobre el delantal. Probablemente había adoptado esa misma postura centenares de veces durante sus casi cuarenta años de enfermera, esperando de pie las órdenes del médico junto a la cama de un paciente, respetuosa y en silencio. El doctor Baguley sacó sus cigarrillos, se quedó mirando el paquete unos instantes, como si le sorprendiera tenerlo en la mano, y volvió a guardárselo en el bolsillo. La doctora Ingram parecía llorar en silencio. Al doctor Steiner le pareció oírla murmurar en algún momento: «¡Pobre mujer, pobre mujer!».

Al poco rato se oyeron pasos y llegó el director seguido de la psicóloga jefe, Fredrica Saxon. El doctor Etherege se arrodilló junto al cadáver y, pese a no tocarlo, puso el rostro tan cerca del de la señorita Bolam que dio la impresión de que iba a besarla. A los astutos ojillos del doctor Steiner no se le escapó la mirada que la señorita Saxon lanzó al doctor Baguley, ni tampoco un acercamiento involuntario de uno y otro, corregido con una rápida separación.

—¿Qué ha sucedido? —preguntó Fredrica en un susurro—. ¿Está muerta?

—Sí, al parecer la han asesinado —contestó Baguley en un tono apagado.

La señorita Saxon hizo un gesto repentino y, por un momento, el doctor Steiner creyó que iba a santiguarse.

—¿Quién la ha matado? ¿No habrá sido ese pobre viejo Tippett? ¿No es éste su fetiche?

—Sí, pero Tippett no está en la casa. Está ingresado en Saint Luke con una neumonía.

—¡Oh, Dios santo! Entonces, ¿quién ha sido?

Esta vez la señorita Saxon se acercó al doctor Baguley y no se apartó de él. El doctor Etherege se puso de pie.

—No hay duda de que tiene razón. Está muerta. Todo parece indicar que primero le dieron un golpe y luego le atravesaron el corazón. Voy arriba a llamar a la policía y a comunicar la noticia al resto del personal. Debemos procurar que la gente no se disperse. Nosotros tres inspeccionaremos el edificio. Huelga decir que no hay que tocar nada.

El doctor Steiner no se atrevía a mirar al doctor Baguley a los ojos. El doctor Etherege, en su papel de administrador, tranquilo, pero autoritario, le había parecido siempre un tanto ridículo y sospechaba que Baguley pensaba lo mismo.

De pronto se oyeron pasos y la asistenta social jefe de psiquiatría, la señorita Ruth Kettle, apareció por detrás de las estanterías de archivos, observándolos con su mirada de miope.

—¡Ah, por fin le he encontrado, señor director! —exclamó en un tono aflautado y casi sin aliento.

Por lo que recordaba el doctor Steiner, ella era el único miembro del personal que daba al doctor Etherege aquel ridículo tratamiento, sólo Dios sabía por qué. Hacía que aquel centro pareciera una clínica de medicina natural.

—Cully me ha dicho que le encontraría aquí abajo. Espero que no esté ocupado. Estoy terriblemente apurada y no quiero causar problemas, ¡pero esto ya es demasiado! La señorita Bolam me ha asignado un nuevo paciente para el lunes, a las diez. Acabo de verlo anotado en mi agenda. Como es natural, ni siquiera me ha consultado. Sabe que a esa hora siempre veo a los Worriker. Creo que lo hace adrede. Señor director, alguien debería hacer algo con la señorita Bolam.

El doctor Baguley, que permanecía de pie a un lado, dijo lúgubremente:

—Ya lo han hecho.

Al otro lado de la plaza, el superintendente Adam Dalgliesh, del Departamento de Investigación Criminal, asistía a la tradicional fiesta otoñal del jerez que celebraban sus editores y en esta ocasión coincidía con la aparición de la tercera edición de su primer libro de poemas. Éstos, que reflejaban el talante independiente, irónico y marcadamente inquieto de su espíritu, habían conseguido una buena acogida del público. Dalgliesh no creía que pervivieran más de media docena de sus poemas ni siquiera entre sus mejores amigos. Mientras tanto, él seguía a merced de las olas, en los arrecifes de aquel mar desconocido, donde agentes, royalties y críticas no eran sino agradables contratiempos. Aquélla era su fiesta. Había estado pensando en ella sin demasiado entusiasmo, como algo obligado, aunque, para sorpresa suya, había resultado divertida. Los señores Hearne e Illingworth eran tan incapaces de servir jerez de mala calidad como de publicar obras del mismo nivel. Dalgliesh estaba convencido de que la participación de sus editores en los beneficios del libro que había escrito se había consumido en los primeros diez minutos. El anciano sir Hubert Illingworth había hecho una breve aparición durante el transcurso de la fiesta y, tras estrechar con tristeza la mano de Dalgliesh, se había marchado arrastrando los pies, murmurando algo por lo bajo, como si lamentara que otro de los autores presentados por su editorial se estuviera exponiendo, y no sólo a él sino también a su editor, a las dudosas satisfacciones del éxito. En su opinión, todos los escritores eran niños precoces, criaturas que había que tolerar y a las que había que alentar, pero en ningún caso excitar, para evitar que lloraran antes de acostarse.

Aparte de la breve aparición de sir Hubert, los entretenimientos agradables fueron escasos. Eran pocos los invitados que sabían que Dalgliesh era detective y, de éstos, no todos esperaban que hablara de su trabajo. Sin embargo, había también aquellos que inevitablemente encontraban impropio que un hombre que atrapaba criminales escribiera además poemas, cosa que manifestaban con distintos grados de tacto. De todos modos, presumiblemente aspiraban a que se cazara a los criminales y seguramente discutían acaloradamente acerca de lo que había que hacer después con ellos, pero hacían gala de una típica ambivalencia en lo que respectaba a los que se encargaban de su captura. Dalgliesh estaba acostumbrado a este tipo de actitudes y, en cualquier caso, las encontraba menos ofensivas que el tópico generalizado según el cual el hecho de pertenecer a la Brigada Criminal estaba rodeado de un encanto especial. Con todo, aunque se cubrió el cupo esperado de curiosidad disimulada y de sandeces típicas de este tipo de fiestas, hubo también gente agradable que dijo cosas agradables. No hay escritor, por muy despreocupado que parezca en relación con su talento, que sea totalmente inmune a la ligera tranquilidad que proporcionan las alabanzas desinteresadas, y Dalgliesh, luchando contra la sospecha de que pocos de los que le admiraban le habían leído y de que todavía eran menos los que habían comprado su libro, encontró que se lo estaba pasando bastante bien y se mostró lo suficientemente sincero para admitir el porqué.

La primera hora había sido movida pero, justo después de las siete, se encontró de pie, solo, copa en mano, junto a la historiada chimenea de James Wyatt. En el hogar ardía un fuego discreto, que inundaba la habitación de un vago olor a campo. Era uno de aquellos momentos inexplicables en los que uno se encuentra de pronto totalmente solo en medio de una multitud, en que los sonidos parecen apagarse y en que los seres fastidiosos parecen desdibujarse y hacerse remotos, misteriosos, como actores subidos a un lejano escenario. Dalgliesh tenía la nuca apoyada contra la repisa de la chimenea y saboreaba aquella momentánea intimidad, al tiempo que estudiaba lleno de admiración las elegantes proporciones de aquella habitación. De pronto reparó en Deborah Riscoe. Debía de haber entrado en la sala discretamente. Se preguntó cuánto tiempo podía llevar allí. Aquella vaga sensación de paz y felicidad dio paso inmediatamente a una alegría tan certera y dolorosa como la que experimenta el chico que se enamora por primera vez. Ella le descubrió en seguida y, con la copa en la mano, se abrió paso hasta él a través de la habitación.

Su aparición fue totalmente inesperada y no quiso engañarse pensando que estaba allí por él. Después de su último encuentro, era muy poco probable.

–Me alegra que estés aquí –dijo.

–Tenía que venir de todos modos –respondió–. De hecho, trabajo aquí. Félix Hearne me consiguió este trabajo después de que mamá muriera. Les voy la mar de bien: soy la chica para todo. También hago de taquígrafa y mecanógrafa. Hice un cursillo.

Dalgliesh sonrió.

–Como una especie de terapia, ¿verdad?

–De hecho, algo así.

No quiso fingir que no entendía por qué lo decía. Permanecieron los dos en silencio. Dalgliesh se sabía terriblemente sensible a cualquier tipo de alusión al caso que, hacía casi tres años, los había llevado a conocerse. Aquella herida no estaba en condiciones de soportar el más ligero roce. Había visto la esquela de la madre de Deborah en los periódicos hacía seis meses, pero entonces le había resultado imposible, e incluso había considerado impertinente por su parte, enviarle una carta de pésame o expresarle las acostumbradas frases de condolencia. Después de todo, él era responsable en parte de aquella muerte. Tampoco las cosas resultaban más fáciles ahora, de modo que decidieron hablar de sus poemas y del trabajo de Deborah. Mientras ponía su parte en aquella conversación intrascendente, se preguntaba qué le diría Deborah si la invitara a cenar. Si no rechazaba la invitación de entrada –y probablemente lo haría– podría ser para él el principio de una relación. No pretendía engañarse diciéndose que lo único que quería era disfrutar de una cena agradable con una mujer a la que encontraba bonita. No tenía la menor idea de lo que pensaba de él pero, desde la última vez que se vieron, había sabido que estaba a punto de enamorarse. Si aceptaba cenar con él aquella noche u otra cualquiera, su vida de hombre soltero se vería amenazada. Lo sabía con toda seguridad y el hecho de saberlo le asustaba. Desde que su esposa muriera de parto, se había protegido con gran cautela del dolor, y el sexo se había convertido para él en poco más que un ejercicio de destreza: los asuntos amorosos eran meramente una pavana de sensaciones, codificada y ejecutada de acuerdo con unas reglas que no obligaban a nada. Pero era seguro que ella no aceptaría. Él no tenía ningún motivo para pensar que aquella mujer estaba interesada en él. La evidencia de este hecho era lo que le daba fuerza suficiente para permitirse estos pensamientos. Sin embargo, estaba tentado de probar suerte. Mientras conversaban, ensayaba mentalmente las palabras, divertido ante la ironía de volver a experimentar las inseguridades de la adolescencia, después de transcurridos tantos años.

La suave palmada en el hombro le cogió por sorpresa: era la secretaria del presidente de la junta, que venía a decirle que había una llamada para él.

—Es de Scotland Yard, señor Dalgliesh —dijo, procurando no dejar traslucir su curiosidad, como si fuera lo más normal del mundo que los autores publicados por Hearne e Illingworth recibieran llamadas de Scotland Yard.

Se excusó ante Deborah Riscoe con una sonrisa y ella le respondió encogiéndose ligeramente de hombros, llena de resignación.

—No tardaré demasiado —dijo.

Sin embargo, mientras se abría paso con dificultad entre los tupidos grupos de conversadores, ya sabía que no iba a regresar.

Respondió a la llamada desde el pequeño despacho situado junto a la sala de reuniones, abriéndose camino a duras penas entre sillas cubiertas de manuscritos, rollos de galeradas y carpetas cubiertas de polvo. Hearne e Illingworth cultivaban un aire de calma a la antigua y una apariencia de confusión general que escondía —en ocasiones para decepción de sus autores— una eficacia y un cuidado por el detalle formidables.

Una voz conocida retumbó en su oído.

—¿Eres tú, Adam? ¿Qué tal la fiesta? Me alegro. Siento interrumpirte, pero te estaría muy agradecido si, de camino, fueras a echar un vistazo a la Clínica Steen, en el número 31. Ya conoces el sitio. Sólo para neuróticos de clase alta. Al parecer, la secretaria o la oficial administrativa, o lo que sea, ha sido asesinada. Le han golpeado en la cabeza en el sótano y le han atravesado el corazón con gran limpieza. Los chicos ya están en camino. Te he mandado a Martin para que te traiga tus cosas.

—Muchas gracias, señor ¿Cuándo han dado parte?

—Hace apenas tres minutos. El director nos ha telefoneado y me ha dado un breve informe de las coartadas prácticamente de todo el mundo en relación con la hora en que se supone que se produjo la muerte y me ha explicado por qué el asesino no podía ser ninguno de los pacientes. Al poco rato ha llamado un tal doctor Steiner. Me ha dicho que nos conocimos hace cinco años, durante una cena que celebró su difunto cuñado. El doctor Steiner me ha explicado por qué no había podido ser él el asesino y me ha gratificado con su interpretación del perfil psicológico de un asesino. A lo que parece, han leído las mejores novelas policíacas. Nadie ha tocado el cuerpo, no permiten que nadie entre ni salga del edificio y se han reunido todos en una habitación para no perder a nadie de vista. Es mejor que te des prisa, Adam, si no quieres que resuelvan el caso antes de que tú llegues.

—¿Quién es el director? —preguntó Dalgliesh.

—El doctor Henry Etherege. Tienes que haberlo visto en televisión. Es el psiquiatra del centro, empeñado en la tarea de hacer de ésta una profesión respetable. Porte distinguido, ortodoxo y serio.

—Lo he visto en los tribunales —dijo Dalgliesh.

—Es cierto. ¿Te acuerdas del caso Routledge? Un poco más y me hace sacar el pañuelo, y eso que conocía a Routledge mejor que muchos. Etherege es la típica baza de cualquier abogado defensor... siempre que pueda conseguirlo. Ya sabes cómo lloriquean. Piensa en un psiquiatra de apariencia respetable, que hable inglés, no desagrade al jurado, ni despierte la antipatía del juez. La respuesta... Etherege. Bueno, ¡que tengas suerte!

El jefe era muy optimista al pensar que su mensaje podía dar al traste con la fiesta. Hacía ya mucho rato que se había rebasado aquel punto en que el hecho de que un invitado solitario se vaya no afecta a nadie. Dalgliesh dio las gracias al anfitrión, se despidió sin formalismos de los pocos asistentes que se cruzó en su camino y pasó prácticamente inadvertido al salir del edificio. No volvió a ver a Deborah Riscoe, pero tampoco hizo ningún esfuerzo por localizarla. Sus pensamientos ya estaban ocupados en su trabajo y sentía como si le hubieran salvado, si no de un desaire, quizá de una locura. Había sido un encuentro fugaz, tentador, efímero y perturbador, pero ya formaba parte del pasado.

Al cruzar la plaza en dirección al edificio georgiano que albergaba la Clínica Steen, Dalgliesh pasó revista a los pocos datos que conocía sobre el lugar. Había un chiste que decía que uno tenía que estar más que cuerdo para conseguir que la Steen le aceptara como paciente. Es cierto que tenía fama —según Dalgliesh probablemente inmerecida— de seleccionar a sus pacientes atendiendo más a su inteligencia y clase social que a su estado mental, sometiéndolos a procedimientos de diagnóstico encaminados a disuadir a todos salvo a los más entusiastas, de pasar a engrosar una lista de aspirantes a tratamiento lo suficientemente larga para garantizar que los efectos curativos del tiempo ejercerían su influencia antes de que el paciente acudiera a la primera sesión de psicoterapia. Dalgliesh recordaba que en la Steen había un Modigliani. En realidad, no era un lienzo famoso, ni tampoco demasiado representativo del artista, pero se trataba indiscutiblemente de un Modigliani. El cuadro, regalo de un antiguo paciente agradecido, colgaba de una de las paredes de la sala de consultas y era un buen ejemplar de lo que, a ojos de la gente, representaba la clínica. Otras clínicas de la Seguridad Social alegraban sus paredes con reproducciones de la pinacoteca de la Cruz Roja. El personal de la Steen no escondía a nadie que prefería un original de segunda fila que una reproducción de primera calidad. Y allí estaba un original de segunda fila para probarlo.

El edificio tenía una terraza georgiana y se encontraba en el ángulo oeste de una plaza tranquila y sin pretensiones de lo más agradable. En la parte trasera había un pasaje estrecho que conducía a Lincoln Square Mews. El sótano estaba provisto de una barandilla que, al llegar frente a la casa, dibujaba una curva a ambos lados de la ancha escalinata que conducía hasta la puerta y servía de soporte a dos lámparas de hierro forjado. A la derecha de la puerta principal había una sencilla placa de bronce en la que se leía el nombre de la Junta Directiva del hospital que llevaba el centro y, debajo, las palabras «Clínica Steen». No se decía más. La clínica no pregonaba sus servicios al mundo vulgar, ni deseaba tampoco atraerse la cohorte de psicóticos locales deseosos de tratamiento o consejo. Había cuatro coches aparcados en la calle, pero todavía no se veía ni rastro de los hombres de la policía. Todo parecía estar en calma. La puerta estaba cerrada, pero un ligero resplandor se filtraba a través de la elegante abertura de ventilación, estilo Adam, que coronaba la puerta y entre los pliegues de las cortinas corridas de las habitaciones de la planta baja.

La puerta se abrió prácticamente antes de que Dalgliesh hubiera separado sus dedos del timbre. Le estaban esperando. Un joven robusto, vestido con el uniforme de vigilante, le abrió la puerta y le dejó pasar sin decir palabra. El vestíbulo estaba inundado de luz y resultaba muy cálido en contraste con el frío de aquella noche de otoño. A la izquierda de la puerta principal había el mostrador de recepción, rodeado de paneles de vidrio, con su centralita de teléfonos. Otro vigilante, mucho mayor, estaba sentado delante de la centralita con aire abatido. Miró a su alrededor y sus ojos húmedos se posaron un instante en Dalgliesh para volver a fijarse de nuevo en la centralita, como si la llegada del superintendente fuera la gota que colmara el vaso de una preocupación insoportable que quizá, si se ignoraba, acabaría por esfumarse. El comité de recepción se acercaba a través del vestíbulo encabezado por el director, que avanzaba hacia él con los brazos abiertos, como si diera la bienvenida a un invitado.

—¿Superintendente Dalgliesh? Nos alegra verle. Le presento a mi colega, el doctor James Baguley, y al secretario de la Junta Directiva del hospital, el señor Lauder.

—Se ha dado usted mucha prisa en llegar —dijo Dalgliesh, dirigiéndose a Lauder.

—No sabía nada del asesinato hasta que he llegado, hace apenas dos minutos —dijo el secretario—. La señorita Bolam me ha llamado hoy a la hora de comer y me ha dicho que quería hablar urgentemente conmigo. Al parecer, estaba pasando algo en la clínica y quería que yo le aconsejara. He venido tan pronto como me ha sido posible y me he encontrado con que la habían asesinado. Dadas las circunstancias, sobran los motivos para quedarme. Según parece, estaba más necesitada de consejo de lo que ella creía.

—En cualquier caso, el consejo ha llegado demasiado tarde —dijo el doctor Etherege.

Dalgliesh pensó que el hombre era mucho más bajito de lo que parecía en televisión. Su cabeza grande y abombada, con su aureola de pelo blanco, fino y suave como el de un bebé, parecía excesivamente pesada para su cuerpo enclenque, que daba la impresión de haber envejecido por cuenta propia y que daba un aspecto inarmónico. Resultaba difícil adivinar su edad, pero Dalgliesh pensó que debía de estar más cerca de los setenta que de los sesenta y cinco, edad en que suelen jubilarse los médicos. Su rostro parecía el de un gnomo provecto, con mejillas muy sonrosadas, como si se las hubiera pintado, y unas cejas arqueadas sobre unos ojos de un azul penetrante. Dalgliesh pensó que aquellos ojos y aquella voz, tan melodiosa y persuasiva, no eran cualidades profesionales desdeñables en un director de un centro médico.

El doctor James Baguley, en cambio, superaba el metro ochenta, es decir, era casi tan alto como Dalgliesh y la primera impresión que daba era la de estar profundamente cansado. Llevaba una bata blanca muy larga, demasiado ancha para sus hombros caídos. A pesar de ser mucho más joven, no tenía ni la mitad de la vitalidad del director. Su cabello era liso, de un gris plateado y de vez en cuando se lo apartaba de los ojos con sus largos dedos manchados de nicotina. Era un hombre apuesto, de rostro anguloso, pese a que su piel y sus ojos eran apagados, como si estuvieran permanentemente cansados.

—Querrá ver el cadáver inmediatamente, claro está —dijo el director—. Le diré a Peter Nagle, nuestro segundo vigilante, que baje con nosotros si a usted no le importa. Su escoplo es una de las armas homicidas... y no quiero decir con eso que él habría podido evitarlo, pobre hombre, pero seguro que usted querrá hacerle algunas preguntas.

—Interrogaré a todo el mundo a su debido tiempo —fue la respuesta de Dalgliesh.

Era evidente que el director había asumido el mando, cosa que al doctor Baguley, que todavía no había abierto la boca, no parecía disgustarle. Lauder, a su vez, había optado por un papel de observador. Mientras se dirigían hacia el fondo del vestíbulo, donde se encontraban las escaleras que conducían al sótano, su mirada se cruzó con la de Dalgliesh. Aquella mirada tan fugaz era difícil de analizar, pero Dalgliesh creyó detectar en ella un brillo irónico y cierto distanciamiento despectivo.

Cuando Dalgliesh se arrodilló junto al cadáver, todos guardaron silencio. Únicamente tocó el cuerpo para abrir la chaqueta y la blusa, ya desabotonadas, y dejar al descubierto el mango del escoplo. Se lo habían hundido hasta el fondo. Los tejidos no estaban muy desgarrados y no había huellas de sangre. Le habían arremangado la chaqueta por encima del pecho para dejar al descubierto la carne y consumar aquel acto salvaje y calculado. Tanta premeditación sugería que el asesino tenía unos sólidos conocimientos de anatomía. Es cierto que existían maneras menos complicadas de matar a una persona, atravesándole el corazón de un solo golpe, pero, para los que poseían la fuerza y conocimientos suficientes, pocas eran tan seguras como aquélla.

—¿Este escoplo es suyo?

—Es posible. Lo parece, y además el mío no está en la caja.

A pesar del olvido del habitual «señor», en aquella voz educada y monocorde no había ningún rastro de insolencia ni de resentimiento.

—¿Tiene usted idea de cómo ha llegado hasta aquí? —le preguntó Dalgliesh.

—Ninguna. Pero probablemente tampoco lo diría si lo supiera, ¿no le parece?

El director lanzó una rápida mirada a Nagle en señal de

advertencia o de desaprobación y apoyó ligeramente la mano en el hombro del vigilante.

—Eso es todo por ahora, Nagle —dijo amablemente, sin consultar a Dalgliesh—. ¿Le importaría esperar fuera?

Dalgliesh no puso ninguna objeción cuando el vigilante se separó lentamente del grupo y salió sin decir palabra.

—¡Pobre chico! El hecho de que hayan utilizado su escoplo le ha trastornado, es natural. Parece un desagradable intento de involucrarle en el asunto. Pero ya tendrá ocasión de comprobar, superintendente, que Nagle es uno de los pocos miembros del personal que tiene una coartada perfecta por lo que respecta a la hora en la que se supone que se ha producido la muerte.

Dalgliesh no quiso señalar que el hecho era, de por sí, bastante sospechoso.

—¿Han podido establecer la hora aproximada en que se ha producido la muerte? —preguntó.

—Me parece que tiene que ser muy reciente —respondió Etherege—. El doctor Baguley opina lo mismo. Como hoy hemos puesto en marcha la calefacción central, en la clínica hace bastante calor, por lo que el cuerpo se debe de haber ido enfriando muy lentamente. No he comprobado el rigor. Es cierto que soy poco más que un lego en la materia, pero he podido deducir que la muerte no puede haberse producido hace más de una hora. Como es natural, mientras le estábamos esperando, hemos estado comentando el asunto entre nosotros y, al parecer, la hermana Ambrose es la última persona que ha visto a la señorita Bolam con vida. Eso ha sido a las seis y veinte. Cully, el jefe de los vigilantes, afirma que la señorita Bolam le ha telefoneado a través de la línea interior hacia las seis y cuarto para decirle que iba a bajar al sótano y que, en caso de presentarse el señor Lauder, lo mandase a su oficina. Al cabo de unos minutos, a juzgar por lo que recuerda, la hermana Ambrose ha salido de la sala de T.E.C., que se encuentra en la planta baja, y ha atravesado el vestíbulo hasta la sala de espera de los pacientes para anunciar a un señor que ya podía llevarse a su esposa a casa. La hermana ha visto a la señorita Bolam en el momento en que atravesaba el vestíbulo en dirección a las escaleras que conducen al sótano. Nadie ha vuelto a saber de ella.

—Excepto el asesino —puntualizó Dalgliesh.

El doctor Etherege pareció sorprenderse.

—Sí claro. Lo que quiero decir es que ninguno de nosotros ha vuelto a verla con vida. He hablado con la hermana Ambrose acerca de la hora y la hermana parece estar totalmente segura de que...

—Ya tendré ocasión de hablar con la hermana Ambrose y con el otro portero.

—Sí, sí, es natural, comprendo que quiera interrogar a todo el mundo. Ya lo suponíamos, por eso mientras le estábamos esperando hemos llamado a nuestras casas para decir que esta noche nos retrasaríamos, aunque sin dar ninguna explicación. Antes habíamos inspeccionado el edificio y nos habíamos asegurado de que tanto la puerta del sótano como la entrada de servicio de la planta baja estaban bien cerradas. No hemos tocada nada. Me he encargado de que el personal permaneciera reunido en el consultorio de la parte delantera, excepto la hermana y la enfermera Bolam, que estaban con los pacientes que quedaban en la sala de espera. Únicamente se ha franqueado la entrada a usted y al señor Lauder.

—A lo que parece, ha pensado en todo, doctor —dijo Dalgliesh poniéndose de pie y mirando el cadáver—. ¿Quién ha descubierto el cadáver?

—Una de nuestras secretarias, Jennifer Priddy. Cully, el vigilante jefe, se ha estado quejando de dolor de estómago prácticamente todo el día y la señorita Priddy había ido a buscar a la señorita Bolam para preguntarle si Cully podía marcharse a su casa más temprano. La señorita Priddy está muy impresionada, pero me ha dicho que...

—Creo que será mejor que lo oiga de sus propios labios. ¿Tenían cerrada con llave esta puerta?

A pesar de que su tono era muy cortés, advirtió que se sorprendían.

—Normalmente, lo está —respondió el director con el mismo tono de voz—. La llave se guarda en un panel de llaves junto con las demás de la clínica, en la habitación de servicio de los vigilantes, aquí en el sótano. El escoplo también se guardaba allí.

—Y este fetiche ¿de dónde ha salido?

—De la sala de terapia artística del sótano, al otro lado del pasillo. Lo estaba tallando uno de nuestros pacientes.

El director, una vez más, se había encargado de responder a sus preguntas. Hasta el momento, el doctor Baguley no había abierto la boca. De pronto dijo:

—Primero la han dejado sin sentido dándole un golpe con el fetiche y luego le han atravesado el corazón. La persona que lo ha hecho sabía lo que se hacía o ha tenido mucha suerte. La cosa salta a la vista. Lo que no está tan claro es por qué han revuelto de esta manera los historiales médicos. El cadáver está encima de ellos, lo que quiere decir que lo han hecho antes de asesinarla.

—Puede haber sido el resultado del forcejeo sugirió el doctor Etherege.

—No parece muy probable. Los han sacado de las estanterías y los han desparramado por el suelo a propósito. Tiene que haber un motivo. No hay nada impulsivo en este asesinato.

En este momento, Peter Nagle, que se encontraba junto a la puerta, fuera de la habitación, entró.

—Acaban de llamar a la puerta, señor. ¿Cree que se trata de la policía?

Dalgliesh pensó que la sala de archivos debía de estar prácticamente insonorizada pues, a pesar de que el sonido del timbre de la puerta principal era estridente, no se había oído.

—Bien —dijo—, subamos.

—Superintendente —dijo el doctor Etherege, mientras se

dirigían hacia las escaleras–, me pregunto si no le importaría ver a los pacientes cuanto antes. Sólo quedan dos: un paciente de psicoterapia de mi colega, el doctor Steiner, y una mujer que ha estado sometida a un tratamiento de ácido lisérgico aquí en el sótano, en la sala de tratamiento de la parte delantera. El doctor Baguley ya le explicará en qué consiste el tratamiento, pues se trata de su paciente, pero puede estar seguro de que no ha podido abandonar la cama hasta hace apenas unos minutos y que es totalmente imposible que sepa nada del asesinato. Este tipo de pacientes se quedan bastante atontados después de las sesiones. La enfermera Bolam ha estado con ella toda la tarde.

–¿Enfermera Bolam, ha dicho? ¿Tiene algún parentesco con la muerta?

–Eran primas –cortó el doctor Baguley.

–Y esa paciente suya atontada, doctor, ¿podría decirme si la enfermera Bolam la ha dejado sola en algún momento durante el tratamiento?

–La enfermera Bolam nunca la habría dejado sola –dijo el doctor Baguley con sequedad.

Después de subir juntos las escaleras, fueron acogidos por el murmullo de voces del vestíbulo.

Aquella llamada a la puerta principal había introducido en la clínica toda la parafernalia y los instrumentos de un mundo extraño. Sin grandes ruidos ni aspavientos, los expertos en muertes violentas se habían puesto manos a la obra. Dalgliesh desapareció en la sala de archivos junto con el forense y el fotógrafo. El experto en huellas, un hombre de pequeña estatura, mofletes caídos como un hámster y manos pequeñas y delicadas, se concentró en los pomos de las puertas, las cerraduras, la caja de herramientas y el fetiche de Tippett. Hombres vestidos de paisano, que sorprendentemente parecían actores de televisión desempeñando el papel de hombres vestidos de paisano, registraron metódicamente cada una de las habitaciones y de los armarios de la clínica y comprobaron que no había nadie ajeno a la casa dentro del edificio y que tanto la puerta trasera de la planta baja como la del sótano estaban cerradas con llave desde dentro. El personal de la clínica, excluido de toda esta serie de actividades y congregado en el consultorio de la parte delantera de la planta baja, que había sido acondicionada a toda prisa con sillones procedentes de la sala de espera de los pacientes, se daba cuenta de que aquellos intrusos habían conquistado su territorio y se sentía atrapado por la inexorable maquinaria de la justicia, empujado hacia Dios sabía cuántas contrariedades y desastres. Únicamente el secretario parecía impertérrito, sentado en el vestíbulo como un perro guardián, esperando pacientemente a que le llegara el turno de ser interrogado.

Dalgliesh ocupó el despacho de la señorita Bolam para desarrollar sus actividades. Era una habitación pequeña de la planta baja, situada entre la espaciosa oficina general de la parte delantera del edificio, la sala de tratamiento de T.E.C. y la sala de recuperación de la parte trasera. Enfrente había dos consultorios y la sala de espera de los pacientes. La oficina era el resultado de la construcción de tabiques en el extremo de una habitación más grande, de ahí que tuviera unas proporciones extrañas y resultara demasiado estrecha para la altura del techo. Apenas si tenía muebles, y no había el menor rastro de carácter personal, si exceptuamos un gran jarrón de crisantemos, colocado encima de uno de los archivadores. Tenía una caja de caudales anticuada, arrimada a una de las paredes, y otra junto a unos archivadores verdes de metal. El escritorio era sencillo y encima de él sólo había un calendario de oficina, permanente y de sobremesa, un cuaderno de notas y un pequeño montón de carpetas de manila.

–Es muy raro –dijo Dalgliesh tras echarles una ojeada–. Parecen dossiers del personal, pero son únicamente del personal femenino y, casualmente, falta el de ella. Me pregunto por qué los tendría aquí.

–A lo mejor estaba comprobando los permisos de vacaciones anuales del personal o algo por el estilo –sugirió el sargento Martin.

–Supongo que es posible pero, ¿por qué sólo los de las mujeres? Bueno, me imagino que, de momento, la cosa no tiene mayor importancia. Veamos qué encontramos en este cuaderno de notas.

La señorita Bolam era una de esas administrativas que prefiere no dejar nada a merced de la memoria. La primera hoja del cuaderno estaba abarrotada de notas, encabezadas por la fecha, escritas en una caligrafía inclinada, bastante infantil.

«Junta Médica – comentar replanteamiento Dep. de Adolescentes.

»Hablar Nagle – rota cadena contrapeso ventana habitación señorita Kallinski.

»Señorita Shorthouse – ? se marcha.»

Por lo menos esas notas se entendían por sí solas, en cambio, lo que estaba escrito debajo de ellas, al parecer con un poco de prisa, era menos explícito.

«Mujer. Paciente durante ocho años. Llega lunes 1.»

–Parecen las notas de una llamada telefónica –dijo Dalgliesh–. Puede que haya sido un llamada privada que no tenga nada que ver con la clínica. Podría ser un médico que trataba de ponerse en contacto con un paciente o viceversa. Al parecer se espera la llegada de algo o de alguien el primer lunes o el lunes uno. Esto admite docenas de interpretaciones, ninguna de las cuales parece estar relacionada con el asesinato. Sin embargo, alguien había telefoneado no hace mucho para hablar de una mujer y no cabe duda de que la señorita Bolam estaba examinando los dossiers de todo el personal femenino excepto el suyo. ¿Por qué? ¿Para averiguar quién estaba aquí hace ocho años? Es mucho retroceso. De momento vamos a dejarnos de conjeturas y veamos qué nos dice esta gente. En primer lugar, me gustaría ver a la mecanógrafa, la chica que encontró el cadáver. Etherege ha dicho que estaba muy sobresaltada... esperemos que se haya calmado o de lo contrario vamos a pasarnos aquí toda la noche.

Contrariamente a lo que esperaba, Jennifer Priddy estaba muy tranquila. Saltaba a la vista que había estado bebiendo y que su dolor había dado paso a un estado de excitación reprimida. Su rostro, hinchado todavía a causa del llanto, estaba cubierto de rubor y sus ojos tenían un brillo poco natural. Afortunadamente, la bebida no la había emborrachado y pudo exponer su versión sin problemas. Había estado trabajando en la oficina general de la planta baja durante casi toda la tarde y había visto a la señorita Bolam por última vez hacia las cinco menos cuarto, hora en la que se había dirigido al despacho de la oficial administrativa para hacerle una pregunta sobre la hora de visita de un paciente. La señorita Bolam le había parecido la misma de siempre. Después había vuelto a la oficina general y, hacia las seis y diez, había llegado Peter Nagle, vestido con su abrigo, para recoger el correo de salida. La señorita Priddy le había entregado el correo tras anotar las últimas cartas en el libro de registro de la correspondencia. Hacia las seis y cuarto o las seis y veinte había llegado la señora Shorthouse, que les había dicho que acababa de salir del despacho de la señorita Bolam para resolver unas dudas acerca de sus vacaciones anuales. Luego Peter Nagle se había marchado con el correo, y la señora Shorthouse y ella habían permanecido juntas hasta su regreso, al cabo de unos diez minutos. Después, Nagle había bajado a la habitación de los vigilantes del sótano para colgar su abrigo y dar de comer a *Tigger*, el gato de la oficina, y ella había bajado para reunirse con él casi inmediatamente. Después de ayudarle con la comida de *Tigger*, habían regresado a la oficina general juntos. Hacia las siete, el vigilante en jefe, Cully, había vuelto a quejarse del dolor de estómago que le había molestado todo el día. La señorita Priddy, la señorita Bostock, la otra secretaria y Peter Nagle habían tenido que sustituir a Cully varias veces en la centralita por culpa del dolor de estómago, pero Cully se había negado a marcharse a casa. Como luego Cully le había dicho que quería irse a casa, la señorita Priddy había ido al despacho de la oficial administrativa para preguntar a la señorita Bolam si podría marcharse más temprano. Al no encontrar a la señorita Bolam en su despacho, había ido a ver si estaba en la habitación de servicio de las enfermeras de la planta baja, y la hermana Ambrose le había dicho que había visto a la oficial administrativa cruzar el vestíbulo en dirección a las escaleras del sótano hacía cosa de media hora, por lo que la señorita Priddy había bajado al sótano. Normalmente la sala de archivos estaba cerrada con llave, pero, como la llave estaba en la cerradura y la puerta estaba entornada, había entrado a echar una ojeada. Las luces estaban encendidas. Al descubrir el cuerpo –aquí la voz de la señorita Priddy se había quebrado– se había precipitado escaleras arriba en busca de ayuda. No, no había tocado nada. No sabía por qué los historiales estaban esparcidos por el suelo. No sabía por qué, pero había supuesto que la señorita Bolam estaba muerta. Quizás porque la señorita Bolam tenía todo el aspecto de estar muerta. No sabía decir por qué, pero se había imaginado que había sido asesinada. Le había parecido advertir una herida en la cabeza de la señorita Bolam. Además, había visto el fetiche de Tippett encima del cadáver. Tenía miedo de que Tippett estuviera escondido entre las estanterías de archivos y de que se abalanzara sobre ella. Todo el mundo decía que no era peligroso... todos menos el doctor Steiner... pero había estado internado en un hospital psiquiátrico y, al fin y al cabo, nadie podía estar completamente seguro, ¿no es cierto? No, no sabía que Tippett no se encontraba en la clínica. Peter Nagle había contestado a una llamada del hospital y se lo había dicho a la señorita Bolam, pero a ella no le había dicho nada. No había reparado en el escoplo que la señorita Bolam tenía hundido en el pecho pero, al poco rato, el doctor Etherege, cuando se encontraban reunidos en el consultorio de la parte delantera y mientras esperaban a la policía, había comunicado al personal que había sido apuñalada. En su opinión, la mayor parte del personal sabía dónde guardaba Peter Nagle sus herramientas y también qué llave abría la puerta de la sala de archivos del sótano. Estaba colgada en el clavo número 12 y era más brillante que las demás, pero no tenía ninguna etiqueta.

—Ahora quiero que reflexione bien. Cuando ha bajado a ayudar al señor Nagle a dar de comer al gato, ¿ha visto si la puerta de la sala de archivos estaba entornada y las luces encendidas tal como las ha encontrado más tarde, al bajar y descubrir el cadáver de la señorita Bolam? —preguntó Dalgliesh.

—No... no consigo recordarlo —dijo la chica, con un repentino cansancio, echando para atrás su pelo rubio y húmedo—. No he pasado por delante de aquella puerta, ¿sabe usted? Me he metido directamente en la habitación de los vigilantes, al pie de la escalera. Peter estaba limpiando el plato de *Tigger*. Como todavía había restos de su última comida, lo hemos vaciado y lavado en el fregadero. No nos hemos acercado a la sala de archivos.

—Pero mientras bajaba por las escaleras podía ver la puerta. ¿Se habría dado cuenta si hubiera estado entornada? La habitación no se frecuenta muy a menudo, ¿no es verdad?

—No, pero cualquiera puede entrar en ella si necesita un informe. Lo que quiero decir es que, de haber visto la puerta abierta, no habría entrado para ver quién había dentro ni nada por el estilo. Creo que me habría dado cuenta si la puerta hubiera estado completamente abierta, por lo que supongo que no lo estaba, pero no consigo acordarme..., francamente, no lo recuerdo.

Dalgliesh terminó el interrogatorio con unas preguntas acerca de la señorita Bolam. Al parecer, la señorita Priddy la conocía antes de trabajar en la clínica, porque los Priddy iban a la misma iglesia que ella y, al parecer, la señorita Bolam la había animado a aceptar el trabajo de la clínica.

—De no haber sido por Enid, no habría conseguido este

trabajo. Naturalmente, yo nunca la llamaba por su nombre en la clínica. No le habría gustado.

Daba la impresión de que la señorita Priddy había acabado por resignarse, muy a pesar suyo, a llamarla por su nombre de pila únicamente fuera de la clínica.

—No quiero decir con eso que ella me contratara —añadió—. Tuve que superar una entrevista con el señor Lauder y con el doctor Etherege, pero sé que habló en mi favor. En aquel entonces yo no era demasiado buena, ni como taquígrafa ni como mecanógrafa... piense que entré hace casi dos años y tuve mucha suerte al conseguir este trabajo. En la clínica no veía demasiado a Enid, pero siempre era muy atenta y muy amable conmigo y tenía interés en que progresara. Quería que me sacara el diploma del Instituto de Administración de Hospitales para que no tuviera que seguir siendo taquimecanógrafa toda mi vida.

A Dalgliesh le chocó un poco aquella preocupación por el futuro de la señorita Priddy. Aquella criatura no daba la impresión de ser demasiado ambiciosa y seguro que, tarde o temprano, acabaría casándose. De poco iba a servirle aquel diploma del instituto, fuera el que fuera, para librarse de ser una taquimecanógrafa el resto de su vida. Sintió un poco de pena por la señorita Bolam, que no había podido elegir una protegida menos prometedora que aquélla. Era bonita, ingenua y sincera, pero no le parecía especialmente inteligente. Tuvo que recordar que le había dicho que tenía veintidós años, no los diecisiete que aparentaba. Tenía un cuerpo bien formado y desarrollado, pero aquella carita tan fina, enmarcada por unos cabellos largos y lisos, era el rostro de una niña.

Poco fue lo que pudo decirle acerca de la oficial administrativa. No había observado ningún cambio últimamente en la señorita Bolam. No sabía que la oficial administrativa había llamado al señor Lauder y no tenía ni la menor idea de lo que podía tener preocupada a la señorita Bolam en relación con la clínica. Todo seguía más o menos igual que siempre.

Que ella supiera, la señorita Bolam no tenía enemigos y era impensable que alguien deseara matarla.

—Así pues, en su opinión, ella era feliz aquí. Me preguntaba si no habría pedido un traslado. Una clínica psiquiátrica no debe de ser un centro fácil de administrar.

—¡Por supuesto que no! A veces no sé cómo conseguía arreglárselas, pero estoy segura de que nunca habría pedido un traslado. Le habrán informado mal. Nunca se daba por vencida. Si hubiera creído que la gente quería que se marchara, se habría esmerado al máximo. La clínica era una especie de reto para ella.

Probablemente era lo más revelador que había dicho acerca de la señorita Bolam. Mientras le daba las gracias y le pedía que esperara con el resto del personal a que terminara con los interrogatorios preliminares, Dalgliesh consideró las posibles molestias que podía causar un administrador que considerara su trabajo como un reto, como un campo de batalla. Luego ordenó que entrara Peter Nagle.

Si el vigilante subalterno estaba preocupado porque el asesino había elegido su escoplo como arma homicida, no lo parecía. Contestó cada una de las preguntas de Dalgliesh con gran tranquilidad y compostura, pero de un modo tan desapasionado que parecía que estuvieran hablando de una cuestión trivial que en nada le incumbía. Dijo que tenía veintisiete años y que vivía en Pimlico, confirmó que había entrado en la clínica hacía unos dos años y que anteriormente había trabajado en una escuela de arte de provincia. Su voz era sosegada y sus ojos, grandes y de color castaño terroso, casi inexpresivos. Dalgliesh advirtió que tenía unos brazos desmesuradamente largos que, colgando sueltos a ambos lados de aquel cuerpo achaparrado y robusto, daban la impresión de que tenía la fuerza de un simio. Tenía el cabello negro, de rizo pequeño y abundante. Era un rostro interesante, reservado pero inteligente. El contraste con el del pobre viejo Cully, a quien hacía un buen rato que había mandado a su casa para que cuidara de su dolor de estómago, agravado por el hecho de haberse tenido que quedar hasta más tarde, no podía ser mayor.

Nagle ratificó la versión de la señorita Priddy. Volvió a identificar el escoplo como suyo con una leve mueca de fastidio como único signo de emoción y dijo haberlo visto por última vez aquella misma mañana, a las ocho, cuando había entrado de servicio y, sin que existiera un motivo especial, había revisado la caja de herramientas. Entonces lo había encontrado todo en orden. Dalgliesh le preguntó a continuación si la gente sabía dónde guardaba la caja.

—Estaría loco si le dijera a usted que no, ¿no es cierto? —repuso Nagle.

—Estaría usted loco si no dijera la verdad, ahora o más adelante.

—Supongo que la mayor parte del personal lo sabía y, si alguien no lo hubiera sabido, le habría costado poco averiguarlo. La puerta del cuarto de los vigilantes no está cerrada con llave.

—¿No le parece un tanto imprudente? ¿Qué me dice de los pacientes?

—Nunca bajan al sótano solos. Los pacientes bajo tratamiento de ácido lisérgico siempre bajan acompañados y los de terapia artística siempre están con alguien que los vigila. Ese departamento hace poco tiempo que está ahí. De hecho, está mal iluminado y no muy bien acondicionado. Es un departamento provisional.

—¿Dónde estaba antes el departamento?

—En la tercera planta. Pero la Junta Médica de la clínica decidió destinar la sala, que es muy espaciosa, a los grupos de discusión de problemas matrimoniales y la señora Baumgarten, encargada de la terapia artística, se quedó sin ella. Desde entonces ha estado luchando para recuperarla, pero los pacientes del D.P.M. afirman que sería psicológicamente negativo para ellos tener que reunirse en el sótano.

—¿Quién lleva el D.P.M.?

—El doctor Steiner y una de las asistentas sociales de psiquiatría, la señorita Kallinski. Se trata de un club en el que divorciados y solteros les dicen a los pacientes cómo pueden ser felices a pesar de estar casados. No entiendo qué puede tener que ver esto con el asesinato.

—Yo tampoco. Sólo lo preguntaba para satisfacer mi curiosidad y averiguar por qué motivo el departamento de terapia artística estaba tan mal acondicionado. A propósito, ¿cuándo ha sabido que Tippett no iba a venir hoy?

—Hacia las nueve de la mañana. El hombre había estado insistiendo a los del Hospital Saint Luke para que nos llamaran y nos dijeran qué había pasado y por fin le han hecho caso. He sido yo quien se lo ha comunicado a la señorita Bolam y a la hermana.

—¿Y a nadie más?

—Creo recordar habérselo comentado a Cully cuando ha vuelto a la centralita. Ha estado con su dolor de estómago durante casi todo el día.

—Eso me han dicho. ¿Qué le ocurre?

—¿A Cully? La señorita Bolam lo mandó una vez al hospital para que lo visitaran, pero no le encontraron nada. Cada vez que alguien le lleva la contraria, le da dolor de estómago. Aquí dicen que es psicosomático.

—¿Qué ha sido lo que le ha contrariado esta mañana?

—Yo. Esta mañana ha llegado antes que yo y se ha puesto a clasificar el correo. Es trabajo mío, así que le he dicho que se limitara a hacer el suyo.

Dalgliesh anotó con paciencia todos los acontecimientos de la tarde. La versión de Nagle concordaba con la de la señorita Priddy y, al igual que ella, tampoco sabía con certeza si la puerta de la sala de archivos del sótano estaba entornada o no cuando había regresado de echar las cartas al correo. Admitía haber pasado por delante al ir a preguntar a la enfermera Bolam si la ropa limpia estaba clasificada. Normalmente, como raras veces se entraba en la habitación, la puerta estaba cerrada, por lo que creía que si hubiera estado abierta lo habría recordado. Era decepcionante y a la vez exasperante que no fuera posible aclarar un punto tan importante como aquél, pero Nagle se mantenía firme: no se había fijado... no lo sabía... y tampoco se había fijado si la llave de la sala de archivos estaba colgada en el tablero del cuarto de descanso de los vigilantes. Eso era fácil de comprender, pues había veintidós clavos en el tablero y la mayor parte de las llaves estaban en uso y, por tanto, no estaban en su sitio.

—¿Se da usted cuenta de que es casi seguro que el cadáver de la señorita Bolam ya estuviera en el suelo de la sala de archivos cuando usted y la señorita Priddy estaban dando de comer al gato? ¿Se da usted cuenta de lo importante que es que recuerde si la puerta estaba abierta o cerrada? —dijo Dalgliesh.

—Estaba entornada cuando ha bajado Jenny Priddy un poco más tarde. Eso es lo que ella dice y la chica no es mentirosa. Si estaba cerrada cuando he vuelto de correos, significa que alguien ha tenido que abrirla entre la seis y veinticinco y las siete. No veo qué hay de imposible en ello. A mí me convendría más recordar lo de la puerta, pero no me acuerdo. He colgado el abrigo en la taquilla, he ido directamente a preguntar a la enfermera Bolam por la ropa limpia y luego he vuelto al cuarto de reposo. Jenny se ha reunido conmigo al pie de la escalera.

Hablaba sin vehemencia, casi sin emoción. Era como si estuviera diciendo: «Eso es lo que ha pasado y, le guste o no, ha sido así». Era demasiado inteligente para no advertir que corría cierto peligro. Quizás era incluso lo suficientemente inteligente como para darse cuenta de que el peligro era mínimo para un hombre inocente que no perdiera los nervios y dijera la verdad.

Dalgliesh le dijo que informara inmediatamente a la policía en caso de recordar algo y dejó que se marchara.

La hermana Ambrose fue la siguiente. Entró en la habitación, rígida, blindada en su armadura de lino blanco, belicosa como un barco de guerra. La pechera de su delantal, tan almidonada que estaba rígida como una tabla, dibujaba una curva sobre un pecho prominente, en el que llevaba prendidas sus placas de enfermera como si fueran medallas de guerra. Le sobresalían cabellos grises a ambos lados de la cofia que llevaba un poco baja, encasquetada en la frente, coronando un rostro de una fealdad inexorable. Tenía un aspecto imponente, que indujo a Dalgliesh a pensar que le costaría un gran esfuerzo dominar el resentimiento y la desconfianza de aquella mujer. La trató con mucha amabilidad, pero respondía a sus preguntas con un aire de desaprobación tajante. En pocas palabras, ratificó que había visto a la señorita Bolam por última vez cuando cruzaba el vestíbulo en dirección a las escaleras del sótano alrededor de las seis y veinte. No se habían dicho nada, pero le había parecido que la oficial administrativa estaba igual que siempre. La hermana Ambrose había regresado a la sala de T.E.C. antes de que la señorita Bolam hubiera desaparecido escaleras abajo y había permanecido allí, con la doctora Ingram, hasta que se había descubierto el cadáver. A la pregunta de Dalgliesh sobre si el doctor Baguley había estado con ellas durante todo ese rato, la hermana Ambrose sugirió que era mejor que aquella pregunta se la hiciera directamente al doctor. Dalgliesh le respondió mansamente que ésa era su intención. Sabía que la hermana hubiera podido proporcionarle mucha información útil acerca de la clínica si hubiera querido pero, aparte de hacerle unas cuantas preguntas acerca de las amistades personales de la señorita Bolam, de las que no sacó nada en claro, no la presionó. Pensó que probablemente estaba más trastornada que nadie por el asesinato y por la violencia premeditada de la muerte de la señorita Bolam. En la gente poco imaginativa e incapaz de expresarse, este tipo de impresiones puede traducirse en ocasiones en malhumor. Estaba muy enfadada: con Dalgliesh, porque su trabajo le daba derecho a hacer preguntas impertinentes y embarazosas; consigo misma, porque no era capaz de esconder sus sentimientos; e incluso con la víctima, porque había hecho que la clínica se viera envuelta en aquella situación tan difícil y turbia. Era una reacción que Dalgliesh ya había tenido ocasión de observar y sabía que de nada servía tratar de forzar a este tipo de testigos a que cooperasen. Quizás más adelante la hermana Ambrose se sentiría dispuesta a hablar con mayor libertad pero, en aquel momento, era una pérdida de tiempo tratar de hacer algo más que sonsacarle los hechos que estaba dispuesta a relatar. Por lo menos un punto crucial estaba claro: la señorita Bolam estaba todavía con vida y se dirigía hacia las escaleras del sótano aproximadamente a las seis y veinte. A las siete se había descubierto su cadáver. Aquellos cuarenta minutos eran cruciales y todo miembro del personal que tuviera una coartada que los cubriera quedaría libre de la investigación. Dalgliesh no creía que una persona de fuera se las hubiera ingeniado para introducirse en la clínica y, una vez en ella, hubiera esperado a la señorita Bolam. Era casi seguro que el asesino seguía ahora en el edificio. Sólo era cuestión de llevar a cabo un interrogatorio escrupuloso, de comprobar metódicamente todas las coartadas y de buscar un móvil. Dalgliesh decidió hablar con un hombre cuya coartada parecía irrefutable, puesto que su opinión sería imparcial, tanto en relación con la clínica como con sus variados personajes. Dio las gracias a la hermana Ambrose por su valiosa cooperación –el ligero parpadeo detrás de las gafas de montura metálica le dio a entender que había captado la ironía– y pidió al policía de la puerta que hiciera pasar al señor Lauder.

2

Era la primera vez que Dalgliesh tenía la oportunidad de observar de cerca al secretario. Era un hombre corpulento, un tanto regordete, de ojos apacibles detrás de unas gafas cuadradas muy gruesas, vestido con aquellos trajes de *tweed* tan bien cortados que le daban más apariencia de médico rural o de abogado de pueblo que de burócrata. Se notaba que se encontraba a gusto y se comportaba como un hombre que está seguro de su capacidad, a quien no le gusta que le metan prisas y que siempre se guarda algo en la manga, incluyendo, pensó Dalgliesh, una inteligencia más aguda que la que su aspecto dejaba traslucir.

Se sentó enfrente de Dalgliesh, con la silla cómodamente echada hacia adelante y, sin pedir disculpas ni excusarse, sacó una pipa de uno de sus bolsillos y empezó a buscar la petaca con el tabaco en el otro. Tras hacer un signo a Martin, con su cuaderno de notas abierto, empezó a hablar pausadamente con un ligero acento norteño.

–Reginald Iven Lauder. Fecha de nacimiento, 21 de abril de 1905. Domicilio, n.º 42 de la avenida Makepeace, Chigwell, Essex. Profesión, secretario de la Junta Directiva del East Central Hospital. Y ahora dígame, superintendente, ¿qué quiere saber?

–Demasiado, me temo –dijo Dalgliesh–. Pero, dígame antes que nada, ¿tiene alguna idea de quién ha podido matar a la señorita Bolam?

El secretario terminó de preparar su pipa y, apoyando los

codos en el escritorio, se quedó mirando su reluciente cazoleta con aire satisfecho.

–Créame que me gustaría. Habría venido a verle mucho antes de haberlo sabido, pierda cuidado. Pero no, no puedo ayudarle en eso.

–¿Sabe usted si la señorita Bolam tenía enemigos?

–¿Enemigos, dice usted? ¡Ésa es una palabra muy fuerte, superintendente! Había gente a la que no caía muy bien, como también me ocurre a mí... y seguro que a usted también..., pero no por ello hemos de temer que nos asesinen. No, yo no diría que tenía enemigos. Pero dése cuenta de que yo no sé nada de su vida privada... no es asunto mío.

–¿Podría hablarme de la clínica y del cargo que ocupaba? Ya me han hablado un poco de la reputación que tiene este centro, pero sería de gran ayuda tener alguna idea clara de todo lo que se hace aquí.

–¿Una idea clara de todo lo que se hace aquí?

Es imposible que fueran imaginaciones suyas, pero Dalgliesh habría jurado que había detectado una mueca de crispación en el secretario.

–Bueno, el director podría decirle mucho más que yo... desde un punto de vista médico, claro está, pero supongo que puedo ponerlo al corriente de lo esencial. La familia de un tal Hyman Stein fundó la institución entre las dos guerras. Al parecer, el hombre sufría de impotencia y, gracias a un tratamiento de psicoterapia, consiguió tener cinco hijos. Sin embargo, lejos de arruinarse, todos salieron adelante y, cuando el padre murió, sus hijos dieron a la clínica una sólida base económica en su honor. Al fin y al cabo, tenían una deuda con el centro. Todos los hijos cambiaron su apellido por el de Steen... supongo que por el motivo de siempre... y bautizaron la clínica con el apellido adaptado al inglés. Muchas veces me pregunto qué hubiera pensado de todo esto el viejo Hyman.

–¿Está bien dotada?

–Lo estaba. El Estado se encargó de ello en su día de

acuerdo con la ley de 1946. Desde entonces ha entrado algún dinero, pero no mucho. A la gente no le gusta mucho hacer donaciones a instituciones estatales. Sin embargo, la situación era bastante desahogada antes de 1948, teniendo en cuenta cómo suelen ser este tipo de sitios. Estaba bastante bien en cuanto a medios y equipo. No sabe usted el trabajo que le ha costado a la Junta Directiva del hospital llevar este centro después de lo bien acostumbrados que estaban.

—¿Es difícil administrar esta clínica? Supongo que debe de haber conflictos personales.

—No es más difícil de llevar que cualquier otro centro pequeño. Los conflictos personales se dan en todas partes, pero siempre preferiré tener que enfrentarme con un psiquiatra conflictivo que con un cirujano conflictivo... ¡son terriblemente arrogantes!

—¿Consideraba usted a la señorita Bolam una buena oficial administrativa?

—Bueno..., era eficiente. En realidad nunca tuve ninguna queja. Supongo que era un poco estricta. Al fin y al cabo, las circulares del ministerio no tienen el poder de las leyes y supongo que es absurdo querer complicarlas como si hubieran sido dictadas personalmente por el mismísimo Dios Todopoderoso. Dudo que la señorita Bolam fuera mucho más allá de eso. Pero debe saber que era una oficial competente, metódica y muy responsable. Dudo que presentara nunca una declaración incorrecta.

«¡Pobre diablo!», pensó Dalgliesh, afligido por el triste carácter anónimo de aquel epitafio oficial.

—¿Era una persona estimada en la casa? ¿Entre el equipo médico, por ejemplo? —preguntó Dalgliesh.

—Eso, superintendente, creo que tendrá que preguntárselo al equipo médico, pero no tengo motivos para pensar lo contrario.

—Entonces esto quiere decir que la Junta Médica no le presionaba a usted para que la trasladara.

De pronto, aquellos apacibles ojos grises miraron desconcertados.

—A mí no se me ha hecho nunca ninguna petición oficial de este tipo —respondió sosegadamente el secretario tras una breve pausa.

—¿Y extraoficial?

—Creo que alguna vez se ha respirado el sentimiento general de que a la señorita Bolam le podía resultar beneficioso un cambio de trabajo. ¡Y no crea que sea una idea tan mala, superintendente! A cualquier oficial de un centro pequeño, especialmente de una clínica psiquiátrica, le puede resultar beneficioso un cambio de experiencia. Pero no tengo por costumbre movilizar al personal según los antojos de las juntas médicas. ¡Estaríamos frescos! Y como ya le he dicho antes, no me ha llegado nunca ninguna petición oficial. De haber sido la propia señorita Bolam la que me hubiera pedido el traslado, el asunto habría sido muy distinto. Pero aun así, tampoco habría sido fácil. La señorita Bolam era una oficial administrativa general y no existen demasiados puestos de esa categoría.

Dalgliesh volvió a preguntarle entonces por la llamada de la señorita Bolam y Lauder le confirmó que había hablado con ella hacia la una menos diez. Recordaba la hora porque estaba a punto de irse a comer. La señorita Bolam le había dicho que quería hablar con él personalmente y, cuando su secretaria le había pasado la llamada, le había preguntado si podía verle urgentemente.

—¿Puede usted recordar con exactitud cuáles han sido sus palabras?

—Más o menos me ha dicho: «¿Podría usted concederme una entrevista lo antes posible? Me parece que está ocurriendo algo aquí que debe usted saber. Me gustaría conocer su opinión. Se trata de algo que empezó mucho antes de que yo entrara a trabajar en la casa». Le he dicho que esta tarde no podría ser porque tenía que estar en la Junta Financiera y de Resoluciones Generales a partir de las dos y media y que inmediatamente después tenía el Comité de la Junta Consultiva. Le he preguntado si no podía decirme más o menos de qué se trataba y si no podía esperar hasta el lunes. Como me ha parecido que dudaba, antes de que me respondiera le he dicho que me pasaría de vuelta a casa esta misma tarde. Sabía que los viernes la clínica estaba abierta hasta tarde. Me ha dicho que se las arreglaría para estar sola en su despacho a partir de las seis y media, me ha dado las gracias y ha colgado. Sin embargo, como siempre, el Comité de la Junta Consultiva me ha tenido ocupado más tiempo del que esperaba y no he podido venir hasta poco antes de las siete y media. Pero todo esto ya lo sabe. Cuando han descubierto el cadáver, yo me encontraba todavía reunido con el Comité, como no dudo de que se encargará usted de comprobar a su debido tiempo.

—¿Se ha tomado en serio lo que le ha dicho la señorita Bolam? ¿Era el tipo de mujer que lo llamaba por tonterías o considera que el hecho de que quisiera verle significaba que algo realmente grave estaba ocurriendo?

El secretario se quedó pensativo:

—Me lo he tomado en serio. Por eso he venido esta misma tarde —respondió tras una pausa.

—¿Y no tiene usted ni idea de qué asunto podría tratarse?

—Ninguna, lo siento. Tiene que tratarse de algo que descubriera después del miércoles, porque el miércoles por la tarde vi a la señorita Bolam en la reunión de la Junta de la Cámara y me dijo que todo estaba la mar de tranquilo. A propósito, ésa fue la última vez que la vi. Pensé que tenía buen aspecto, mejor que últimamente.

Dalgliesh preguntó entonces al secretario si sabía algo acerca de la vida privada de la señorita Bolam.

—Muy poca cosa. Creo que no tenía ningún pariente cercano y que vivía sola en un piso de Kensington. La enfermera Bolam sabrá decirle más cosas sobre ella. Eran primas y la enfermera Bolam debe de ser la pariente más cercana que tenía con vida. No estoy muy seguro, pero creo que tenía algún dinero de familia. Toda la información oficial acerca de su carrera profesional la encontrará usted en su dossier. Conociendo a la señorita Bolam, es de esperar que su carpeta esté tan meticulosamente guardada como cualquier dossier de otro miembro del personal. Seguro que tiene que estar ahí.

Sin moverse de su silla, se recostó hacia un lado, abrió de un tirón el primer cajón del archivador y metió su regordeta mano entre las carpetas de manila.

—Aquí está. Bolam, Enid Constance. Entró aquí en octubre de 1949 como taquimecanógrafa. Estuvo dieciocho meses en las oficinas centrales de la casa y fue trasladada a una de nuestras clínicas para enfermedades respiratorias, con la categoría B, el 19 de abril de 1951; el 14 de mayo de 1957 se presentó como candidata para ocupar la plaza vacante de oficial administrativa de esta clínica. Entonces el cargo tenía la categoría D y tuvo mucha suerte al conseguirlo. Recuerdo que los candidatos no eran muy buenos. Todos los cargos administrativos y de oficina recibieron una nueva categoría en 1958, de acuerdo con el informe Noel Hall y, después de algunas discusiones con el Consejo Regional, conseguimos que éste fuera adscrito a la categoría de administrativo general. Está todo aquí. Fecha de nacimiento, 12 de diciembre de 1922. Domicilio, 37 a de Ballantyne Mansions, S.W. 8. Luego vienen los detalles acerca de su código tributario, su número de la Seguridad Social y fecha del incremento salarial. Sólo estuvo una semana de baja por enfermedad desde que entró en la casa y eso fue en 1959, por culpa de una gripe. Y poca cosa más. Su solicitud de empleo y todas las cartas de citación tienen que estar en el dossier principal, en las oficinas centrales de la casa.

El secretario tendió la carpeta a Dalgliesh.

—Aquí dice que antes había trabajado en la Casa de Investigación Botley —dijo Dalgliesh tras echar una ojeada al contenido—. ¿No es ésa la empresa de sir Mark Etherege?

Andan medio metidos en investigación aeronáutica. Es el hermano del doctor Etherege, ¿no?

—Creo recordar que la señorita Bolam me comentó que conocía ligeramente al hermano del doctor Etherege cuando fue elegida para el cargo. Y efectivamente no podía ser de otro modo, piense que en Botley no era más que taquimecanógrafa. Supongo que es una mera coincidencia... ¡de algún sitio tenía que salir esa señorita Bolam! Creo recordar que fue sir Mark quien nos dio buenas referencias suyas cuando solicitó el puesto. Todo esto estará en el dossier principal.

—Señor Lauder ¿le importaría decirme qué cambios piensa hacer, ahora que ha muerto?

—No me importa en absoluto. Naturalmente, tendré que consultarlo con la junta, dado lo inusual de las circunstancias, pero creo que recomendaré a la taquígrafa con mayor antigüedad, la señora Bostock, para que la reemplace. Si demuestra ser capaz de hacer este trabajo, y creo que lo será, será una buena candidata para la vacante. De todos modos, el puesto se anunciará siguiendo los procedimientos normales.

Dalgliesh no hizo ningún comentario, pero le pareció realmente interesante. El hecho de que la decisión acerca de la sucesora de la señorita Bolam hubiera sido tan rápida sólo podía significar que Lauder ya había considerado la posibilidad en alguna ocasión. Puede que las propuestas del equipo médico hubieran sido extraoficiales, pero seguramente habían sido más efectivas de lo que el secretario estaba dispuesto a admitir. Dalgliesh volvió al tema de la llamada telefónica que había traído al señor Lauder a la clínica.

—Las palabras que ha utilizado la señorita Bolam me parecen muy significativas. Ha dicho que aquí podía estar ocurriendo algo muy serio que usted debía saber y que databa de mucho antes de que ella entrara en la clínica. Ello me hace pensar, en primer lugar que todavía no estaba totalmente segura, que sólo sospechaba algo y, en segundo lugar, que no le preocupaba un incidente en concreto, sino algo que duraba desde hacía mucho tiempo. Una política sistemática de robo, por ejemplo, contra un caso de hurto aislado.

—Superintendente, me sorprende que mencione usted la palabra robo. Tuvimos un caso de robo no hace mucho, pero se trató de un hecho aislado, el primero que hemos tenido en muchos años y no veo qué relación podría tener con el asesinato. Fue justamente hace una semana, el martes, lo recuerdo muy bien. Cully y Nagle, como siempre, fueron los últimos en salir de la clínica y Cully propuso a Nagle que fuera a tomar una copa con él al Queen's Head. Supongo que conoce el sitio. Es el pub de la última esquina de la calle Beefsteak. Hay una o dos cosas un poco raras en esta historia y una de ellas es que Cully invitara a Nagle a una copa. Nunca me habían parecido buenos amigos. El caso es que Nagle aceptó y que estuvieron juntos en el Queen's Head a partir de las siete. Hacia la media apareció un amigo de Cully y le dijo que le sorprendía verle allí, porque acababa de pasar por delante de la clínica y había visto un resplandor en una de las ventanas, como si alguien se estuviera paseando por la casa con una linterna. Nagle y Cully fueron a investigar qué ocurría y se encontraron con que una de las ventanas traseras del sótano estaba rota o, mejor dicho, forzada. Un trabajo bastante bueno, dicho sea de paso. Cully no se sintió con ánimos para entrar sin refuerzos a averiguar qué pasaba y no le echo las culpas por ello. Recuerde que tiene sesenta y cinco años y que no es un hombre fuerte. Así pues, después de unos cuantos cuchicheos, Nagle dijo que entraría él y que, entretanto, Cully podía llamar a la policía desde el quiosco de la esquina. Los agentes llegaron a toda prisa, pero no consiguieron atrapar al intruso. Dio esquinazo a Nagle dentro del edificio y, cuando Cully regresó de telefonear, aún tuvo tiempo de ver cómo se escabullía fuera del edificio.

—Averiguaré cómo andan las investigaciones acerca de este asunto —dijo Dalgliesh—, pero estoy de acuerdo con usted en que a primera vista parece poco probable que exista una relación entre ambos incidentes. ¿Se llevaron mucho?

–Quince libras de un cajón del despacho de la asistencia social de psiquiatría. La puerta estaba cerrada con llave, pero el ladrón la forzó. El dinero estaba metido en un sobre que iba dirigido, con tinta verde, a la secretaria administrativa de la clínica y se había recibido hacía una semana. No había ninguna carta dentro, sólo una nota que decía que el dinero era de un paciente agradecido. El resto del contenido del cajón estaba destrozado y esparcido por el suelo, pero no se llevaron nada más. Habían intentado forzar los armarios de los historiales de la oficina central y, aparte de que los cajones del escritorio de la señorita Bolam también habían sido forzados, no se llevaron nada.

Dalgliesh le preguntó si no habrían debido guardar las quince libras en la caja fuerte.

–En eso, superintendente, tiene toda la razón. Tendrían que haberlo hecho, pero había un pequeño problema acerca del destino del dinero. La señorita Bolam me había telefoneado para decirme que se había recibido un dinero y que, en su opinión, debía ser ingresado de inmediato en la cuenta de dinero particular de la clínica, para ser utilizado a su debido tiempo con la autorización de la junta de la casa. Era una forma muy correcta de proceder, y así se lo dije. Al poco rato, el director médico me telefoneó para pedirme si le autorizaba a gastar el dinero en unos jarrones nuevos para flores, que se pondrían en la sala de espera de los pacientes. Era un gasto que había que hacer y me pareció un buen uso de unos fondos que no procedían de la tesorería, por lo que telefoneé al presidente de la junta de la casa para que me diera su autorización. Al parecer, el doctor Etherege quería que fuera la señorita Kettle la que eligiera los jarrones y pidió a la señorita Bolam que le entregara el dinero. Como yo ya había notificado la decisión a la señorita Bolam, así lo hizo, creyendo que iban a comprar los jarrones inmediatamente. Sin embargo algo debió de ocurrir que cambió los planes de la señorita Kettle y, en lugar de devolver el dinero a la oficina de la administración para que fuera guardado en la caja de caudales, lo dejó en su cajón, cerrado con llave.

—¿Sabe usted cuántos miembros del personal sabían que lo guardaba allí?

—Eso mismo me preguntó la policía. Supongo que la mayoría sabían que no se habían comprado los jarrones pues, de haber sido así, la señorita Kettle se los habría enseñado. Seguramente pensarían que, después de haberle sido entregado el dinero, no iba a devolverlo, aunque sólo fuera temporalmente. No sé. La llegada de esas quince libras fue misteriosa y no trajo más que problemas, aparte de que su desaparición fue igual de misteriosa. Sea como fuere, superintendente, no las robó nadie de la casa. A pesar de que Cully únicamente consiguió ver al ladrón un instante, estaba seguro de que era un desconocido. De todos modos, dijo que el tipo tenía todo el aire de un señor. No me pregunte usted qué le indujo a pensar eso ni en qué se basó para afirmarlo, pero eso fue lo que dijo.

Dalgliesh pensó que todo el asunto era bastante raro y que tendría que ser investigado más a fondo, pero de todos modos no veía qué relación podía haber entre ambos incidentes. Ni siquiera era seguro que la llamada de la señorita Bolam al secretario para pedirle consejo estuviera relacionada con su muerte, si bien en este caso la sospecha tenía mayor fundamento. Era de suma importancia descubrir, si era posible, qué había sospechado la señorita Bolam, por lo que volvió a preguntarle al señor Lauder si podía ayudarle en ese punto.

—Ya le he dicho, superintendente, que no tengo ni la menor idea del asunto al que podía estar refiriéndose. Si hubiera sospechado que algo andaba mal, no habría esperado a que la señorita Bolam me telefoneara. Las oficinas del grupo no están tan desconectadas de los centros como piensan algunos y normalmente siempre estoy al tanto de todo lo que debo saber. Si el asesinato está relacionado con esa llamada, quiere decir que aquí está ocurriendo algo realmente serio.

Al fin y al cabo, no se asesina a una persona únicamente para impedir que el secretario se entere de que uno ha malgastado un dinero destinado a dietas de viaje o que ha gastado más de lo previsto para el año. Por lo menos nadie lo había hecho hasta ahora, que yo sepa.

—Exactamente —dijo Dalgliesh y, mirando al secretario fijamente a los ojos, añadió sin ningún tipo de énfasis—: Todo esto me lleva a pensar en algo que hubiera podido arruinar profesionalmente a cierta persona. Por ejemplo, la existencia de unas relaciones sexuales con un paciente, o cualquier otra cosa de ese calibre.

La expresión del señor Lauder no pareció alterarse.

—Me imagino que todos los médicos son conscientes de la gravedad que tendría una cosa de este tipo, especialmente los psiquiatras. Por eso tienen que tener mucho cuidado con algunas de las pacientes neuróticas que tratan. Todos los médicos de este centro son extremadamente competentes y algunos gozan incluso de fama internacional. Una reputación así no se consigue si uno se comporta como un necio y, por otra parte, las personas competentes tampoco cometen asesinatos.

—¿Y qué me dice del resto del personal? Puede que no sean de una competencia extrema, pero supongo que son tenidos por gente honrada.

—La hermana Ambrose —dijo el secretario sin inmutarse— está con nosotros desde hace casi veinte años y la enfermera Bolam lleva ya cinco. Tengo plena confianza en ellas. Todo el personal de oficina ha entrado en la casa con buenas referencias, y lo mismo puede decirse de los dos vigilantes, Cully y Nagle. Admito que no comprobé en su momento si habían cometido algún asesinato —añadió, irónico—, pero ni uno ni otro me parecieron maníacos u homicidas. Cully bebe un poco y es un pobre hombre al que sólo le quedan cuatro meses para jubilarse. Dudo que fuera capaz de matar ni siquiera un ratón sin hacerse un embrollo. Nagle está muy por encima de los vigilantes de hospital convencionales. Creo que es estudiante de arte y que trabaja aquí para ganarse algún dinero. Sólo lleva dos años con nosotros, por lo que no estaba aquí antes de que ingresara en la casa la señorita Bolam. Aunque hubiera ligado con todo el personal femenino, cosa que parece bastante improbable, lo peor que le podría pasar es que lo despidieran, pero no creo que eso le preocupara demasiado tal como están las cosas hoy en día. Es un hecho que han matado a la señorita Bolam con su escoplo, pero ha podido cogerlo cualquiera.

—Siento recordarle que ha tenido que ser alguien de dentro —repuso Dalgliesh amablemente—. El asesino sabía dónde estaba el fetiche de Tippett y el escoplo de Nagle, sabía cuál era la llave que abría la vieja sala de historiales, sabía exactamente dónde estaba colgada la llave en el tablero del cuarto de servicio de los vigilantes, probablemente llevaba uno de los delantales de hule de la sala de terapia artística como protección y no cabe duda de que tenía conocimientos de medicina. Y además, está lo más importante: el asesino no ha podido salir de la clínica después del crimen. La puerta del sótano estaba cerrada con llave, al igual que la puerta trasera de la planta baja, y, además, Cully vigilaba la puerta principal.

—Cully tenía dolor de estómago. A lo mejor no se ha fijado en quién salía o entraba.

—¿Cree realmente que eso es posible? —preguntó Dalgliesh. Y el secretario no respondió.

A primera vista, Marion Bolam parecía una mujer guapa. Tenía ese buen aspecto clásico y agradable que, realzado por el uniforme de enfermera, transmitía inmediatamente la impresión de una belleza serena. Su cabello rubio, peinado con raya coronando una frente alta y enrollado en la nuca, estaba sujeto con una sencilla cofia blanca. Pero la ilusión se desvanecía a la segunda mirada, tras la cual la belleza daba paso a una cierta gracia. Sus rasgos, analizados uno por uno, no llamaban la atención. La nariz quizá era un poco larga y los labios demasiado finos. Vestida con ropa de calle, en el momento de salir a toda prisa al finalizar la jornada, podía pasar inadvertida, porque era aquella combinación de la ropa blanca tan correcta y almidonada con aquel cutis limpio y aquel cabello dorado lo que realmente deslumbraba. El único parecido que Dalgliesh detectó en ella con su prima muerta fue la frente alta y la nariz afilada. Con todo, aquellos ojos grandes y grises que se clavaron de lleno en los suyos durante unos segundos, antes de que bajara la vista y la fijara en sus manos fuertemente enlazadas en el regazo, no eran nada corrientes.

—Tengo entendido que usted es la pariente más próxima de la señorita Bolam. Todo esto tiene que haberla impresionado mucho.

—¡Ay, sí! Enid era mi prima.

—Llevan ustedes el mismo apellido. ¿Sus padres eran hermanos?

—Pues sí. Y nuestras madres también lo eran. Dos hermanos se casaron con dos hermanas, así que éramos parientes por partida doble.

—¿Tenía la señorita Bolam algún otro pariente?

—Únicamente mamá y yo.

—Creo que tendré que hablar con el abogado de la señorita Bolam —dijo Dalgliesh—, pero me ayudaría usted mucho si me adelantara todo cuanto sepa acerca de sus asuntos. Siento tener que hacerle estas preguntas tan personales. Normalmente no suelen tener ninguna relación con el asesinato, pero cuanto más se sepa acerca de las personas implicadas, mejor. ¿Tenía su prima algún otro ingreso aparte de su salario?

—Oh, claro que sí. Enid tenía una posición bastante desahogada. Nuestro tío Sidney dejó unas 25.000 libras a su madre y Enid lo heredó todo. No sé cuánto le quedó, pero creo que cobraba unas mil libras al año, aparte del salario que ganaba aquí. Seguía viviendo en el piso de mi tía, en

Ballantyne Mansions, y... y fue siempre muy buena con nosotras.

—¿De qué modo, señorita Bolam? ¿Les pasaba alguna asignación?

—No, no. A Enid no le gustaban ese tipo de cosas. Pero nos hacía regalos: treinta libras en Navidad y cincuenta en julio, para nuestras vacaciones de verano. Mamá padece una esclerosis generalizada y no podemos alojarnos en un hotel de tipo corriente.

—¿Y qué pasará ahora con el dinero de la señorita Bolam?

La mirada gris de la joven se clavó en sus ojos sin ninguna muestra de embarazo.

—Pasará a mamá y a mí —contestó simplemente—. No tenía a nadie más a quien dejarlo. Enid siempre decía que nos lo dejaría todo si moría antes que nosotras. Claro que eso no era nada probable, y menos que muriera en vida de mi madre.

Dalgliesh pensó que era, efectivamente, muy poco probable, si todo hubiera ocurrido de una forma natural, que la señora Bolam se hubiera beneficiado de aquellas 25.000 libras o de lo que quedara de ellas. Ahí estaba el móvil, tan obvio, tan comprensible, tan universal y tan querido de cualquier ministerio fiscal. Todos los jurados comprendían la tentación del dinero. ¿Era posible que la enfermera Bolam no se diera cuenta de lo significativo que era lo que acababa de decir con candor? ¿Era posible una inocencia tan ingenua o una culpa tan confiada?

—Señorita Bolam, ¿cree que su prima era una persona estimada entre la gente de aquí? —preguntó a bocajarro.

—No tenía demasiados amigos, ni creo tampoco que ella se hubiera considerado una persona estimada por sus compañeros. No lo pretendía, por otra parte. Ya tenía sus actividades en la parroquia y estaban también las Guías. Era una persona muy tranquila, la verdad.

—¿Pero no sabe usted que tuviera ningún enemigo?

—¡Oh, no! No lo tenía en absoluto. Enid era una mujer muy respetada.

Aquel epíteto tan ceremonioso y pasado de moda fue casi inaudible.

—Así pues —dijo Dalgliesh—, parece que estamos ante un crimen sin móvil aparente, sin premeditación. En ese caso, ello apuntaría hacia uno de los pacientes. Pero la suposición parece un tanto descabellada y usted insiste mucho en que no es probable.

—¡Claro que no! ¿Cómo podría ser un paciente? Estoy convencida de que ninguno de nuestros pacientes sería capaz de una cosa así. No son violentos.

—¿Ni siquiera el señor Tippett?

—Tippett no puede haber sido. Está en el hospital.

—Eso me han dicho. ¿Cuánta gente sabía que el señor Tippett no iba a venir a la clínica este viernes?

—No lo sé. Nagle lo sabía porque ha sido él quien ha contestado el teléfono y él se lo ha comunicado a Enid y a la hermana. La hermana me lo ha dicho a mí. ¿Sabe una cosa? Generalmente, los viernes, mientras estoy con los pacientes de LSD, procuro vigilar a Tippett. No puedo dejar solos a mis pacientes más de un segundo, naturalmente, pero de vez en cuando echo una ojeada para asegurarme de que Tippett se encuentra bien. Esta tarde no ha sido necesario. ¡Pobre Tippett, le gusta tanto su terapia artística! Hace seis meses que la señora Baumgarten está enferma, pero no por eso íbamos a decir a Tippett que no viniera. No es capaz de matar ni a una mosca. Me parece muy mezquino sugerir que Tippett pueda tener algo que ver con todo eso. ¡Muy mezquino!

De pronto se puso a hablar con vehemencia.

—Pero si nadie lo insinúa, señorita Bolam... —dijo Dalgliesh con suavidad—. Si Tippett está en el hospital, y no tengo la menor duda de que confirmaremos este hecho, no podía estar aquí.

—Pero alguien ha tenido que poner su fetiche encima del cadáver, ¿no es cierto? Si Tippett hubiera estado aquí, usted hubiese sospechado de él de inmediato y el pobre se habría quedado triste y confuso. Ha sido una cosa de muy mala fe, ¡de muy mala fe!

Su voz se quebró y parecía a punto de llorar. Dalgliesh la miró retorcerse los largos dedos, las manos en el regazo.

—No creo que debamos preocuparnos por el señor Tippett —dijo Dalgliesh en tono amable—. Ahora quiero que reflexione y me diga todo lo que sepa acerca de lo que ha ocurrido en la clínica desde el momento en que ha entrado usted de servicio esta tarde. No se preocupe por los demás, lo único que quiero saber es lo que ha hecho usted.

La enfermera Bolam recordaba muy bien todo lo que había hecho y, tras reflexionar unos segundos, dio un informe lógico y detallado de sus actividades. Su tarea de los viernes por la tarde consistía en atender a los pacientes sometidos a tratamiento de ácido lisérgico. Según explicó, se trataba de un método que permitía liberar inhibiciones profundamente arraigadas y hacer que el paciente fuera capaz de recordar y narrar incidentes reprimidos en su subconsciente, responsables de su enfermedad. A medida que iba hablando del tratamiento, la enfermera Bolam se fue relajando y pareció olvidar que estaba hablando con un lego en la materia. Sin embargo, Dalgliesh no la interrumpió.

—Es un medicamento extraordinario y el doctor Baguley lo usa bastante a menudo. Se llama dietilamida del ácido lisérgico y creo que fue descubierto por un alemán en 1942. Se administra por vía oral y la dosis normal es de 0,25 miligramos. Se comercializa en ampollas de un miligramo, mezclado con 15 o 30 centímetros cúbicos de agua destilada. Los pacientes deben presentarse en ayunas. Los primeros efectos empiezan a manifestarse al cabo de media hora y las experiencias subjetivas más curiosas se presentan al cabo de una hora u hora y media después de haber sido administrado el fármaco. Ése es el momento en que el doctor Baguley baja y se queda con el paciente. Los efectos pueden prolongarse incluso cuatro horas, en las que el paciente suele mostrarse exaltado, inquieto y bastante alejado de la realidad. Como es natural, nunca se los deja solos y para esas sesiones se utiliza la sala del sótano, porque es un lugar apartado y tranquilo y, además, los demás pacientes no se ven afectados por el ruido. Normalmente los tratamientos con LSD empiezan a primera hora de la tarde de los viernes y terminan a última hora y yo soy siempre la encargada de atender al paciente.

–Cabe suponer, pues, que si un viernes se oyera un ruido, como por ejemplo un grito, procedente del sótano, la mayor parte del personal pensaría inmediatamente que se trataba de un paciente bajo los efectos del LSD.

La enfermera Bolam pareció dudar.

–Sí, supongo que sí. A veces este tipo de pacientes provocan bastante alboroto. Mi paciente de hoy estaba más alterada que normalmente y por eso no la he dejado un momento. Generalmente, tan pronto como el paciente ha pasado lo peor, me voy un rato a la habitación de la ropa blanca, que comunica con la sala de tratamiento, y clasifico la ropa limpia. Sin embargo, dejo siempre la puerta abierta, para ir vigilando al paciente de vez en cuando.

Dalgliesh le preguntó entonces qué había pasado exactamente aquella tarde.

–Bueno, el tratamiento ha empezado justo después de las tres y media y el doctor Baguley ha entrado a echar un vistazo después de las cuatro para ver si todo marchaba bien. He estado con la paciente hasta las cuatro y media, hora en que la señora Shorthouse ha entrado para decirme que el té estaba listo. La hermana ha bajado a sustituirme mientras yo subía a la habitación de servicio de las enfermeras para tomar el té. A las cinco menos cuarto ya estaba de vuelta y a las cinco he llamado al doctor Baguley. Ha estado con la paciente unos tres cuartos de hora y luego ha regresado a su sesión de T.E.C. Luego yo me he quedado con la paciente y, como estaba tan inquieta, he decidido dejar la ropa blanca para más tarde. Hacia las siete menos veinte, Peter Nagle ha llamado a la puerta y me ha pedido la ropa limpia. Yo le he dicho que todavía no la había clasificado y, aunque ha parecido un tanto sorprendido, no ha dicho nada. Al poco rato he creído oír un chillido. Al principio no le he dado importancia, porque no me ha parecido muy cercano y he pensado que debían de ser niños que jugaban en la plaza, pero luego he pensado que debía asegurarme y he abierto la puerta. Entonces ha sido cuando he visto al doctor Baguley y al doctor Steiner que bajaban al sótano acompañados por la hermana y la doctora Ingram. La hermana me ha dicho que no ocurría nada y me ha pedido que volviera con mi paciente, cosa que he hecho.

—¿Ha abandonado la sala de tratamiento en algún momento después de que el doctor Baguley se ha ido hacia las seis menos cuarto?

—No, no, de ningún modo. No había ninguna necesidad. Si hubiera tenido que salir para ir al guardarropa o por cualquier otra cosa —la enfermera Bolam se ruborizó ligeramente—, habría telefoneado a la hermana para que bajara y me sustituyera.

—¿Ha hecho alguna llamada por la tarde mientras estaba en la sala de tratamiento?

—Sólo una, a la sala de T.E.C., a las cinco, para llamar al doctor Baguley.

—¿Está usted segura de no haber telefoneado a la señorita Bolam?

—¿A Enid? ¡Por supuesto que no! No había motivo. Ella..., es decir, nosotras no solíamos relacionarnos mucho en la clínica. Yo dependo de la hermana Ambrose, ¿sabe usted?, y Enid no tenía nada que ver con el personal de enfermería.

—Pero, ¿la veía bastante a menudo fuera de la clínica?

—No, no. Yo no he dicho eso. He estado una o dos veces en su casa para recoger el cheque de Navidad y en verano, pero para mí no es fácil dejar sola a mamá. Además, Enid tenía su vida y era bastante mayor que yo. En realidad, no la conocía muy bien.

Su voz se quebró y Dalgliesh vio que estaba llorando.

—¡Es tan horrible! —dijo entre sollozos, buscando torpemente el bolsillo de su traje de enfermera por debajo del delantal–. ¡Pobre Enid! ¡Poner ese fetiche sobre su cadáver como si se estuviera burlando de ella, como si estuviera acunando un bebé!

Dalgliesh no sabía que ella hubiera visto el cadáver y así se lo dijo.

–¡Ah, pero si no lo he visto! El doctor Etherege y la hermana no me han dejado entrar, pero nos han contado lo que había pasado.

Efectivamente, la señorita Bolam tenía el aspecto de estar acunando un bebé. Sin embargo, no dejaba de sorprenderle que una persona que no había visto el cadáver lo describiera así. Seguramente, el director les había hecho una descripción muy gráfica de la escena.

Finalmente, la enfermera Bolam encontró su pañuelo, que se sacó del bolsillo. Junto con él salieron un par de guantes de cirujano, muy finos, que fueron a caer a los pies de Dalgliesh.

–No sabía que aquí se utilizaran guantes de cirujano –comentó Dalgliesh, recogiéndolos del suelo.

A la enfermera Bolam no pareció sorprenderle su curiosidad.

–No los utilizamos muy a menudo, pero guardamos algunos pares –respondió, conteniendo sus sollozos con sorprendente rapidez–. Actualmente, en el centro se utilizan guantes desechables, pero todavía quedan por ahí algunos pares de los antiguos. Éste es uno de ellos. Los utilizamos para tareas de limpieza especiales.

–Muchas gracias –dijo Dalgliesh–. Si me lo permite, me quedaré con ellos. No creo que tenga que molestarla más, de momento.

Con un murmullo que bien podía significar «gracias», la enfermera Bolam salió de la habitación caminando hacia atrás.

Los minutos transcurrían con lentitud para el personal de la clínica, que esperaba ser interrogado en el consultorio de la parte delantera. Fredrica Saxon había ido a buscar unos papeles a su despacho del tercer piso y estaba evaluando un test de inteligencia. Hubo una pequeña discusión acerca de si debía o no subir sola, pero la señorita Saxon había declarado firmemente que no tenía la más mínima intención de permanecer allí sentada perdiendo el tiempo y mordiéndose las uñas mientras esperaba a que la polícia decidiera interrogarla, que no tenía al asesino escondido en su despacho ni se proponía destruir ninguna prueba incriminatoria y que no ponía ninguna objeción a que un miembro del personal la acompañara para que todos quedaran satisfechos en ese punto. Aquella franqueza sin tapujos provocó un murmullo de protestas y de afirmaciones pacificadoras, pero la señora Bostock dijo entonces que ella quería ir a buscar un libro a la biblioteca y entonces las dos mujeres salieron de la habitación y regresaron juntas. A Cully ya le habían interrogado hacía rato, después de reclamar su derecho a ser catalogado como paciente, y le habían permitido marcharse para que cuidara de su dolor de estómago en casa. La única paciente que quedaba, la señora King, también había sido interrogada y se había ido con su marido, que la estaba esperando. También el señor Burge se había ido, protestando a gritos porque habían interrumpido su sesión y por el trauma que le había supuesto toda aquella experiencia.

–Se lo pasa muy bien, créanme. Salta a la vista –confesó la señora Shorthouse al personal reunido–. Al superintendente le ha costado muchísimo quitárselo de encima, se lo digo yo.

Al parecer, la señora Shorthouse tenía muchas cosas que contarles. Se le había concedido permiso para que preparara café y bocadillos en su pequeña cocina de la planta baja, en la parte trasera del edificio, y eso le daba una excusa para sus frecuentes idas y venidas vestíbulo arriba y vestíbulo abajo. Traía los bocadillos casi uno por uno y se llevaba las tazas también una por una para lavarlas. Esas idas y venidas le daban oportunidad de comunicar la última noticia al personal, que esperaba cada nueva entrega con una ansiedad y una avidez difíciles de disimular. La señora Shorthouse no era precisamente la emisaria que les habría gustado elegir, pero cualquier noticia, obtenida como fuera y comunicada por quien fuera, ayudaba a aliviar el peso de la ansiedad y, sin lugar a dudas, era sorprendentemente aleccionadora con respecto a los procedimientos policiales.

—Ahora hay unos cuantos inspeccionando el edificio y han puesto a un hombre en la puerta. Como es natural, no han encontrado a nadie. ¿A quién iban a encontrar? Todos sabemos que no se ha podido colar nadie en el edificio, ni tampoco salir de él. Le he dicho al sargento: «Yo ya he terminado por hoy con toda la limpieza de la clínica, así que diga usted a sus hombres que cuiden de dónde ponen las botas...». El forense ha examinado el cadáver y el de las huellas dactilares todavía está abajo, tomando las huellas a todo el mundo. También he visto al fotógrafo. Se paseaba por el vestíbulo con un trípode y una caja muy grande, blanca por arriba y negra por abajo... Y ahora viene lo divertido. Están buscando huellas en el ascensor del sótano. E incluso toman medidas.

Fredrica Saxon levantó la cabeza y pareció que iba a decir algo, pero luego siguió con su trabajo. El ascensor del sótano, que medía alrededor de 1,20 metros cuadrados y que funcionaba mediante una cuerda y una polea, se había utilizado, cuando la clínica era un centro privado, para transportar la comida desde la cocina del sótano hasta el comedor del primer piso. Después no se había inutilizado. De vez en cuando, los historiales médicos de la sala de archivos del sótano eran trasladados en ascensor a los consultorios del primer y segundo pisos pero, aparte de estos casos, rara vez se utilizaba. Nadie hizo ningún comentario acerca del motivo que podía tener la policía para buscar huellas dactilares en aquel lugar específico. La señora Shorthouse se marchó con dos tazas para fregar y volvió al cabo de cinco minutos.

—El señor Lauder está en la oficina central, hablando por teléfono con el presidente. Supongo que le estará contando lo del asesinato. Esto dará a la junta algo de qué hablar, ténganlo por seguro. La hermana está repasando el inventario de ropa blanca con un policía. Parece que no encuentran uno de los delantales de hule de la sala de terapia artística. ¡Ah!, y otra cosa... están desmontando la caldera. La quieren escudriñar por dentro, supongo. ¡Qué simpáticos, digo yo! El lunes esto estará congelado... Ha llegado el furgón mortuorio. Así lo llaman... furgón mortuorio. No dicen ambulancia, no. Cuando la víctima está muerta, ya no se llama así. Seguramente lo habrán oído llegar. Si apartan las cortinas, verán cómo la meten dentro. —Sin embargo, nadie se molestó en correr las cortinas y, al oír las pisadas ligeras y diligentes de los camilleros que cruzaban la puerta arrastrando los pies, nadie dijo palabra. Fredrica Saxon dejó el lápiz un momento e inclinó la cabeza, como si estuviera rezando. Cuando la puerta principal se hubo cerrado, el alivio de todos los presentes se tradujo en un leve suspiro. Hubo un breve silencio y se oyó arrancar el furgón. La señora Shorthouse fue la única que habló.

—¡Pobre chica! Yo sólo le daba otros seis meses aquí... entre una cosa y otra... pero nunca había pensado que saldría con los pies por delante.

Jennifer Priddy estaba sentada en un ángulo del diván empleado para el tratamiento, apartada del resto del personal. Su entrevista con el superintendente había resultado sorprendentemente fácil. No sabía exactamente qué se esperaba encontrar, pero era un hecho que nada tenía que ver con aquel hombre tranquilo, amable y de voz grave. No se había molestado en compadecerse de ella por la impresión que pudiera haberle causado descubrir el cadáver. No le había sonreído. No había sido ni paternal ni comprensivo. Daba la impresión de que lo único que le interesaba era descubrir la verdad con la mayor rapidez posible y que esperaba que todo el mundo estuviera de acuerdo. Supuso que sería difícil mentirle y ni siquiera lo había intentado. Recordarlo todo le había resultado bastante fácil, casi automático. El superintendente le había hecho muchas preguntas acerca de aquellos diez minutos aproximadamente que había pasado en el sótano con Peter. Era de esperar. Como es natural, estaba considerando la posibilidad de que Peter hubiera matado a la señorita Bolam al regresar de correos y antes de que ella se reuniera con él. Pues bien, era imposible. Ella había ido a reunirse abajo con él casi de inmediato, y la señora Shorthouse podía confirmarlo. Seguramente no había costado mucho matar a Enid –procuraba no pensar en aquella violencia súbita, salvaje, calculada– pero, por muy rápido que lo hubieran hecho, Peter no había tenido tiempo.

Se puso a pensar en Peter. Pensar en él llenaba la mayor parte de sus horas de soledad. Sin embargo, aquella noche, las imágenes reconfortantes se sucedían tejidas con un hilo de ansiedad. ¿Estaría enfadado por el modo en que se había comportado? Recordaba avergonzada el grito ahogado de horror que se le había escapado al descubrir el cadáver y cómo se había precipitado en los brazos de Peter. Es cierto que había sido muy amable y considerado, pero él siempre era considerado cuando no trabajaba y cuando se acordaba de que ella estaba presente. Sabía que Peter odiaba los remilgos y que cualquier muestra de afecto le irritaba. Había aprendido a aceptar que el amor que existía entre los dos, puesto que ya no tenía ninguna duda de que aquello era amor, tenía que amoldarse a las condiciones establecidas por él. Desde que habían estado juntos un momento en el cuarto de servicio de las enfermeras, después de descubrir a la señorita Bolam, apenas si había hablado con él. No acertaba a adivinar cómo debía de sentirse. Lo único que sabía era una cosa: era imposible que posara para él aquella noche. Su reacción no tenía nada que ver con ningún sentimiento de vergüenza ni de culpabilidad, pues hacía ya mucho tiempo que él la había liberado de aquel doble impedimento. Seguramente él esperaba que ella fuera a su estudio, tal como habían planeado. Al fin y al cabo, la coartada de ella ya había quedado establecida y sus padres se figurarían que estaba en la clase a la que iba por las noches. Seguro que él no vería ningún motivo razonable para cambiar los planes que habían hecho, ¡bueno era Peter para las cosas razonables! ¡Pero hoy no podía! Por lo menos aquella noche. No tanto por el hecho de tener que posar como por lo que vendría después. No sería capaz de rechazarlo. No habría querido rechazarlo. Pero aquella noche, con Enid muerta, sabía que no podría soportar que la tocara.

Después de su charla con el superintendente, el doctor Steiner se había sentado a su lado y había sido muy amable. Pero el doctor Steiner siempre lo era. Era muy fácil criticar su indolencia o burlarse de sus pacientes, tan raros. El doctor Steiner se preocupaba de verdad por la gente, no como el doctor Baguley, que trabajaba y se cansaba tanto con sus agotadoras consultas, pero a quien no le gustaba nada la gente y únicamente quería que así fuera. Jenny no estaba muy segura de por qué lo veía ahora con tanta claridad. Era la primera vez que se le ocurría tal cosa. Pero es que aquella noche, una vez pasada la impresión al haber descubierto el cadáver, sentía que tenía la cabeza más clara que nunca. Y no sólo la cabeza. Todos sus sentidos estaban agudizados. Los objetos tangibles que la rodeaban, el lustroso calicó con el que estaba tapizado el diván, la manta roja doblada a sus pies, la gama de verdes y amarillos fulgurantes de los crisantemos que había sobre el escritorio... todo era más claro, más brillante, más real que nunca. Veía el contorno del brazo de la señorita Saxon, que reposaba sobre el escritorio dibujando una curva alrededor del libro que estaba leyendo y cómo el vello de su antebrazo parecía como salpicado de la luz que irradiaba la lámpara de sobremesa. Se preguntaba si también Peter vería siempre la vida que le rodeaba de aquel modo tan prodigioso, con aquella claridad, como si acabara de nacer en un mundo que le era desconocido, con los primeros colores espléndidos de la creación todavía frescos. A lo mejor eso era lo que sentían los pintores.

«Supongo que debe de ser el coñac», pensó, y se le escapó una risita nerviosa. Recordaba haber oído refunfuñar en voz baja a la hermana Ambrose hacía media hora:

—¿Qué le habrá estado dando Nagle a Priddy? Esta chica está medio borracha.

Pero borracha no lo estaba y tampoco creía que aquella sensación fuera por culpa del coñac.

El doctor Steiner había acercado su silla al diván y había dejado reposar su mano unos instantes sobre su hombro.

—Era buena conmigo, pero no me caía bien —dijo de pronto la señorita Priddy, sin pensar.

No se sentía triste ni culpable por aquella situación: era la constatación de un hecho.

—No debes preocuparte por eso —dijo él con suavidad, dándole una palmadita en la rodilla.

Lo de la palmadita no se lo tomó a mal. Seguro que Peter habría dicho: «¡Viejo crápula, vicioso, dile que te quite sus sucias manos de encima!». Pero Peter se habría equivocado. Jenny sabía que sólo era un gesto amable. Por un momento estuvo tentada de apoyar su mano contra la suya para demostrarle que lo entendía. Tenía unas manos pequeñas y muy blancas para ser hombre, tan distintas de las de Peter, con sus dedos largos y huesudos manchados de pintura. Miraba cómo se le rizaba el pelo debajo del cuello de la camisa y veía la pelusilla negra de sus nudillos. En el dedo meñique llevaba un anillo con un sello de oro, pesado como un arma.

—Es natural que te sientas así —le dijo—. Cuando alguien se muere, siempre pensamos que nos hubiera gustado ser más amables con él, querríamos que nos hubiera caído mejor. Pero la cosa no tiene remedio. No es bueno disfrazar los sentimientos. Si los entendemos, aprendemos a aceptarlos con el tiempo y a vivir con ellos.

Pero Jenny ya no le escuchaba. La puerta se había abierto

sigilosamente y Peter Nagle acababa de entrar. Aburrido de estar sentado ante el mostrador de recepción, intercambiando comentarios triviales con aquel polícia tan poco comunicativo que estaba de servicio, Nagle entró a buscar distracción en el consultorio de la parte delantera. A pesar de que su interrogatorio oficial ya había terminado, todavía no le habían dado permiso para marcharse de la clínica. Naturalmente, el secretario esperaba que él se quedara en la clínica hasta que pudieran cerrar el edificio por la noche y que se encargara de volverlo a abrir el lunes por la mañana. Tal como estaba el panorama, se veía pudriéndose en aquel sitio como mínimo un par de horas más. Aquella mañana había planeado que se iría a casa temprano y que trabajaría en el cuadro, pero de nada le servía pensar en aquello ahora. Seguro que serían más de las once cuando se terminara el asunto y le dejaran marchar a casa. Pero, aun suponiendo que pudieran ir a su piso de Pimlico juntos, Jenny no posaría para él aquella noche. Bastaba con mirarla a la cara. No se había acercado a él cuando había entrado en la habitación y él, por lo menos, le agradecía ese mínimo de comedimiento. Pero, a pesar de todo, ella no dejaba de dirigirle aquella mirada suya, tímida y tácita, mitad conspiradora y mitad suplicante. Era su manera de decirle que lo entendiera, que lo sentía. Pues bien, él también lo sentía. Había esperado poder trabajar sus tres buenas horas, pero ahora el tiempo se le estaba quedando corto. Pero si lo único que Jenny estaba tratando de darle a entender era que no estaba en condiciones de hacer el amor, en ese caso, le iba de perlas. En realidad, ella no sabía que eso le habría ido de perlas la mayoría de las noches. Lo único que habría querido era tomarla –desde el momento en que se ponía tan pesada e insistente para que la tomara– con tanta rapidez y facilidad como se toma el alimento: un medio de satisfacer una necesidad del que no había que avergonzarse ni darle más importancia de la que tenía. Pero Jenny no era así. No había sido tan listo como creía y Jenny se había enamorado. Estaba desesperada, apasionada y peligrosamente enamorada, y exigía constantemente pruebas, ternura fácil y la dedicación de un tiempo que lo dejaba agotado y nada satisfecho. Le aterrorizaba la idea de quedarse embarazada, de modo que los preliminares del amor eran siempre exasperantemente clínicos y las consecuencias, las más de las veces, unos sollozos incontenibles en sus brazos. Como pintor, su cuerpo le obsesionaba. Ahora ya no podía cambiar de modelo y tampoco se lo podía permitir. Con todo, el precio que tenía que pagar por Jenny le estaba resultando demasiado caro.

La muerte de la señorita Bolam apenas si le había afectado. Sospechaba que ella había sabido siempre lo poco que él trabajaba para ganarse su salario. El resto del personal, engañados al compararle con el viejo de Cully, estaban convencidos de que tenían en él todo un ejemplo de laboriosidad y de inteligencia. Pero la señorita Bolam no se había dejado engañar. No es que él fuera un holgazán. La verdad es que se podía llevar una vida muy tranquila en la clínica y, de hecho, la mayoría, incluidos algunos psiquiatras, la llevaban sin necesidad de que le colgaran a uno ese sambenito. Estaba capacitado de sobra para todo lo que se exigía de él, pero no daba más de lo que le era exigido. Eso Enid Bolam lo sabía muy bien, pese a que a ninguno de los dos le preocupara la situación. Si él se marchaba, lo único que ella podía esperar era sustituirlo por otro vigilante que trabajara menos y fuera menos eficiente. Él, además, era culto, bien parecido y educado. Esto había significado mucho para la señorita Bolam. Sonrió al recordar lo mucho que había significado. No, la señorita Bolam nunca le había molestado, pero tenía menos esperanzas con su sucesora.

Recorrió la habitación con la mirada hasta tropezar con la señora Bostock, sentada a solas, reposando con gracia en uno de los sillones más cómodos, reservados para los pacientes, que él mismo había trasladado a aquella habitación desde la sala de espera. Su cabeza estaba inclinada sobre un libro con gesto estudiado, pero Nagle sabía perfectamente que su mente estaba en otra parte. Probablemente estaba calculando su aumento salarial como oficial administrativa. Aquella ambición arrolladora era inevitable en una mujer. Era la llama que las consumía. Casi se podía oler cómo chisporroteaba en su carne. Detrás de aquel aire de tranquilidad estoica, estaba tan inquieta y nerviosa como una gata en celo. Atravesó la habitación hasta ella y se apoyó contra la pared, junto a su silla, con el brazo casi rozándole el hombro.

—Justo a tiempo para ti, ¿no es cierto? —le dijo.

Ella siguió con la mirada fija en el libro, pero él sabía que tendría que responderle. Nunca eludía defenderse, aunque entonces se hiciera todavía más vulnerable. «Es como todas —pensó—. No puede mantener su maldita boca cerrada.»

—No entiendo de qué me está usted hablando, Nagle.

—¡No me vengas con eso! He estado admirando tu actuación durante los últimos seis meses. Sí, doctor. No, doctor. Como usted quiera, doctor. Claro que me gustaría ayudar, doctor, pero hay algunas complicaciones que... ¡Y tanto que las había! Ella se resistía a rendirse sin luchar. Y ahora está muerta. Es magnífico para ti. Seguro que no tendrán que buscar muy lejos para encontrar una nueva oficial administrativa.

—No sea usted impertinente ni ridículo. ¿Y puede saberse por qué no está ayudando a la señora Shorthouse con el café?

—Porque no tengo ganas. Recuerda quc todavía no eres oficial administrativa.

—Estoy segura de que la policía estará muy interesada en saber dónde ha estado esta tarde. Al fin y al cabo, el escoplo era suyo.

—Tuve que salir con el correo y a buscar el periódico de la tarde. Desalentador, ¿verdad? Me pregunto dónde estarías tú a las seis y veintidós.

—¿Y cómo sabe usted que murió a las seis y veintidós?

No lo sé, pero la hermana te ha visto bajar al sótano a las seis y veinte y, que yo sepa, en el sótano no había nada que pudiera entretener. A no ser que tu querido doctor Etherege estuviera también allí, claro está. De todos modos, seguramente no se rebajaría hasta el punto de arrimarse a la señorita Bolam. Yo diría que no era su tipo. Claro que tú conoces mejor que yo sus gustos en ese terreno.

De pronto la señora Bostock se levantó de su asiento y, levantando el brazo derecho, le estampó una bofetada en la mejilla con tal fuerza que, por un momento, se quedó aturdido. El chasquido del golpe resonó en la habitación. Todo el mundo se volvió a mirarles. Nagle oyó a Jennifer Priddy resollar, vio al doctor Steiner con el ceño fruncido por la preocupación que miraba a todo el mundo con ojos interrogantes y pasmados y vio también a Fredrica Saxon que los miraba con desdén antes de que sus ojos se sumieran de nuevo en la lectura. La señora Shorthouse, que estaba amontonando unos platos encima de una bandeja a un lado de la mesa, miró a su alrededor con un segundo de retraso. Sus penetrantes ojillos recorrieron la habitación de un extremo a otro, desilusionados por haberse perdido algo que valía la pena. La señora Bostock, con el rostro encendido, se hundió de nuevo en su sillón y volvió a su libro. Nagle, con la mano en la mejilla, estalló en una carcajada.

—¿Ocurre algo? —preguntó Steiner—. ¿Qué ha pasado?

En ese momento se abrió la puerta y un policía de uniforme asomó la cabeza.

—Al superintendente le gustaría ver a la señora Shorthouse, si es tan amable —dijo.

La señora Amy Shorthouse no había encontrado ninguna razón para permanecer con la ropa de trabajo puesta mientras esperaba a que la interrogasen, de ahí que, cuando Dalgliesh la hizo pasar, ya estuviese vestida y lista para marcharse a su casa. La metamorfosis era sorprendente. Las cómodas zapatillas de trabajo se habían visto sustituidas por un par de zapatos salón de tacón alto muy a la moda, la bata blanca por un abrigo de pieles y el pañuelo de la cabeza por la última idiotez en sombreros. El efecto del conjunto estaba pasado de moda. La señora Shorthouse parecía una reliquia de los felices años veinte, efecto que acentuaban todavía más lo corto de su falda y los cuidados rizos de un rubio oxigenado, primorosamente arreglados, alrededor de la frente y las mejillas. Sin embargo, no había falsedad en su voz y Dalgliesh sospechaba que muy poca en su personalidad. Sus ojillos grises eran perspicaces y divertidos. No estaba ni asustada, ni triste. A Dalgliesh le parecía adivinar que Amy Shorthouse anhelaba más diversión que la que su vida rutinaria podía ofrecerle y que ahora se estaba divirtiendo de lo lindo. No deseaba una muerte violenta a nadie pero, ya que había ocurrido, había que aprovecharla al máximo.

Una vez hubieron terminado con los preliminares y así que pasaron a los acontecimientos de aquella tarde, la señora Shorthouse le salió con un dato digno de premio.

—De nada serviría que le dijese que sé quién lo ha hecho, porque no lo sé. Y no es que no tenga mis ideas al respecto. Pero hay una cosa que sí puedo decirle. Yo he sido la última persona que ha hablado con ella, de eso no cabe duda. ¡No, no, borre eso! He sido la última persona que ha hablado con ella cara a cara, exceptuando al asesino, claro está.

—¿Quiere usted decir que más tarde ha hablado con alguien más por teléfono? ¿Por qué no me lo dice claramente entonces? Ya tengo bastantes misterios por una tarde.

—¡Qué listo es usted! —dijo la señora Shorthouse sin rencor—. Bueno, pues ha sido en esta misma habitación. Yo he entrado hacia las seis y diez para preguntarle cuantos días de vacaciones me quedaban, porque quería tomarme un día de fiesta la semana que viene y la señorita Bolam ha sacado mi dossier a no ser que ya lo tuviera fuera, ahora que lo pienso... hemos arreglado ese asunto y hemos charlado un poquitín sobre el trabajo. Cuando ya estaba a punto de salir, justo de pie junto a la puerta con las últimas palabras en la boca, como quien dice, ha sonado el teléfono.

—Quiero que reflexione con mucho detenimiento, señora Shorthouse —dijo Dalgliesh—. Esa llamada puede ser importante. ¿Podría recordar las palabras de la señorita Bolam?

—¡Ah! ¿Así que usted cree que alguien la quería mandar abajo para matarla? —dijo la señora Shorthouse con incontenible fruición—. Bien... es posible, ahora que usted lo dice.

Dalgliesh pensó que su testigo distaba mucho de ser tonta. Miró su rostro, deformado por una mueca de esfuerzo simulado. Estaba seguro de que recordaba palabra por palabra lo que se había hablado.

Después de una pausa muy estudiada, en aras del suspense, la señora Shorthouse continuó:

—Como le decía, el teléfono ha sonado. Eso ha debido de ser hacia las seis y cuarto. La señorita Bolam lo ha descolgado y ha dicho: «La oficial administrativa al habla». Siempre contestaba así. ¡Bien orgullosa que estaba de su cargo! Peter Nagle siempre decía: «¿Pero quién demonios se figura que esperamos que nos conteste? ¿Kruschev?». Y no es que se lo dijera a ella, no. ¡Pierda cuidado! Bueno, pues eso ha sido lo que ha dicho. Luego ha habido una pequeña pausa, me ha mirado y entonces ha dicho: «Sí, lo estoy». Como queriendo decir... supongo que quería decir eso... que estaba sola... como si yo no existiera. Luego ha habido una pausa más larga, mientras el tipo seguía hablándole y entonces ha dicho: «Muy bien, quédese donde está. Bajo en seguida». Luego me ha pedido que hiciera pasar al señor Lauder a su despacho si yo estaba por allí cuando llegara, yo le he dicho que así lo haría y me he largado.

—¿Está usted segura de esa conversación telefónica?

—Tan segura como de que estoy aquí sentada. Eso es lo que ha dicho, palabra por palabra.

—Usted ha hablado del «tipo» que había al otro lado. ¿Cómo sabe que era un hombre?

—Yo no he dicho que lo supiera. He pensado que debía de ser un hombre. Créame, si hubiera estado más cerca, lo habría sabido. A veces te puedes hacer una idea de quién está hablando por los ruiditos que hace el teléfono, pero como estaba de pie junto a la puerta...

—¿Y no ha podido oír la voz... ni siquiera un poquito?

—Nada de nada. Se conoce que hablaba en voz baja.

—¿Y qué ha pasado luego, señorita Shorthouse?

—Pues que le he dicho adiós muy buenas y me he ido a lo mío, a la oficina general. Peter Nagle estaba allí, como siempre, distrayendo a la jovencita Priddy de su trabajo y Cully estaba en la cabina de recepción... lo que quiere decir que no ha sido ninguno de los dos. Peter se ha ido con el correo en cuanto ha llegado. Siempre lo hace, a eso de las seis y cuarto.

—¿Ha visto a la señorita Bolam salir de su despacho?

—No, ya se lo he dicho. Yo estaba con Nagle y la señorita Priddy... pero la hermana sí que la ha visto. Pregúnteselo a ella. La hermana la ha visto cuando cruzaba el vestíbulo.

—Entendido. Ya he hablado con la hermana Ambrose. Lo que me preguntaba es si la señorita Bolam ha salido detrás de usted de esta habitación.

—No, no. Por lo menos no en seguida. A lo mejor ha pensado que al tipo le convendría esperar un poco.

—A lo mejor... —dijo Dalgliesh—, pero supongo que habría bajado a toda prisa si la hubiera telefoneado uno de los médicos.

La señora Shorthouse se echó a reír a carcajadas.

—Puede que sí y puede que no. No conocía usted a la señorita Bolam.

—¿Cómo era, señora Shorthouse?

—Pues... bien. Nos llevábamos bien. Le gustaba la gente que trabaja, y yo trabajo. Bueno, no hay más que ver cómo dejo este sitio...

—Sí, ya veo.

—Cuando decía pares, eran pares, y cuando decía nones, nones. Así es como yo la describiría. No era nada molesta cuando se la tenía detrás. Pero créame que, algunas veces, si una no se andaba con cuidado, podía ser bastante desagradable tenerla delante de las narices. Pero, aun así, a mí no me fastidiaba. Nos entendíamos bien.

—¿Sabe si tenía enemigos... alguien que le tuviera manía?

—Seguro que los tenía, ¿no le parece? Pero la cosa no es

una simple manía. Sería llevar el rencor demasiado lejos, si quiere usted saber mi opinión. Mire usted –dijo, separando los pies y acercándose a Dalgliesh en tono confidencial–, la señorita Bolam crispaba los nervios a cualquiera. Hay gente así... usted ya me entiende... No pueden ser tolerantes. Lo que estaba bien, estaba bien, y lo que estaba mal, estaba mal, y no había medias tintas. Estricta. Eso es lo que era, estricta. –El tono de la señora Shorthouse y el gesto tenso de sus labios expresaron el último adjetivo con una inflexibilidad irrefutable–. Está, por ejemplo, el asuntillo del libro de asistencia. Todos los médicos tenían que firmar para que la señorita Bolam pudiera mandar el informe mensual a la junta. Todo muy bien y muy correcto. Pues bien, ese libro solía estar encima de la mesa de la guardarropía de los médicos... y nadie se quejaba. Pero entonces, va la señorita Bolam y se da cuenta de que el doctor Steiner y el doctor McBain suelen llegar tarde y coge y se lleva el libro a su despacho para que todo el mundo tenga que entrar para firmar. Pero no se vaya usted a creer... eran muchas las veces que el doctor Steiner no firmaba. «Ya sabe que estoy aquí –decía él–. Y además, yo soy médico, no un obrero de fábrica. Si quiere que firme en su dichoso libro, que lo vuelva a dejar en la guardarropía de los médicos.» Los médicos han estado intentando sacársela de encima desde hace más de un año, eso lo sé yo de muy buena tinta...

–¿Y cómo lo sabe usted, señora Shorthouse?

–Digamos que lo sé. El doctor Steiner no la podía aguantar. Él está aquí en psicoterapia, psicoterapia intensiva. ¿Sabe usted qué es eso?

Dalgliesh le dijo que sí lo sabía, pero la señora Shorthouse le dirigió una mirada en la que la incredulidad luchaba con la desconfianza. Luego se acercó a él con gesto conspirador, como si le fuera a revelar una de las características menos respetables del doctor Steiner.

–Sigue una orientación psicoanalítica..., eso es, una

orientación psicoanalítica. ¿Sabe a lo que quiero referirme con esos términos?

—Tengo una ligera idea.

—Pues entonces entenderá que no visita a demasiados pacientes. Dos por sesión, tres con mucha suerte, y un paciente nuevo cada ocho semanas. Eso no ayuda a que suban demasiado las cifras, la verdad...

—¿Qué cifras?

—Las de asistencia. Se mandan a la Junta Directiva del hospital y a la Junta Regional cada trimestre. ¡Y vaya una era la señorita Bolam para hacer subir las cifras!

—Entonces, seguro que el doctor Baguley contaba plenamente con la aprobación de la señorita Bolam. Sus sesiones de T.E.C. deben de estar muy concurridas.

—Y tanto que lo aprobaba... aunque lo de su divorcio era otra cosa.

—¿Y qué relación podía tener su divorcio con las cifras? —preguntó Dalgliesh con ingenua torpeza.

La señora Shorthouse lo miró compasivamente.

—¿Y quién ha dicho nada de cifras? Estábamos hablando de los Baguley. Pues lo del divorcio era porque el doctor Baguley tenía un asuntillo con la señorita Saxon. ¡Pero si ha salido en todos los periódicos!... «Esposa de psiquiatra presenta demanda contra psicóloga.» Pero luego, de repente, la señora Baguley retiró la denuncia. Nunca se ha sabido por qué. Nadie lo ha sabido nunca. De todos modos, eso no hizo que cambiaran las cosas y el doctor Baguley y la señorita Saxon siguieron trabajando juntos como si nada. Y todavía siguen igual.

—¿De modo que Baguley y su esposa se reconciliaron?

—¿Y quién ha dicho que se reconciliaran? Siguieron casados, eso es todo lo que sé. Pero después de eso, la señorita Bolam ya nunca pudo dirigir una palabra agradable a la señorita Saxon. Y no es que hablara de ello, no. No era de esas que andan cotilleando, en eso hay que decir la verdad. Pero siempre quiso que la señorita Saxon supiera lo que pensaba.

La señorita Bolam estaba en contra de ese tipo de cosas, ¡anda si lo estaba! No tenía asuntos con nadie, ¡eso se lo digo yo!

Dalgliesh preguntó si alguien lo había intentado alguna vez. Normalmente preguntaba esas cosas con el máximo tacto, pero tenía la impresión de que con la señora Shorthouse esas sutilezas eran una pérdida de tiempo. La señora Shorthouse estalló en una carcajada.

—¿Y a usted qué le parece? No estaba hecha para los hombres. Al menos, que yo sepa. De todos modos, créame si le digo que algunos de los casos que tienen aquí le quitan a uno las ganas de sexo para toda la vida. Una vez la señorita Bolam fue a ver al director para quejarse de algunos informes que le daban a mecanografiar a la señorita Priddy. Decía que no eran decentes. Claro que siempre fue muy rara con Priddy. Si quiera que le diga la verdad, a mí me parece que estaba demasiado por aquella chiquilla. La señorita Priddy había estado en otro tiempo en el grupo de Guías de la señorita Bolam, cuando era joven, y supongo que ésta no querría perderla de vista, para que no olvidara lo que le habían enseñado. Se notaba que a la chiquilla le resultaba un poco embarazoso, pero no había nada malo en ello. Y si alguien le insinúa que lo había, no le haga caso, que hay muchos que tienen las cabezas un poco calenturientas... se lo digo yo.

Dalgliesh le preguntó si la señorita Bolam veía con buenos ojos la amistad entre la señorita Priddy y Nagle.

—¡Ah! ¿Conque ya sabe eso? Si quiere que le diga, a mí no me parece bien. Nagle es un tipo soso y más agarrado que el demonio. Y si no, ¡pruebe a sacarle dinero para el té! Él y Priddy siempre andan jugueteando por ahí y, si los gatos hablaran, le aseguro que *Tigger* tendría bastantes cosas que decir. Pero no creo que la señorita Bolam se diera cuenta de nada, siempre estaba en su despacho... De todos modos, a Nagle no le dan mucho pie en la oficina general y las taquígrafas de los médicos andan siempre muy ocupadas, así que no queda mucho para tontear. Nagle ya se las arregló para estar a buenas con la señorita Bolam. Era el niñito mimado, sí señor. Nunca faltaba, nunca llegaba tarde... así es nuestro Peter. Un lunes se quedó atascado en el metro, ¡y no vea usted lo nervioso que se puso! Esto perjudicaba su hoja de servicios, ¿entiende usted? Si hasta vino el uno de mayo... con gripe, porque tenía que venir a visitarse el Duque y ¡claro!, Peter Nagle tenía que estar aquí para controlar que todo se hacía como es debido. ¡Con treinta y nueve y medio, se presentó...!, la hermana le tomó la temperatura. La señorita Bolam le envió a casa pitando, ¡créame! El doctor Steiner en persona lo llevó en su coche.

—¿Sabe todo el mundo que Nagle guarda sus herramientas en el cuarto de servicio de los vigilantes?

—¡Pues claro!... ¡Es lógico! La gente siempre anda pidiéndole que arregle esto o aquello y, además, ¿dónde quiere que las tenga? ¡Y bueno es con sus herramientas! Todo el mundo sabe lo quisquilloso que es. Cully no puede ni tocarlas. Piense que no son de la clínica, son de Nagle. ¡Anda que no hubo jaleo ni nada hace cosa de seis semanas, cuando el doctor Steiner tomó prestado un destornillador para hacer no sé qué en su coche! Y como el doctor Steiner es como es, pues, ya se sabe, hizo una chapuza y, encima, dobló el destornillador. ¡La que se armó! Nagle creía que había sido Cully... tuvieron una discusión de mil demonios y Cully acabó con dolor de estómago... ¡pobre viejo! Luego Nagle se enteró de que alguien había visto al doctor Steiner salir del cuarto de servicio de los vigilantes con la herramienta, así que fue a quejarse a la señorita Bolam, que habló con el doctor Steiner y lo obligó a comprar un destornillador nuevo. ¡Las cosas que se ven aquí, créame! Nunca se aburre una... aunque nunca habíamos tenido un asesinato... ¡Eso es nuevo! Y además, no es un suceso muy divertido que digamos...

—Tiene usted razón. Si tiene usted alguna idea acerca de la persona que lo ha cometido, ahora es el momento de decirlo.

La señora Shorthouse se arregló uno de los rizos de la

frente después de humedecerse el dedo, se envolvió mejor en su abrigo y se puso de pie, como queriendo dar a entender que, por lo que a ella respectaba, el interrogatorio había terminado.

—¡Descuide! Atrapar asesinos es trabajo de usted, jefe, y bienvenido sea. De todos modos, voy a decirle algo. No ha sido ninguno de los médicos. Les faltan agallas. Estos psiquiatras son todos un atajo de timoratos. ¡Digan lo que quieran de este asesino, pero el tipo tiene nervio!

Dalgliesh decidió pasar a interrogar a los médicos. Le sorprendía e interesaba la paciencia que tenían, el hecho de que hubieran aceptado su papel tan aprisa. Los había tenido esperando porque había juzgado más importante para su investigación interrogar primero a otras personas, incluso testigos aparentemente tan poco importantes como la asistenta. Parecía que se daban cuenta de que no pretendía ponerles nerviosos ni tenerlos en vilo innecesariamente. Dalgliesh no habría dudado en hacer cualquiera de las dos cosas si hubiera creído que podía ser útil a sus propósitos, pero sabía por experiencia que la información más valiosa casi siempre se consigue cuando el testigo no ha tenido tiempo de pensar y cuando la impresión o el temor pueden traicionarle empujándolo hacia la locuacidad o la indiscreción. Los médicos no se habían mantenido separados de los demás y habían estado esperando en el consultorio de la parte delantera como todo el mundo, en silencio y sin protestar. Daban por supuesto que Dalgliesh conocía su trabajo y dejaban que lo llevara a cabo. Se preguntaba si los cirujanos o los médicos consultores habrían sido tan complacientes y, al igual que el secretario, pensaba que había gente mucho más difícil de tratar que los psiquiatras.

La doctora Mary Ingram fue la primera en pasar, a petición del director médico. Tenía a tres niños esperándola y quería volver a casa junto a ellos cuanto antes. Mientras esperaba, había estado llorando espasmódicamente para fastidio de sus colegas, a quienes les costaba lo suyo consolar a alguien cuyo dolor les parecía absurdo e inoportuno. Al fin y al cabo, la enfermera Bolam se estaba comportando muy dignamente y eran parientes. La lágrimas de la doctora Ingram aumentaban la tensión y despertaban un sentimiento de culpabilidad absurda en todos aquellos cuyas emociones eran menos complicadas. Se respiraba el sentimiento unánime de que había que mandarla a casa, con sus hijos, sin tardanza. Además, poco era lo que podía decir a Dalgliesh, pues sólo iba a la clínica dos veces por semana para ayudar en las sesiones de T.E.C. y apenas había conocido a la señorita Bolam. Había permanecido en la sala de T.E.C. con la hermana Ambrose durante todo aquel período de tiempo crucial que iba de las seis y veinte hasta las siete. Tras una pregunta de Dalgliesh, confirmó que era posible que el doctor Baguley hubiera salido un momento, pero no podía recordar cuándo ni durante cuánto tiempo había estado fuera. Al final del interrogatorio, miró a Dalgliesh con ojos enrojecidos.

—Descubrirá quién lo ha hecho, ¿verdad? —dijo—. ¡Esa pobre mujer! ¡Pobrecilla!

—Lo descubriremos —sentenció Dalgliesh.

El doctor Etherege era el siguiente, y facilitó a Dalgliesh todos los detalles personales que precisaba sin esperar a que se los preguntara.

—En lo que concierne a mis movimientos de esta tarde —prosiguió—, me temo que no podré ayudarle demasiado. He llegado a la clínica poco antes de las cinco y he ido al despacho de la señorita Bolam para hablar con ella antes de ir arriba. La conversación ha sido de carácter general. Me ha parecido que estaba perfectamente y no me ha dicho nada sobre si había pedido al secretario que fuera a hablar con ella. Hacia las cinco y cuarto he telefoneado a la oficina general para llamar a la señora Bostock, a la que he estado dictando hasta eso de las seis menos diez, hora en que ha bajado con el correo. Al cabo de unos diez minutos ya estaba de vuelta y hemos continuado con el dictado hasta poco antes de las seis y media, cuando se ha marchado a la habitación de al lado para pasar directamente a máquina unas cosas con una grabadora. Grabo algunas de mis sesiones de tratamiento y luego rebobino el material y hago que lo mecanografíen, ya sea con fines experimentales o para el historial médico. Luego he estado trabajando solo en mi consultorio, excepto un momento en que he ido a la biblioteca... no puedo acordarme del momento exacto, pero sí que ha sido después de que la señora Bostock se marchara... hasta que ha vuelto para consultarme una duda. Ha tenido que ser justo antes de las siete, porque estábamos juntos cuando la hermana ha telefoneado para decirme lo de la señorita Bolam. La señorita Saxon bajaba de su cuarto de la tercera planta para irse a su casa y, al coincidir en las escaleras, hemos bajado juntos al sótano. Por lo demás, ya está usted enterado de lo que hemos descubierto y de todas las medidas que he adoptado para garantizar que nadie saliera de la clínica.

—Al parecer, no ha olvidado usted ni el más mínimo detalle, doctor —dijo Dalgliesh— y, gracias a esa previsión, el campo de investigación ha quedado considerablemente reducido. Así pues, parece que el asesino se encuentra todavía en el edificio.

—Efectivamente, Cully me ha asegurado que no ha pasado nadie ante él sin que quedara constancia de su nombre en el libro de registro. Es el sistema que adoptamos en la casa. Es cierto que el hecho de que la puerta trasera estuviera cerrada con llave constituye un problema, pero estoy seguro de que usted es un oficial con la suficiente experiencia para dar de inmediato con la solución. No hay edificios inexpugnables. Él... la persona responsable... ha podido entrar a cualquier hora, incluso esta mañana temprano, y permanecer escondida en el sótano.

—¿Podría hacer alguna sugerencia con respecto al lugar

donde ha permanecido escondida o de cómo ha salido de la clínica la persona en cuestión?

El director no respondió.

El doctor Etherege pasó suavemente el dedo corazón por encima de la ceja derecha. Era un gesto que Dalgliesh ya le había observado en la televisión y, tanto entonces como ahora, advirtió que servía para desviar la atención hacia una mano elegante y una ceja bien dibujada, si bien, como indicación de una reflexión profunda, resultaba un gesto ligeramente falso.

—No, no tengo ni la menor idea. Toda esta tragedia me resulta incomprensible. No voy a decir que la señorita Bolam fuese una persona fácil de tratar, ya que a veces despertaba iras —dijo sonriendo, condescendiente—. No siempre resulta fácil llevarse bien con nosotros, y es probable que el administrador más brillante de cualquier centro psiquiátrico sea una persona mucho más tolerante que la señorita Bolam, menos obsesivo quizás. ¡Pero estamos hablando de asesinato! No puedo pensar que nadie, ni entre los pacientes ni entre el personal, deseara su muerte. Como director, considero horrible que haya en la clínica una persona tan perturbada y que yo no lo sepa.

—Tan perturbada o tan perversa —dijo Dalgliesh, incapaz de resistir la tentación.

El doctor Etherege volvió a sonreír, como si, recurriendo a una paciencia infinita, se dignara aclarar un punto difícil a un miembro un tanto obtuso del equipo de televisión.

—¿Perverso, dice usted? Me temo que no estoy capacitado para discutir términos teológicos.

—Ni yo tampoco, doctor —respondió Dalgliesh—, pero este crimen no parece obra de un loco. Hay toda una inteligencia detrás de él.

—Algunos psicópatas, superintendente, son sumamente inteligentes. Y no es que sea un especialista en psicopatía. Es un campo interesantísimo, pero no es mi especialidad. La Clínica Steen nunca ha tratado a este tipo de enfermos.

Dalgliesh pensó que, entonces, la Clínica Steen estaba en buenas manos. Puede que la ley sobre la salud mental de 1959 hubiera definido la psicopatía como un desorden que requería o era susceptible de tratamiento médico, pero no parecía haber demasiado entusiasmo entre los médicos por tratarla. Aquella palabra era poco más que un término del que se abusaba mucho en psiquiatría y que, en realidad, decía bien poco. El doctor Etherege sonrió, indulgente y sereno.

–Nunca he aceptado ninguna entidad como clínica sólo porque venga definida en una ley del Parlamento. Sin embargo, la psicopatía existe. De momento, no creo que sea susceptible de tratamiento médico, si bien estoy convencido de que no es susceptible de sentencia de cárcel. Ahora bien, no estamos seguros de que lo que estamos buscando sea un psicópata.

Dalgliesh preguntó al doctor Etherege si sabía dónde estaban guardadas las herramientas de Nagle y cuál era la llave que abría la puerta de la sala de archivos.

–Sabía dónde estaba la llave, porque si me quedo trabajando hasta tarde y estoy solo, a veces necesito algún informe antiguo y voy a buscarlo yo mismo. Me dedico a la investigación y, además, preparo conferencias y escribo, de modo que me interesa tener acceso a los historiales clínicos. La última vez que fui a buscar un informe fue hace diez días. No recuerdo haber visto nunca la caja de herramientas en el cuarto de los vigilantes, pero sabía que Nagle tenía un juego propio y que era quisquilloso en este punto. Supongo que si yo hubiera necesitado un escoplo, habría ido a buscarlo al cuarto de los vigilantes. Difícilmente las herramientas podían estar en otra parte. Lógicamente, en caso necesario, también habría ido a buscar el fetiche de Tippett en el departamento de terapia artística. ¡La elección de las armas ha sido bien curiosa! Lo que encuentro más interesante es el especial interés que ha puesto el asesino en centrar las sospechas en el personal de la clínica.

—Ante esas puertas cerradas con llave, las sospechas difícilmente habrían podido caer en otra parte.

—A eso es precisamente a lo que me refería, superintendente. Si, hoy por la tarde, uno de los miembros del personal hubiera matado a la señorita Bolam, probablemente habría querido desviar las sospechas de la relativa poca gente que se sabe se encontraba en el edificio a aquella hora. La manera más fácil de hacerlo habría sido abrir una de las puertas cerradas con llave. Habría tenido que llevar guantes, claro está, pero de todos modos creo que los llevaba.

—Efectivamente, no hay huellas en ninguna de las armas. Las han borrado, pero es probable que el asesino llevara guantes.

—Y además, han dejado esas puertas cerradas con llave, la evidencia más clara de que el asesino se encontraba todavía en el edificio. ¿Por qué? Habría sido muy arriesgado dejar abierta la puerta trasera de la planta baja pues, como usted sabe, se encuentra entre la sala de T.E.C. y el cuarto del personal médico y, además, da a una calle bien iluminada. Habría sido muy difícil abrir esa puerta sin ser visto y el asesino difícilmente habría podido salir por allí. Pero hay dos salidas de incendios en la segunda y tercera plantas y está además la puerta del sótano. ¿Por qué no ha dejado abierta una de ellas? Lógicamente, sólo hay una razón: porque el asesino no ha tenido tiempo entre la hora en que ha cometido el crimen y el momento en que se ha descubierto el cadáver o porque, deliberadamente, quería desviar las sospechas hacia el personal de la clínica, aunque ello implicara que él mismo corría más peligro.

—Habla usted de «él», doctor. ¿Cree usted, como psiquiatra, que deberíamos buscar a un hombre?

—Pues sí. A mí me parece obra de un hombre.

—¿A pesar de que el acto no requiera mucha fuerza? —preguntó Dalgliesh.

—Yo no pensaba fundamentalmente en la fuerza que requería, sino más bien en el método y en la elección del arma.

Naturalmente, sólo puedo darle mi opinión, no soy criminólogo. Yo creo que es un crimen cometido por un hombre, claro que una mujer también habría podido cometerlo. Psicológicamente, es poco probable, pero, físicamente, es perfectamente posible.

Dalgliesh pensaba que realmente lo era. Lo único que se necesitaba era nervio y algunos conocimientos. Por un momento trató de imaginar un intento: una cara bonita inclinada sobre el cuerpo de la señorita Bolam, una mano fina y femenina desabotonando el suéter y arremangando el fino jersey de cachemira. Luego, esa elección clínica del lugar exacto que había que atravesar y el gruñido arrancado por el esfuerzo, mientras la hoja se hundía en el objetivo elegido. Y finalmente, el suéter ligeramente levantado para esconder el mango del escoplo, el horrible fetiche colocado sobre aquel cuerpo todavía crispado en una última mueca de burla y provocación. Dalgliesh habló al director acerca de la evidencia de aquella llamada telefónica, aportada por la señora Shorthouse.

–Nadie hasta ahora ha admitido haber hecho esa llamada. Parece como si le hubieran tendido una trampa para que bajara al sótano.

–No es más que una suposición, superintendente.

Dalgliesh señaló entonces mansamente que también era sentido común, base de cualquier trabajo fundamentado de la policía.

–Hay una lista colgada junto al teléfono de la entrada de la sala de historiales –dijo el director–. Cualquiera, incluso alguien ajeno a la clínica, habría podido conocer el número de la señorita Bolam.

–¿Pero cuál habría sido su reacción ante la llamada interior hecha por un extraño? Ella ha bajado sin rechistar. Ha tenido que reconocer la voz.

–Entonces ha tenido que ser alguien de quien no tenía por qué temer nada, superintendente. Y eso no concuerda con la suposición de que ella sabía alguna cosa peligrosa y de que ha sido asesinada para impedir que se lo comunicara a Lauder. Ha ido hacia la muerte sin sospechar nada y sin miedo. Por lo menos espero que haya muerto rápido y sin dolor.

Dalgliesh dijo que tendría más datos cuando tuviera el informe de la autopsia pero que, casi con toda seguridad, la muerte había sido instantánea.

—Ha tenido que pasar un momento horrible —añadió— cuando ha mirado hacia arriba y ha visto al asesino con el fetiche levantado, pero seguramente todo ha sucedido muy aprisa. No ha sentido nada después del golpe. Dudo, incluso, que haya tenido tiempo de gritar y, aunque lo hubiera hecho, el ruido habría quedado ahogado por todos estos montones de papeles. Además, me han dicho que la señora King ha armado bastante alboroto durante el tratamiento —hizo una pequeña pausa y luego preguntó con mucha suavidad—: ¿Qué le indujo a describir al personal cómo había muerto la señorita Bolam? Porque se lo ha descrito, ¿no es cierto?

—Naturalmente, los he reunido en el consultorio de la parte delantera, pues los pacientes estaban en la sala de espera, y les he dado una breve explicación. ¿Está usted insinuando que habría tenido que esconderles la noticia?

—Estoy insinuando que no era necesario que conocieran los detalles. Habría sido mucho más fácil para mí que no les hubiera contado lo de la puñalada. Puede que el asesino se hubiera delatado al demostrar que conocía más detalles que las personas inocentes.

—Soy psiquiatra, no detective —dijo el director sonriendo—. Aunque le parezca raro, mi reacción ante este crimen ha sido dar por sentado que el resto del personal compartiría mi dolor y mi horror en lugar de pensar en tenderles trampas. Quería darles la noticia yo mismo, con delicadeza y sinceridad. Siempre han contado con mi confianza y no veía ninguna razón para negársela ahora.

Todo esto estaba muy bien, pensaba Dalgliesh, pero un hombre inteligente tenía que advertir forzosamente la importancia de dar el menor número de detalles posible y el director era un hombre muy inteligente. Al dar las gracias a su testigo y considerar terminado el interrogatorio, la mente de Dalgliesh empezó a trabajar en este problema. ¿Había sopesado cuidadosamente su posición antes de hablar con el personal? ¿Era tan poco premeditado como parecía el hecho de haberles revelado que había sido apuñalada? Por otro lado, habría sido imposible tener engañado a la mayor parte del personal. El doctor Steiner, el doctor Baguley, Nagle, la doctora Ingram y la hermana Ambrose habían visto el cadáver. La señorita Priddy también lo había visto, pero al parecer no había querido observarlo con mayor detenimiento. Esto excluía a la enfermera Bolam, a la señora Bostock, a la señora Shorthouse, a la señorita Saxon, a la señorita Kettle y a Cully. Es probable que Etherege estuviera convencido de que ninguno de ellos era el asesino. Tanto Cully como la señora Shorthouse disponían de una coartada. ¿Acaso el director no había querido tender una trampa a la enfermera Bolam, a la señora Bostock y a la señorita Saxon? ¿O estaba tan íntimamente convencido de que el asesino tenía que ser un hombre que cualquier subterfugio para despistar a las mujeres le había parecido una pérdida de tiempo que probablemente no comportaría más que molestias y enojos? El director había sido muy tajante al dar a entender que cualquiera de los que estaba trabajando en la segunda o tercera plantas podía haber tenido la oportunidad de dejar abierta una de las salidas de emergencia contra incendios. Y además, él mismo había permanecido en el consultorio de la segunda planta. En cualquier caso, lo más lógico era que el asesino hubiera dejado abierta la puerta del sótano, y costaba creer que no hubiera tenido la oportunidad de hacerlo. Habrían bastado unos segundos para correr el cerrojo y dejar sentada la prueba de que el asesino se había escapado de la clínica por aquella salida. Por otra parte, se habían apresurado a correr el cerrojo de la puerta del sótano. ¿Por qué?

El siguiente era el doctor Steiner, un hombre bajito,

aseado y aparentemente tranquilo. Bajo la luz de la lámpara de la señorita Bolam, su rostro bien afeitado parecía luminoso. A pesar de su serenidad, había estado sudando abundantemente. Un olor denso flotaba alrededor de sus ropas, especialmente alrededor de aquella convencional chaqueta negra de buen corte, propia de un médico. Dalgliesh se quedó sorprendido cuando le dijo que tenía cuarenta y dos años. Parecía más viejo. Aquella piel lisa, los ojos vivos y negros y aquel andar saltarín daban una impresión momentánea de juventud, pero ya estaba engordando y su pelo oscuro, cuidadosamente peinado hacia atrás, apenas si escondía aquella calva que era como una tonsura en la coronilla de la cabeza.

Al parecer, el doctor Steiner había decidido conceder un carácter social a aquel encuentro con el policía. Extendiendo su mano regordeta y bien cuidada, acompañó con una sonrisa el afable «¿Cómo está usted?» y preguntó si tenía el placer de estar hablando con el escritor Adam Dalgliesh.

—He leído sus poemas —anunció complacido—. Le felicito. Poseen una sencillez que es totalmente aparente. Empecé con el primer poema y lo leí de un tirón. Así es como leo yo la poesía. Pero después de diez páginas, empecé a pensar que posiblemente tenía ante mí un nuevo poeta.

Dalgliesh tuvo que admitir que el doctor Steiner no sólo había leído su libro, sino que, además, demostraba tener una cierta agudeza crítica. También era a las diez páginas de un libro cuando a veces él se planteaba que quizá estaba ante un nuevo poeta. El doctor Steiner le preguntó si conocía a Ernie Bales, el nuevo dramaturgo de Nottingham. Parecía tener esperanzas de que a Dalgliesh no le gustara, pero éste dijo no conocer al señor Bales y desvió la conversación de la crítica literaria hacia el propósito de su interrogatorio. Inmediatamente el doctor Steiner adoptó un aire de serenidad ofendida.

—Todo este asunto es horrible, absolutamente horrible. Yo he sido uno de los primeros que ha visto el cadáver, como usted debe de saber, y me ha afectado mucho. Siempre me ha horrorizado la violencia. Es un caso sumamente impresionante. El doctor Etherege, nuestro director, va a jubilarse a finales de este año y es de lo más desagradable que haya tenido que ocurrir una cosa así nada menos que durante los últimos meses que él pasa en esta casa. –Movió la cabeza con tristeza, pero Dalgliesh pensó que aquellos ojillos negros traslucían algo muy parecido a la satisfacción.

El fetiche de Tippett ya había revelado todos sus secretos al experto en huellas digitales y Dalgliesh lo había dejado ante él, encima del escritorio. El doctor Steiner alargó la mano para tocarlo, pero la retiró en seguida.

–Supongo que es mejor que me abstenga de tocarlo –dijo–, por lo de las huellas digitales. –Lanzó una rápida mirada a Dalgliesh y, al no recibir ninguna respuesta, añadió–: Es un trabajo interesante, ¿no le parece? Muy notable. ¿Se ha fijado usted, superintendente, en las magníficas obras de arte que pueden realizar los enfermos mentales? Incluso enfermos sin experiencia previa ni aprendizaje alguno. Esto hace que me plantee preguntas muy interesantes sobre la naturaleza de las obras de arte. A medida que el enfermo se va recuperando, su trabajo se va deteriorando. La fuerza y la originalidad desaparecen de su obra. Y, una vez curados, su trabajo carece totalmente de valor. Tenemos varios ejemplos interesantes de trabajos hechos por los pacientes en el departamento de terapia artística, pero este fetiche se sale verdaderamente de lo corriente. Tippett estaba muy enfermo cuando lo talló y al poco tiempo ingresó en el hospital. Es esquizofrénico. Este fetiche refleja la típica apariencia de esa enfermedad crónica, con esos ojos de rana, y esa nariz aplastada. De hecho, hubo una época en que Tippett se parecía bastante a él.

–Supongo que todo el mundo sabía dónde se guardaba la talla.

–Por supuesto. Estaba en una de las estanterías del departamento de terapia artística. Tippett estaba muy orgulloso de ella y muchas veces el doctor Baguley la mostraba a los miembros de la junta cuando venían a hacer sus visitas de inspección. A la señora Baumgarten, la terapeuta artística, le gusta tener algunas de las mejores obras expuestas. Ahora está de baja por enfermedad, pero supongo que a usted ya le habrán enseñado su departamento.

Dalgliesh asintió.

—Algunos de mis colegas opinan que eso de la terapia artística es malgastar el dinero —le confió el doctor Steiner—. Es cierto que yo no comulgo con la señora Baumgarten, pero hay que ser tolerante. El doctor Baguley tiene un paciente detrás de otro y seguro que a los enfermos les resulta menos perjudicial entretenerse aquí abajo que someterse a T.E.C. Pero de ahí a insinuar que los esfuerzos artísticos de los pacientes puedan ayudar en el diagnóstico, me parece una sugerencia cogida por los pelos. Naturalmente que este comentario está provocado por el esfuerzo que apunta a que la señora Baumgarten sea promovida al rango de psicoterapeuta, me atrevería a decir que un tanto injustificadamente. Esta mujer no tiene ninguna preparación psicoanalítica.

—¿Y qué me dice del escoplo? ¿Usted sabía dónde se guardaba, doctor?

—Bueno, no exactamente, superintendente. Lo que quiero decir es que sabía que Nagle tenía algunas herramientas y que probablemente las guardaba en el cuarto de servicio de los vigilantes, pero no sabía en qué sitio exactamente.

—La caja de herramientas es grande, tiene una etiqueta muy evidente y está siempre encima de una mesita del cuarto de servicio de los vigilantes. Es difícil no reparar en ella.

—Evidentemente, pero yo no tengo ningún motivo para entrar en el cuarto de servicio de los vigilantes. Y lo mismo hay que decir de los demás médicos. A partir de ahora, habrá que cerrar esa caja con llave y guardarla en lugar seguro. La señorita Bolam cometió un grave error al permitir que Nagle tuviera la caja al alcance de todo el mundo. Al fin y al cabo, a veces tenemos pacientes perturbados y hay que tener en cuenta que algunas de esas herramientas pueden ser mortales.

—Eso parece.

—Esta clínica no se abrió para tratar a pacientes psicóticos vulgares, de eso no hay duda. Se fundó con el fin de crear un centro de psicoterapia de orientación analítica destinado especialmente a pacientes de la clase media particularmente inteligentes. Tratamos a gente que no soñaría en la vida con ingresar en un hospital para enfermos mentales y que, por otra parte, se sentiría desplazada en los departamentos psiquiátricos corrientes, reservados a pacientes externos. Además, es evidente que existe un elemento muy importante de investigación en nuestro trabajo.

—¿Qué hacía usted esta tarde entre las seis y las siete, doctor? —preguntó Dalgliesh.

El doctor Steiner pareció ofenderse ante aquella interrupción tan repentina, guiada por una vulgar curiosidad, en medio de una discusión tan interesante, pero respondió sumisamente que había estado ocupado en la sesión de psicoterapia habitual de los viernes por la tarde.

—He llegado a la clínica a las cinco y media, hora en que tenía la visita con mi primer paciente. Desgraciadamente, éste no se ha presentado. Su tratamiento ha llegado a un punto en que es de esperar que falte. El señor Burge tenía hora a las seis y cuarto y suele ser muy puntual. Le he estado esperando en el segundo consultorio de la planta baja y me he reunido con él en mi despacho hacia las seis y diez. Al señor Burge no le gusta que le tenga esperando en la sala de espera junto con los pacientes del doctor Baguley y créame que no lo culpo de ello. Supongo que ya habrá oído hablar de Burge. Es autor de aquella novela tan interesante titulada *Las almas de los virtuosos,* una exposición bastante brillante de los problemas sexuales que se esconden bajo los convencionalismos de un respetable barrio inglés de las afueras de la ciudad. Pero estoy prescindiendo del hecho de que, naturalmente, usted ya habrá interrogado al señor Burge.

Por supuesto que lo había hecho. Había resultado una experiencia tediosa y no poco ilustrativa. Claro que había oído hablar del libro del señor Burge, una obra de unas doscientas mil palabras, salpicada de episodios escabrosos, insertados con tan deliberada meticulosidad que sólo era necesario un simple ejercicio de cálculo aritmético para saber en qué página aparecería el siguiente. Dalgliesh no sospechaba de Burge en relación con ese asesinato. Un escritor capaz de aquel batiburrillo de sexo y sadismo era, probablemente, impotente y, sin lugar a dudas, tímido, aunque no necesariamente mentiroso.

—¿Está usted seguro de las horas, doctor? —preguntó Dalgliesh—. El señor Burger dice que ha llegado a las seis y cuarto y Cully lo tiene registrado a esa hora. Burge dice que ha pasado directamente a su consultorio, después de comprobar a través de Cully que no estaba usted visitando a ningún paciente, y que han pasado unos buenos diez minutos antes de que usted se reuniera con él. Parece que ya empezaba a impacientarse y que incluso se estaba planteando la posibilidad de preguntar dónde estaba usted.

El doctor Steiner no pareció ni asustado ni enfadado ante aquella traición de uno de sus pacientes. Sin embargo, se mostró incómodo.

—Es interesante que el señor Burge le haya dicho eso. Me temo que tendré que darle la razón. Ya me ha parecido verlo un poco enfadado al empezar la sesión y, si le ha dicho que me he reunido con él a las seis y veinticinco, no tengo ninguna duda de que debe ser verdad. El pobre hombre ha tenido una sesión muy corta e incompleta esta tarde y es muy desagradable que haya ocurrido así a estas alturas del tratamiento.

—Entonces, si no estaba usted en el consultorio de la parte delantera cuando ha llegado su paciente, ¿dónde estaba? —insistió Dalgliesh con amabilidad.

La expresión del doctor Steiner cambió radicalmente. De pronto pareció avergonzado, como un niño al que han pescado con las manos en la masa. No tenía cara de asustado, pero sí de tremendamente culpable. Aquella metamorfosis de psiquiatra a delincuente que no sabe dónde meterse era casi cómica.

—¡Pero si ya se lo he dicho, superintendente...! Estaba en el consultorio número dos, el que se encuentra entre el consultorio de la parte delantera y la sala de espera de los pacientes.

—¿Haciendo qué, doctor?

¡Realmente era para troncharse de risa! ¿Qué podía haber estado haciendo para sentirse tan sumamente incómodo? En la mente de Dalgliesh se barajaban las posibilidades más extravagantes. ¿Leyendo pornografía? ¿Fumando marihuana? ¿Seduciendo a la señora Shorthouse? Era evidente que no podía ser nada tan convencional como planear un asesinato. Pero el doctor ya había decidido que había que decir la verdad.

—Le parecerá tonto, lo sé —farfulló con franqueza, avergonzado—, pues... bien... hacía bastante calor y había tenido un día muy ajetreado y como el diván estaba allí... —soltó una risita nerviosa—. La verdad es que, superintendente, a la hora en que se supone que murió la señorita Bolam yo estaba, como se dice en román paladino, echando una siestecita.

Una vez se hubo quitado de encima el peso de una confesión tan embarazosa como aquélla, el doctor Steiner se volvió terriblemente charlatán y a Dalgliesh le costó lo suyo quitárselo de encima. Finalmente logró convencerle de que, de momento, no podía hacer nada más para ayudarle y el doctor Baguley pasó a ocupar su sitio.

Al igual que el resto de sus colegas, el doctor Baguley no se quejó por haberlo hecho esperar tanto, pero la espera había hecho mella en él. Todavía llevaba puesta la bata blanca y se la enrolló más al cuerpo al acercar una silla y sentarse. Parecía tener dificultades a la hora de encontrar una postura cómoda: encogió repetidas veces los hombros caídos y cruzó y descruzó las piernas. Las arrugas que recorrían su rostro desde la nariz a la boca parecían más profundas, tenía el pelo húmedo y sus ojos negros eran como pozos bajo la luz de la lámpara del escritorio. Encendió un cigarrillo y, después de revolver en el bolsillo de la bata, sacó un trozo de papel y se lo entregó a Martin.

—He escrito todos mis datos personales en ese papel. Así ahorramos tiempo.

—Muchas gracias —contestó Martin impertérrito.

—Le diré también que no tengo ninguna coartada para los veinte minutos después de las seis y cuarto. Supongo que ya le habrán dicho que he salido de la sala de T.E.C. pocos minutos antes de que la hermana viera a la señorita Bolam por última vez. He ido a la guardarropía del equipo médico que se encuentra al fondo del vestíbulo para fumarme un cigarrillo. No había nadie, ni ha entrado nadie. No me he dado mucha prisa en regresar a la sala de T.E.C., de modo que supongo que serían las seis menos veinte cuando me he reunido con la doctora Ingram y con la hermana. Naturalmente, las dos habían estado juntas todo ese rato.

—Eso me ha dicho la hermana.

—Resultaría ridículo pensar que alguna de las dos pudiera estar involucrada en el crimen, pero de todos modos me alegro de que estuvieran juntas. Supongo que cuanta más gente elimine, mejor para usted. Siento no tener ninguna coartada y me temo que no podré ayudarle en ninguna otra cosa, pues no he oído ni he visto nada.

Dalgliesh le preguntó al doctor qué había estado haciendo aquella tarde.

—Pues lo de siempre, por lo menos hasta las siete. He llegado un poco antes de las cuatro y he ido al despacho de la señorita Bolam para firmar en el libro de asistencia. Antes el libro solía estar en la guardarropía del equipo médico, pero hace poco que ella lo trasladó a su despacho. Hemos estado hablando un ratito, pues ella tenía algunas dudas acerca de las medidas a tomar en relación con mi nueva máquina de T.E.C., y luego he empezado con mis visitas. Hemos estado muy ocupados hasta poco después de las seis y, además, tenía que bajar para ver de vez en cuando a la paciente sometida a ácido lisérgico. La enfermera Bolam la atendía en la sala de tratamiento del sótano. Pero me olvidaba de que seguramente ya habrá hablado usted con la señora King.

La señora King y su esposo habían permanecido sentados en la sala de espera de los pacientes desde la llegada de Dalgliesh y éste había tardado muy poco en convencerse de que no podían tener nada que ver con el asesinato. La mujer todavía estaba afectada y un poco desorientada y, mientras estaba sentada ante él, apretaba con fuerza la mano de su marido. Éste había llegado a la clínica para llevar a su esposa a casa pocos minutos después de que el sargento Martin llegara con sus hombres. Dalgliesh había interrogado amablemente a la mujer unos minutos y había dejado que se marchara a su casa. No necesitaba que el director médico se lo corroborara para convencerse de que aquella paciente no había podido dejar la cama para cometer un asesinato. Pero, por otra parte, estaba seguro de que no estaba en condiciones de proporcionar una coartada a nadie, de modo que preguntó al doctor Baguley a qué hora había visto a la paciente por última vez.

—He entrado a echarle una ojeada justo después de llegar, antes de empezar el tratamiento de shock. Le habían administrado el fármaco a las tres y media y la paciente estaba empezando a reaccionar. Debo aclararle que el LSD se administra con el fin de que el paciente resulte más accesible a la psicoterapia, debido a que permite eliminar algunas de las inhibiciones más profundamente arraigadas. Únicamente se administra bajo una vigilancia extrema y nunca se deja solo al paciente. La enfermera Bolam ha vuelto a llamarme a las cinco y me he quedado con la paciente unos cuarenta minutos. Hacia las seis menos veinte he vuelto a subir para mi última sesión de tratamiento de shock. De hecho, el último paciente de T.E.C. ha salido de la clínica pocos minutos después de que fuera vista la señorita Bolam por última vez. A partir de las seis y media he estado escribiendo y poniendo orden en mis notas.

—¿Ha observado, al pasar por delante de la sala de historiales médicos a las cinco, si la puerta estaba abierta?

—Creo que estaba cerrada —dijo el doctor Baguley, después de reflexionar unos instantes—. Es difícil asegurarlo con certeza, pero estoy convencido de que, si hubiera estado abierta o entornada, me habría dado cuenta.

—¿Y cuando ha dejado a su paciente a las seis menos veinte?

—Pues lo mismo.

Dalgliesh formuló de nuevo las preguntas rutinarias, inevitables y de rigor. ¿Tenía enemigos la señorita Bolam? ¿Se le ocurría al doctor algún motivo por el que alguien pudiera desear su muerte? ¿La había visto preocupada últimamente? ¿Tenía alguna idea acerca de la razón por la que había mandado llamar al secretario? ¿Podía descifrar lo que había escrito en su cuaderno de notas? Sin embargo, el doctor Baguley no podía ayudarle.

—En cierto modo, era una mujer muy especial... —dijo—. Un poco agresiva y la verdad es que no estaba muy a gusto con nosotros. Pero era totalmente inofensiva, la última persona que habría incitado a la violencia. No es cuestión de andar repitiendo lo desconcertante que resulta todo esto, pues las palabras parecen perder sentido a fuerza de repetirlas. Pero supongo que todos debemos de sentir lo mismo. ¡Todo esto resulta inaudito! ¡Increíble!

—Ha dicho usted que no estaba contenta de estar aquí. ¿Acaso es una clínica difícil de llevar? Por lo que he oído decir, la señorita Bolam no era una persona especialmente dotada a la hora de tratar con personalidades conflictivas.

—¡Ah, bueno!... no vaya usted a creer todo lo que oye por ahí. Somos bastante individualistas, pero en general nos llevamos bastante bien unos con otros. Steiner y yo tenemos algunos roces, pero no llega la sangre al río. Steiner querría que esto se convirtiera en un centro de práctica de psicoterapia, con encargados de archivos y personal no médico corriendo por ahí como ratones y... un poco de investigación. Uno de esos lugares en los que se derrocha tiempo y dinero y donde, además, se trata a pacientes, especialmente psicóticos. Pero no hay peligro de que se salga con la suya... la Junta Regional no lo permitirá por nada del mundo.

—¿Y que opinaba la señorita Bolam de todo eso, doctor?

—En rigor, no estaba en situación de opinar al respecto, pero eso no le paraba los pies. Era anti-freudiana y pro-ecléctica, estaba contra Steiner y a favor de mí..., si usted quiere. Pero eso no quiere decir nada. Ni el doctor Steiner ni yo íbamos a machacarle la cabeza para ventilar nuestras diferencias doctrinales. Como puede usted ver, todavía no hemos levantado el cuchillo el uno contra el otro. Todo esto no tiene nada que ver.

—Estoy inclinado a pensar lo mismo que usted —dijo Dalgliesh—. La señorita Bolam fue asesinada con premeditación y con una pericia considerable. Creo que el móvil es de mucho mayor peso y más importante que una mera diferencia de opinión o que una incompatibilidad entre dos personalidades. Hablando de otra cosa, ¿sabía cuál era la llave que abría la sala de historiales?

—Por supuesto que lo sabía. Cuando necesito un historial antiguo voy yo mismo a buscarlo. También estoy al corriente, por si puede serle de alguna ayuda, de que Nagle guarda su caja de herramientas en el cuarto de descanso de los vigilantes. Es más, sólo llegar esta tarde, la señorita Bolam me ha dicho lo de Tippett. Pero eso carece de importancia, ¿no le parece? Es imposible que se plantee usted seriamente que el asesino quería implicar a Tippett.

—Puede que no. Dígame, doctor, conociendo como conocía a la señorita Bolam, ¿cuál cree que habría sido su reacción al encontrar los historiales clínicos esparcidos por el suelo?

El doctor Baguley pareció sorprendido y luego se rió bruscamente.

—¿La señorita Bolam? ¡Vaya pregunta! ¡Estaba obsesionada por el orden! Seguro que se habría puesto a recogerlos.

—¿No habría sido más lógico que hubiera llamado a uno de los vigilantes para que los recogiera él o que los hubiera dejado allí como prueba hasta descubrir al culpable?

El doctor Baguley se quedó pensativo unos momentos y pareció arrepentirse de aquella primera afirmación tan categórica.

—Es imposible saber qué habría hecho. No se trata más que de meras suposiciones. Quizá tenga usted razón y a lo mejor habría llamado a Nagle. El trabajo no la asustaba, pero era muy consciente de su posición como oficial administrativa. De una cosa sí estoy seguro: no habría dejado la habitación en aquel desorden. Era de esas personas que no pueden pasar por delante de un cuadro o de una alfombra sin rectificar su posición si no es la correcta.

—¿Y qué me dice usted de su prima? ¿Se parecen? Tengo entendido que la enfermera Bolam trabaja más para usted que para los otros médicos.

Dalgliesh advirtió la súbita mueca de disgusto que había provocado su pregunta. El doctor Baguley, que se mostraba tan cooperativo y tan franco cuando se trataba de hablar de sus propios motivos, no estaba dispuesto a comentar los motivos de los demás. ¿O era quizá que la situación de indefensión de la enfermera Bolam había despertado sus instintos protectores? Dalgliesh esperaba una respuesta.

—Yo no diría que las dos primas se parecieran —dijo el doctor, fríamente, al cabo de un minuto—. Ya se habrá formado usted su propia opinión acerca de la enfermera Bolam, pero lo único que puedo decirle es que tengo plena confianza en ella, como enfermera y como persona.

–Es la heredera de su prima, ¿lo sabía usted?

La deducción era demasiado obvia para no captarla y el doctor Baguley estaba demasiado harto para soportar la provocación.

–Pues no, no lo sabía. Pero espero por el bien de la señorita Bolam que la dichosa herencia sea cuantiosa y que su madre y ella puedan disfrutarla en paz. Y también espero que no pierda usted el tiempo sospechando de gente inocente. Cuanto antes aclare este asesinato, mejor. La situación está haciéndose insostenible para todos nosotros.

¿Así que el doctor Baguley sabía lo de la madre de la enfermera Bolam? En seguida pensó, sin embargo, que debía de saberlo la mayoría del personal de la clínica. Dalgliesh le hizo una última pregunta.

–Doctor, me ha dicho usted que ha estado solo en el guardarropía del equipo médico desde las seis y cuarto hasta las siete menos veinte aproximadamente. ¿Qué ha estado usted haciendo?

–He ido al baño, me he lavado las manos, he fumado un cigarrillo, he estado pensando.

–¿Y eso es todo lo que ha hecho durante esos veinticinco minutos?

–Sí, eso es todo, superintendente.

El doctor Baguley era un mentiroso bastante torpe. Aunque su vacilación sólo había sido momentánea, su rostro no había cambiado de color, los dedos con que sujetaba el cigarrillo se habían mantenido bastante firmes, el tono de la voz había sido indiferente y su desinterés excesivamente controlado. Pero le había costado visible esfuerzo enfrentarse con la mirada de Dalgliesh. El médico era demasiado inteligente para añadir nada a su declaración, pero sus ojos resistieron la mirada del detective como si estuviera deseando que Dalgliesh repitiera la pregunta y ya se estuviera preparando para contestarla.

–Muchas gracias, doctor –dijo Dalgliesh con tranquilidad–, esto es todo por el momento.

3

Y así siguió todo durante un buen rato: el interrogatorio de los pacientes, la transcripción meticulosa de notas, la observación atenta de ojos y manos sospechosas, a la espera de un gesto de vacilación provocado por el miedo o de una reacción tensa ante un cambio inoportuno de tema. Fredrica Saxon ocupó el puesto de Baguley. Dalgliesh advirtió que, al cruzarse los dos en el umbral de la puerta, procuraron no mirarse a los ojos. Se trataba de una mujer de veintinueve años, morena, vital, que vestía de manera simple, que se limitó a dar respuestas escuetas y directas a sus preguntas y que pareció experimentar un placer perverso al señalar que, de seis a siete había estado sola, evaluando test psicológicos en su despacho, y que no disponía de coartada ni en relación con ella ni en relación con nadie. Fredrica Saxon no le proporcionó demasiada ayuda ni información, pero eso no le hizo pensar que no tuviera nada que decirle.

La testigo siguiente fue muy distinta. Al parecer la señorita Ruth Kettle había decidido que aquel asesinato no tenía nada que ver con ella y, pese a que estaba dispuesta a contestar a las preguntas de Dalgliesh, lo hizo con un vago desinterés que daba a entender que sus pensamientos estaban ocupados en asuntos más importantes. Sólo hay un número limitado de palabras para expresar el horror y la sorpresa, y el personal de la clínica, aquella tarde, había pronunciado la mayoría. La reacción de la señorita Kettle fue menos ortodoxa. En su opinión, aquel asesinato era de lo más raro... rarísimo... y al decirlo se quedó sentada frente a Dalgliesh, parpadeando a través de sus gruesas gafas, en un estado de apacible perplejidad, como si, aunque creyera que era raro, tampoco lo era tanto para discutirlo con mayor detalle. Con todo había, como mínimo, dos datos interesantes entre los que le había proporcionado la señorita Kettle. Lo único que esperaba Dalgliesh era que fueran ciertos.

Había dado unas explicaciones muy vagas acerca de sus movimientos de aquella tarde, pero la insistencia de Dalgliesh había conseguido sonsacarle que había estado entrevistando a la esposa de uno de los pacientes de T.E.C. hasta eso de las seis menos veinte, momento en que la hermana la había telefoneado para decirle que el paciente ya estaba listo para marcharse a su casa. Así pues, la señorita Kettle había bajado con su cliente, le había despedido en el vestíbulo y había ido directamente a la sala de historiales para consultar los archivos. A pesar de su tranquila inseguridad acerca de la mayor parte de sus actividades de aquella tarde, estaba completamente segura de la hora. En cualquier caso, pensó Dalgliesh, no tenía más que hablar con la hermana Ambrose para comprobarlo. La segunda pista era más confusa y la señorita Kettle la mencionó con aparente indiferencia ante su posible importancia. Al cabo de una media hora, cuando regresaba a su despacho de la segunda planta, había oído el ruido inconfundible del ascensor de servicio que se paraba con un ruido sordo.

Dalgliesh ya estaba cansado. A pesar de que la calefacción central estaba encendida, sentía escalofríos y reconocía aquel familiar malestar que precedía a sus ataques de neuralgia. El lado derecho de la cara ya se había puesto rígido y pesado y aquel dolor punzante de otras veces estaba empezando a latir espasmódicamente detrás de los globos oculares. Pero ahí estaba su última testigo.

La señora Bostock, la taquígrafa con mayor antigüedad de la casa, no compartía la tolerancia de los médicos ante aquella espera tan larga. Estaba enfadada y su enfado entró en la habitación con ella como un viento frío. Se sentó sin decir palabra, cruzó un par de largas piernas, sorprendentemente bien torneadas, clavó en Dalgliesh una mirada de manifiesto desdén con sus ojos claros. Su cabello largo, dorado como una moneda de oro, se arrollaba formando intrincadas volutas alrededor de aquel rostro pálido y arrogante de nariz afilada. Con aquel cuello tan largo, aquella rutilante cabeza que se balanceaba de un lado a otro y aquellos ojos ligeramente saltones, parecía un pájaro exótico. A Dalgliesh le costó disimular su sorpresa al ver sus manos: eran tan enormes, rojas y huesudas como las de un carnicero y daba la impresión de que habían sido añadidas de forma incomprensible a unas muñecas finas por obra de algún hado maligno. No trataba de esconderlas, pero llevaba las uñas cortas y sin pintar. Tenía una bonita figura y lucía un traje elegante y caro, una lección magistral de cómo minimizar los defectos y realzar las propias cualidades. Dalgliesh pensó que aquella mujer probablemente también debía de vivir su vida de acuerdo con este principio.

Dio detalles acerca de sus movimientos a partir de las seis de aquella tarde con brevedad y sin desgana aparente. La última vez que había visto a la señorita Bolam había sido a las seis, cuando, como siempre, había entrado en su despacho con la correspondencia para que la firmara. Sólo había cinco cartas, la mayoría informes médicos y cartas de los psiquiatras para otros especialistas, así que la señorita Bolam tenía poco que ver con ellas. La señora Bostock o la señorita Priddy se encargaban de registrar todas las cartas que se enviaban en el libro de correspondencia y luego Nagle las trasladaba al otro lado de la calle para la recogida del buzón de las seis y media. Le había parecido que, a las seis, la señorita Bolam estaba como siempre. Le había firmado las cartas y luego ella había ido a la oficina general, había entregado las cartas de los médicos a la señorita Priddy y en seguida había regresado arriba para que el doctor Etherege le dictase durante la última hora de la jornada. Se había acordado que los viernes por la tarde ayudaría al doctor Etherege durante una hora en un proyecto de investigación. El director y ella habían permanecido juntos excepto durante breves lapsos de tiempo. La hermana había telefoneado hacia las siete para comunicarles la muerte de la señorita Bolam, por lo que ambos habían salido del consultorio y se habían encontrado con la señorita Saxon, que estaba a punto de marcharse. La señorita Saxon había bajado al sótano con el director, mientras ella, a petición del doctor Etherege, iba a ver a Cully, que estaba junto a la puerta principal, para asegurarse de que se cumplían las instrucciones y nadie salía del edificio. Había permanecido con Cully hasta que había regresado el grupo que había bajado al sótano y luego se habían reunido todos en la sala de espera hasta la llegada de la policía, excepto los dos vigilantes, que habían permanecido de servicio en el vestíbulo.

–Ha dicho usted que ha estado con el doctor Etherege a partir de las seis, excepto durante breves lapsos de tiempo. ¿Qué estaban haciendo?

–Estábamos trabajando, naturalmente. –La señora Bostock le dio a entender que aquella pregunta le parecía no sólo estúpida sino un tanto vulgar–. El doctor Etherege está escribiendo un artículo sobre el tratamiento mediante psicoanálisis de dos gemelas esquizofrénicas. Como ya le he dicho, se acordó que yo le ayudaría una hora todos los viernes por la tarde. La medida no satisface del todo sus necesidades, pero la señorita Bolam opinaba que ese trabajo no estaba exactamente relacionado con la clínica y que el doctor Etherege debería llevarlo a cabo en su propio consultorio con ayuda de su secretaria particular. Como es obvio, esto es imposible, pues todo el material, incluidas las grabaciones, está aquí. Mi participación en este trabajo es muy variada: escribo al dictado algún rato, algunas veces trabajo en el despacho pequeño mecanografiando directamente las cintas y otras voy a consultar libros a la biblioteca.

–¿Y qué ha hecho esta tarde?

—He estado escribiendo al dictado durante media hora aproximadamente y luego he ido al despacho de al lado a trabajar con las cintas. Luego, a eso de las siete menos diez, el doctor Etherege me ha llamado y, cuando el teléfono ha sonado, estábamos trabajando.

—Eso significaría que ha estado usted escribiendo al dictado con el doctor Etherege hasta eso de las siete menos veinticinco.

—Probablemente.

—¿Y han estado juntos todo ese rato?

—Creo que el doctor Etherege ha salido un momento para comprobar una referencia.

—¿Por qué duda usted, señora Bostock? Ha salido o no ha salido.

—Sí, sí, claro superintendente, como dice usted, ha salido o no ha salido. Pero resulta que no hay ninguna razón para que tenga que recordarlo exactamente. Esta tarde ha sido una de tantas. Me parece que ha salido un momento, pero no puedo recordar exactamente cuándo. Espero que él mismo pueda aclarárselo.

De pronto, Dalgliesh cambió de tema.

—¿Le gustaba a usted la señorita Bolam, señora Bostock? —le preguntó amablemente, tras una pausa de medio minuto. No fue una pregunta bien recibida. Debajo de la pátina del maquillaje, Dalgliesh advirtió un acceso de rubor provocado por la indignación o por la sorpresa, que se desvanecía garganta abajo.

—No era una persona muy agradable. Pero yo he procurado siempre ser leal con ella.

—¿Por leal se refiere usted seguramente a que ha procurado suavizar las asperezas en su trato con el equipo médico en lugar de exacerbarlas y que se ha guardado mucho de criticarla abiertamente como administradora?

Tal como esperaba, aquel matiz de sarcasmo en su voz despertó toda su hostilidad latente. Detrás de la máscara de altivez y de indiferencia adivinó la inseguridad de la colegiala. Sabía que ella se vería obligada a justificarse, incluso frente a una crítica tácita como aquélla. A la señora Bostock no le gustaba Dalgliesh, pero no podía tolerar que la menospreciara o que la ignorara.

—La señorita Bolam no era la administradora adecuada para un centro psiquiátrico. No cooperaba para nada en la tarea que tratamos de llevar a cabo los que trabajamos en la casa.

—¿De qué modo no cooperaba?

—Bueno, en primer lugar no le gustaban los neuróticos.

«Ni a mí, Dios me libre de ellos —pensó Dalgliesh—, ni a mí.» Pero no dijo nada, y la señora Bostock prosiguió.

—Por ejemplo, no estaba de acuerdo en que se costearan los gastos de transporte de algunos pacientes. Se costean únicamente en aquellos casos en que el paciente está acogido a la Seguridad Social, pero también colaboramos en algunos casos de la Fundación Samaritana. Tenemos a una chica... una niña inteligentísima, dicho sea de paso... que viene dos veces por semana desde Surrey para trabajar en el departamento de terapia artística. La señorita Bolam consideraba que habría debido recibir tratamiento más cerca de su casa o... dejarlo. De hecho, dejó bien claro que, en su opinión, se habría debido eximir a la paciente de realizar ningún trabajo... así es como lo dijo.

—Supongo que no se lo diría así a la paciente.

—Por supuesto que no. Se guardó muy bien. Pero he tenido ocasión de comprobar que los pacientes sensibles no se sentían a gusto con ella. Siempre se había mostrado muy crítica con la psicoterapia intensiva. Es una técnica que requiere mucho tiempo, pero es necesaria. La señorita Bolam tendía a juzgar la valía de un psiquiatra en función del número de pacientes que visitaba por sesión. De todos modos, esto no era nada comparado con la actitud que adoptaba con los pacientes. Pero sus razones tenía, claro está. Su madre había padecido una enfermedad mental y estuvo psicoanalizándose durante años hasta que murió. Creo que se suicidó.

La señorita Bolam seguramente lo pasó muy mal. Como es natural, no podía permitirse odiar a su madre, de modo que proyectó todo su resentimiento hacia los pacientes del centro. Inconscientemente, estaba asustada de su propia neurosis. Saltaba a la vista.

Dalgliesh no creía estar lo suficientemente cualificado para discutir aquellas teorías. Estaba dispuesto a reconocer que algo de verdad debía de haber en ellas, pero no creía que la señorita Bostock hubiera llegado a esas conclusiones por sí sola. Puede que la señorita Bolam crispara los nervios a los psiquiatras por su falta de cooperación, pero por lo menos allí delante había alguien que creía en ellos.

—¿Sabe usted quién trató a la señora Bolam? —preguntó.

La señora Bostock descruzó sus elegantes piernas y se sentó más cómodamente en su silla antes de dignarse a contestar.

—Pues sí que lo sé, pero no veo qué relación puede tener con estas pesquisas.

—¿Por qué no dejamos que sea yo quien lo decida? De todos modos, no me será difícil averiguarlo. Si no lo sabe o no está usted segura de la respuesta, mejor será que lo diga y ahorraremos tiempo.

—El doctor Etherege.

—¿Quién cree usted que será la persona elegida para suceder a la señorita Bolam?

—¿Como oficial administrativa? Pues realmente —dijo la señora Bostock con frialdad—, no tengo la menor idea.

Por fin Dalgliesh y Martin terminaron con el trabajo indispensable de aquella tarde. Se habían llevado el cadáver y habían sellado la sala de archivos. Había sido interrogado todo el personal de la clínica y la mayoría se había marchado a su casa. El doctor Etherege había sido el último médico en irse y, aunque Dalgliesh le había autorizado a hacerlo, había estado paseándose por allí un buen rato, lleno de inquietud. El señor Lauder y Nagle todavía estaban en la clínica, esperando en el vestíbulo con dos policías uniformados. Con tranquila determinación, el secretario le había hecho saber que prefería permanecer en la clínica mientras la policía estuviera en ella y Nagle no podía marcharse hasta que la puerta principal hubiera quedado cerrada con llave y se la hubiesen devuelto, pues era el encargado de abrir la clínica el lunes a las ocho en punto. Dalgliesh y Martin inspeccionaron el lugar por última vez. Viéndolos trabajar, un espectador fortuito habría supuesto erróneamente que Martin no era más que un estorbo para su compañero, mucho más joven y brillante. Pero los de Scotland Yard, que los conocían bien, no eran de la misma opinión. Físicamente eran realmente muy diferentes. Martin era un hombre grandote, de casi un metro noventa de altura, grandes hombros y una cara ancha y rubicunda que le daba más bien un aire de campesino que de detective. Dalgliesh era todavía más alto, moreno, delgado y ágil. A su lado Martin parecía muy voluminoso. Cualquiera que hubiera observado trabajar a Dalgliesh habría reconocido su inteligencia. Con Martin la cosa no era tan segura. Era diez años mayor que su jefe y a esas alturas era poco probable que lo ascendieran, si bien tenía cualidades que hacían de él un detective admirable. Nunca le atenazaban las dudas en relación con sus propias motivaciones, el bien y el mal eran inmutables para él. Nunca se había perdido por esas tierras sombrías donde los matices del bien y del mal lo nublan todo con sus confusas sombras. Era muy decidido e infinitamente paciente, agradable sin ser sentimental y meticuloso en los detalles sin perder la visión de conjunto. Su carrera no podía ser calificada de brillante, pero si por un lado era incapaz de comportarse como un hombre de inteligencia privilegiada, también era incapaz de mostrarse como un estúpido. La mayor parte del trabajo de la policía consiste en la comprobación aburrida, repetitiva y meticulosa de todos los detalles. La gran mayoría de los asesinatos no son más que pequeños crímenes sórdidos, fruto de la ignorancia o de la desesperación. El trabajo de Martin consistía en ayudar a resolverlos y eso es precisamente lo que hacía, con gran paciencia y sin ningún fallo. Ante el asesinato de la Clínica Steen, con todas las escalofriantes apariencias de una inteligencia experta en acción, no había quedado impresionado. La atención metódica volcada sobre todos los detalles había resuelto otros asesinatos y también resolvería aquél. Además, había que atrapar a los asesinos, tanto si eran inteligentes como subnormales, retorcidos o impulsivos. Caminaba, como es habitual, un paso o dos detrás de Dalgliesh y hablaba poco, pero siempre que lo hacía era para dar en el clavo.

Registraron el edificio por última vez aquella tarde, empezando por la tercera planta. Las habitaciones del siglo dieciocho de aquella planta se habían dividido para procurar unos espacios destinados a las asistentas sociales de psiquiatría, a los psicólogos y a los terapeutas no profesionales y se habían formado dos salas más grandes de tratamiento para uso de los psiquiatras. Había también una habitación muy agradable que se había conservado tal cual y que daba a la fachada del edificio, confortablemente amueblada con sillones y varias mesitas. Al parecer, se trataba del lugar de reunión del grupo de los afectados por problemas matrimoniales, que desde allí podían disfrutar de una agradable vista de la plaza mientras analizaban sus incompatibilidades domésticas y sexuales. Dalgliesh comprendía el resquemor de la ausente señora Baumgarten, puesto que aquella sala era admirablemente adecuada para un departamento de terapia artística.

Las habitaciones más importantes estaban en el piso inmediatamente inferior y, allí, las alteraciones y adaptaciones habían sido pocas, de modo que techos, puertas y ventanas contribuían con su gracia a crear una atmósfera elegante y apacible. El Modigliani estaba fuera de lugar en la sala de juntas, pero no resultaba demasiado agresivo. La biblioteca médica, situada justo al lado, con sus estanterías antiguas, cada una con el nombre de su donante, hubiera podido ser confundida con la biblioteca de un caballero del siglo diecinueve de no haber leído los títulos de los libros. Había pequeños jarrones para flores, colocados encima de las estanterías, y varias butacas que, aunque armonizaban muy bien, saltaba a la vista que procedían de media docena de sitios distintos.

El director médico tenía su consultorio en esa misma planta, y era uno de los más elegantes de la clínica. El diván de tratamiento, colocado contra la pared del fondo, era del mismo modelo que el de los demás consultorios psiquiátricos: un diván bajo, de una sola plaza, tapizado en calicó, con una manta roja doblada a los pies y una almohada. Pero la Junta Médica del hospital no había tenido nada que ver con la elección del resto de los muebles. El escritorio dieciochesco estaba totalmente desprovisto de calendarios de cartón o de agendas de oficina de sobremesa y únicamente aparecía visible un secante con soporte de cuero, una escribanía de plata y una bandeja para los papeles. Había también dos butacas de cuero y una rinconera de caoba. Al parecer, el director coleccionaba grabados antiguos, y estaba especialmente interesado en los realizados a buril y en las estampas del siglo dieciocho. Dalgliesh examinó una colección de obras de James McArdell y de Valentine Green, colocadas a ambos lados de la chimenea, y advirtió que los pacientes del doctor Etherege liberaban su subconsciente bajo un par de elegantes litografías de Hullmandel. Dalgliesh pensó que el desconocido ladrón de la clínica podría ser un caballero, si había que atenerse a la opinión de Cully, pero era evidente que no era un experto en arte. Despreciar dos Hullmandels por quince libras en metálico denunciaba al ladrón de tres al cuarto. Realmente era una habitación muy agradable, que proclamaba que su ocupante era un hombre con gusto y con dinero suficiente para demostrarlo, es decir la habitación de un hombre que no ve ninguna razón para que su vida profesional tenga que desarrollarse en un decorado menos agradable que sus ocios. Aun así, el resultado no era del todo perfecto... faltaba algo. La elegancia resultaba un tanto artificial y el buen gusto demasiado ortodoxo. Dalgliesh imaginó que los pacientes debían de sentirse mucho más felices en aquellas habitaciones cálidas, desordenadas y desproporcionadas del piso de arriba, donde Fredrica Saxon trabajaba en medio de un barullo de papeles, macetas y cacharros para el té, porque, a pesar de los grabados, la habitación carecía de toque personal. De algún modo, en ese aspecto era típica de su ocupante. Dalgliesh recordó un congreso reciente sobre enfermedades mentales al que había asistido y la ponencia en la que había participado el doctor Etherege. Aunque su exposición le había parecido de momento todo un modelo de elocuente sabiduría, una vez terminada, Dalgliesh se había sentido incapaz de recordar ni una sola de sus palabras.

Bajaron a la planta baja, donde se encontraban el secretario y Nagle charlando tranquilamente con los policías, que se volvieron a mirarles pero sin hacer ningún gesto para ir a reunirse con ellos. Aquellas cuatro figuras a la espera, de pie, formando un grupo apesadumbrado, tenían el aspecto de plañideras después de un funeral, inseguras y desconcertadas en medio del vacío que sigue al dolor. Sus voces sonaban apagadas en medio del silencio del vestíbulo.

La distribución de la planta baja era muy sencilla. Inmediatamente después de la puerta principal, a mano izquierda conforme se entraba, estaba la cabina acristalada de recepción. Dalgliesh comprobó nuevamente que desde allí se abarcaba una buena vista de todo el vestíbulo, incluida la gran escalera curva del fondo. Sin embargo, las observaciones de Cully durante aquella tarde habían sido curiosamente selectivas. Estaba completamente seguro de haber visto y registrado en su libro a todos los que habían entrado en la clínica o salido de ella a partir de las cinco, pero muchas de las idas y venidas por el vestíbulo le habían pasado inadvertidas. Había visto a la señora Shorthouse salir del despacho de la señorita Bolam y entrar en la oficina general, pero no había visto a la oficial administrativa atravesar el vestíbulo en dirección a las escaleras del sótano. Había visto al doctor Baguley salir de la guardarropía de los médicos, pero no lo había visto entrar. No se le habían escapado la mayor parte de los movimientos de los pacientes ni de sus familiares y podía confirmar todas las idas y venidas de la señora Bostock. Estaba seguro de que el doctor Etherege, la señorita Saxon y la señorita Kettle no habían cruzado el vestíbulo después de las seis y, si lo habían hecho, no se había dado cuenta. Dalgliesh habría confiado más en el testimonio de Cully de no haber sido evidente que aquel patético hombrecillo estaba aterrorizado. Al llegar a la clínica lo había notado deprimido y un tanto arisco, pero a la hora de darle el permiso para marcharse a su casa estaba aterrorizado. Dalgliesh pensó que, en algún estadio de sus investigaciones, tendría que descubrir cuál era la razón de su estado.

Detrás de la cabina de recepción, provista de ventanas que daban a la plaza, estaba la oficina general, en la que se había construido un tabique para albergar la pequeña sala de archivos, donde se guardaban las historias clínicas en uso. Al lado de la oficina general estaba el despacho de la señorita Bolam y, junto a éste, el departamento de T.E.C., con su sala de tratamiento, el cuarto de servicio de las enfermeras y el compartimento para recuperación de hombres y mujeres. Toda esta sección estaba separada por un corredor de la guardarropía del equipo de médicos, de los servicios del personal administrativo y del cuartito de la asistenta. Al final de ese pasillo había una puerta lateral cerrada con llave, que rara vez utilizaba nadie, excepto los miembros del personal que, habiéndose quedado a trabajar hasta tarde, no querían causar a Nagle la molestia de tener que volver a abrir los cerrojos, pestillos y cadenas más complicados de la puerta principal.

Al otro lado del vestíbulo principal había dos consultorios, la sala de espera de los pacientes y los servicios. El vestíbulo se había dividido en dos salas de psicoterapia bastante espaciosas, separadas de la sala de espera por un pasillo. Eso quería decir que el doctor Steiner podía ir de una sala a otra sin necesidad de pasar por delante de Cully. Pero era muy difícil que pudiera cruzar el vestíbulo en dirección a las escaleras del sótano sin correr el riesgo de que lo vieran. ¿Lo habían visto? ¿Qué se callaba Cully y por qué se lo callaba?

Aquella noche Dalgliesh y Martin pasaron revista juntos a las habitaciones del sótano por última vez. Al fondo estaba la puerta que conducía a las escaleras del patio trasero. El doctor Etherege le había dicho que aquella puerta estaba cerrada con pestillo cuando el doctor Steiner y él la habían examinado después de encontrar el cadáver y ahora seguía cerrada con pestillo. Habían tratado de encontrar huellas dactilares en ella, pero las únicas que se apreciaban con claridad eran las de Peter Nagle. Nagle le había dicho que seguramente había sido el último en tocar el cerrojo, pues tenía por costumbre comprobar que la puerta tenía el pestillo corrido antes de cerrar por la noche. Era raro que él u otro miembro cualquiera del personal utilizaran la salida del sótano y, por lo general, aquella puerta sólo se abría cuando llegaban pedidos de carbón o de otro material pesado. Dalgliesh descorrió el pestillo. Había un corto tramo de escaleras de metal que conducían a la verja trasera, cuya puerta de hierro forjado estaba también cerrada, provista de un candado y una cadena. Sin embargo, cualquier intruso podía penetrar en el patio del sótano con facilidad, sobre todo teniendo en cuenta que el callejón de la parte trasera estaba poco iluminado y desierto. Entrar en la clínica resultaba más difícil. Todas las ventanas del sótano, excepto el ventanuco del lavabo, tenían barrotes y era por esa ventana por donde se había introducido el ladrón en la clínica.

Dalgliesh volvió a correr el pestillo y se dirigió con Martin al cuarto de descanso de los vigilantes, en la parte trasera del edificio. Todo permanecía igual que cuando lo había examinado por primera vez. Había dos roperos colocados contra la pared y, en medio de la habitación, una sólida mesa cuadrada. También había un hornillo de gas muy viejo en un rincón y, junto a éste, un armario con tazas, platos y botes de té, azúcar y galletas. Puestas una a cada lado del hornillo, había dos sillas de cuero desvencijadas. A la izquierda de la puerta estaba el tablero de las llaves, con todos los ganchos numerados, pero sin etiquetar. En aquel mismo tablero había estado colgada, entre otras, la llave de la sala de archivos del sótano. Ahora aquella llave estaba en poder de la policía.

Había un gato grandote y atigrado enroscado en una cesta delante del hornillo apagado. Cuando encendieron la luz se levantó y, alzando su cabezota rayada, dirigió a los intrusos una mirada vaga e inexpresiva con sus inmensos ojos amarillos. Dalgliesh se arrodilló junto a la cesta, le acarició la cabeza, el gato se estremeció un momento y, después, quedó inmóvil bajo sus caricias. De pronto, se puso panza arriba, estiró las patas, rígidas como varas, y presentó la suave pelusa de la barriga a los halagos de Dalgliesh. El superintendente siguió acariciándolo mientras hablaba; Martin, entretanto, que tenía preferencia por los perros, lo miraba con paciente tolerancia.

—La señora Shorthouse me ha hablado de él. Es *Tigger*, el gato de la señorita Bolam dijo Martin.

—De todo ello se deduce que la señorita Bolam había leído a A. A. Milne cuando era pequeña. Sin embargo, los gatos son criaturas nocturnas. ¿Cómo no le dejan salir por la noche?

—También me han hablado de eso. La señorita Bolam pensaba que mantendría a los ratones a raya si permanecía encerrado. Nagle sale la hora de comer a tomarse una cerveza y un bocadillo, pero Cully almuerza aquí y la señorita Bolam siempre le estaba regañando por culpa de las migajas. Todas las noches encierran al gato aquí y lo dejan suelto durante el día. Aquí tiene su comida y la caja para sus necesidades.

—Sí, eso parece, llena de ceniza de la caldera.

—Es una pena que el gato no pueda hablar, señor. Ha permanecido aquí durante casi toda la tarde esperando su comida. Seguramente estaba presente cuando el asesino ha entrado a buscar la llave de la sala de archivos.

—Y el escoplo. Seguro que *Tigger* lo ha visto todo perfectamente, pero, ¿qué le hace pensar que le diría la verdad?

El sargento Martin no respondió, pero pensó que la mayor parte de los amantes de los gatos eran así y que no había que extrañarse, por muy infantil que pudiera parecer.

—La señorita Bolam lo hizo capar y corrió con todos los gastos. La señorita Shorthouse dijo a P. C. Holliday que el doctor Steiner lo lamentaba mucho, pues parece ser que le gustan los gatos y que tuvieron una discusión por este motivo. El doctor Steiner dijo a la señora Bostock que, si de la señorita Bolam dependiera, todos los machos del hospital estarían capados. Considero que fue bastante grosero... Claro que no tenía intención de que sus palabras llegaran a oídos de la señorita Bolam, pero la señora Bostock dice que se había enterado —dijo Martin, que se mostraba muy hablador.

—Seguro que lo haría... —dijo Dalgliesh.

Siguieron adelante con la inspección.

No era una habitación desagradable: olía a comida, a cuero y, ligeramente, a gas. Había varios cuadros que parecían haber encontrado un destino definitivo junto a los vigilantes después de que sus propietarios originales se hubieran hartado de verlos. En uno de ellos aparecía el fundador de la Clínica Steen, oportunamente rodeado de sus cinco hijos. Era una fotografía borrosa de color sepia, con marco dorado, y Dalgliesh pensó que decía mucho más del carácter del viejo Hyman que aquel óleo conmemorativo, más típico, colgado en el vestíbulo.

Encima de una mesa más pequeña, arrimada contra la pared del fondo, estaba la caja de herramientas de Nagle. Dalgliesh la abrió y las observó un momento, muy bien cuidadas, cada una en su sitio. Sólo faltaba una y era poco probable que volviera a ocupar el espacio que le había correspondido en la caja de herramientas de Nagle.

—Ha podido entrar por la puerta trasera en caso de haberla

dejado abierta –dijo Martin, adivinando los pensamientos de Dalgliesh.

–Tiene razón. Reconozco que, por algún oscuro manejo, cabe sospechar de la única persona que aparentemente ni siquiera se encontraba en el edificio cuando se ha cometido el asesinato. Sin embargo, es casi seguro que Nagle estaba con la señorita Priddy en la oficina general cuando la señora Shorthouse ha dejado a la señorita Bolam. Cully lo ha confirmado y la señorita Priddy asegura que únicamente ha dejado la oficina general un momento para ir a buscar un fichero a la habitación de al lado. A propósito, ¿qué le ha parecido la señora Shorthouse?

–Creo que ha dicho la verdad, señor. No creo que se abstuviese de mentir si convenía a sus propósitos, porque es la típica persona a quien le gusta que ocurran cosas y que no tiene ningún reparo a la hora de dar un empujoncito en la dirección adecuada, pero tenía un montón de cosas que contarnos sin necesidad de tener que añadir florituras.

–Eso es verdad –convino Dalgliesh–. No tenemos ningún motivo razonable para dudar de que la señorita Bolam ha bajado al sótano como resultado de una llamada, lo que establece la hora aproximada de su muerte de modo muy satisfactorio para nosotros. Además, la hora concuerda con la opinión del forense, pero sabremos más acerca del asunto cuando tengamos los resultados del juez de instrucción. También es posible que la llamada fuera del todo ajena al caso. Alguien ha podido llamar desde el sótano, hablar con la señorita Bolam desde aquí, para luego marcharse y regresar a su despacho y ahora tiene miedo de reconocer que ha hecho esa llamada. Como ya he dicho, es posible, pero poco probable.

–Si la llamada era auténtica, podía ser para avisarla del desorden que había en la sala de archivos. Es evidente que todos esos papeles estaban tirados por el suelo antes del asesinato, puesto que algunos estaban debajo del cadáver. A mí me ha dado la impresión de que la habían golpeado al agacharse para recogerlos.

–A mí también me ha dado esa impresión –dijo Dalgliesh–. Bueno, no nos entretengamos más.

Pasaron por delante del ascensor de servicio sin hacer ningún comentario y entraron en la sala de tratamiento del sótano, que daba a la fachada. La enfermera Bolam había estado sentada allí, junto a su paciente, durante las primeras horas de la tarde. Dalgliesh encendió la luz. Aunque habían apartado las gruesas cortinas, las ventanas estaban provistas de una fina redecilla, probablemente para crear un ambiente de intimidad durante el día. La habitación estaba amueblada con sencillez: una camilla baja en un rincón, con la típica pantalla de hospital en los pies y una pequeña butaca en la cabecera. Había también una mesita y una silla arrimadas contra la pared del fondo, seguramente para uso de la enfermera de servicio y, encima de la mesa, una estantería para los formularios de los informes que rellenaban las enfermeras y hojas en blanco para los historiales de los médicos. La pared que quedaba a mano izquierda estaba tapizada de armarios, donde se guardaba la ropa blanca limpia de la clínica. Se había intentado insonorizar la cuarta pared que estaba forrada por una pesada cortina.

–Si la paciente armaba mucho ruido, dudo que la enfermera Bolam pudiera oír lo que ocurría fuera. Martin, ¿le importaría salir al pasillo y hacer una llamada telefónica desde el teléfono que está justo a la entrada de la sala de archivos?

Martin cerró la puerta al salir y Dalgliesh se quedó solo en medio de aquel pesado silencio. A pesar de que tenía un oído muy fino, apenas si percibía los pesados pasos de Martin. Dudaba que pudiera haberlos oído, de haber habido, además, el ruido producido por un paciente alterado. No pudo oír el leve sonido del teléfono cuando Martin descolgó el receptor ni tampoco el giro del disco de marcar. Al cabo de un momento, volvió a oír pasos y Martin entró de nuevo en la habitación.

—Hay una lista con todos los números interiores, de modo que he marcado el 004, que es el del despacho de la señorita Bolam. Es curioso lo raro que suena el timbre del teléfono cuando nadie va a contestar. Pero resulta que alguien lo ha hecho. Me he pegado un buen susto cuando ha dejado de sonar. Era el señor Lauder, claro, y parecía también un poco sorprendido. Le he dicho que no tardaríamos demasiado.

—No, no tardaremos. Por cierto, no he podido oír nada y, en cambio, la enfermera Bolam ha oído chillar a la Priddy. Al menos, eso dice...

—Se ha tomado su tiempo para decirlo, ¿no le parece, señor? Y lo que es más, al parecer también ha oído bajar a los médicos y a la hermana.

—Eso parece más razonable: eran cuatro y armaban alboroto. Claro que es la sospechosa más lógica. Podía haber telefoneado a su prima desde su habitación para decirle, por ejemplo, que alguien había estado revolviendo la sala de archivos. Su paciente debía de estar demasiado confundida para oír o entender nada. La he visto con el doctor Baguley y es evidente que no es capaz de proporcionar ninguna coartada coherente. La enfermera Bolam podía haber salido de la sala de tratamiento y haber esperado a su prima en la sala de archivos sin correr demasiado riesgo. Es la persona que ha dispuesto de mejor oportunidad para matarla, aparte de que tiene los conocimientos médicos necesarios y un móvil obvio. Si es la asesina, seguramente este crimen no tiene nada que ver con la llamada telefónica a Lauder. Tendremos que averiguar qué suponía la Bolam que estaba ocurriendo en esta clínica, aunque no tiene por qué estar relacionado necesariamente con su muerte. Si la enfermera Bolam sabía que el secretario iba a venir puede que decidiera matarla hoy, pensando que con ello nos alejaría del verdadero móvil.

—No me parece lo suficientemente lista para planear una cosa así, señor.

—A mí tampoco me parece una asesina, Martin, pero hemos desenmascarado asesinos que todavía lo parecían menos que ella. Si es inocente, el hecho de que estuviera sola aquí abajo le iba muy bien al asesino. Luego está lo de los guantes de goma, pese a que haya una explicación lógica que los justifica. Todavía quedan un montón de pares por ahí y es perfectamente normal que un miembro del equipo de enfermeras lleve un par de guantes viejos en el bolsillo del delantal. Pero la verdad es que no hemos encontrado huellas digitales ni en las armas ni en la llave de la puerta..., ni siquiera antiguas. Alguien ha tenido que borrarlas antes y manipularlo todo con guantes y, ¿qué otra cosa hay mejor que un par de finos guantes de cirujano? Clavar el escoplo era prácticamente una operación quirúrgica.

–Si hubiera tenido el buen sentido de utilizar guantes, también habría tenido el buen sentido de destruirlos. La caldera estaba encendida. ¿Y qué me dice usted del delantal de hule que ha desaparecido del departamento de terapia artística? Si el asesino lo ha utilizado como posible protección y lo ha echado después a la caldera, ¿habría cometido la estupidez de conservar los guantes?

–Una estupidez tan grande que nos hiciera pensar que nadie en su sano juicio podría hacer una cosa parecida. De todos modos, no estoy muy seguro en lo que se refiere al delantal. Al parecer, falta uno, y es posible que el asesino lo llevara puesto, pero ésta ha sido una muerte limpia y planeada en todos sus detalles. De todos modos, lo sabremos mañana, cuando la caldera esté fría y podamos examinar su interior. Esos delantales tienen remaches metálicos en los tirantes de los hombros y, con un poco de suerte, puede que los encontremos.

Cerraron la puerta de la sala de tratamiento al salir y subieron las escaleras. A Dalgliesh se le hizo más patente su cansancio y, además, observó que aquel dolor punzante detrás de los ojos se había hecho casi continuo. No había sido una semana fácil y la fiesta del jerez, que prometía ser un final agradable y relajante tras una dura jornada, había resultado un inquietante prólogo de una noche todavía más ajetreada. Por un momento se preguntó dónde habría cenado Deborah Riscoe y con quién. Ahora aquel encuentro se le presentaba como algo que formaba parte de un mundo diferente, quizá porque estaba cansado y le faltaba esa confianza con la que normalmente emprendía cualquier caso. No creía seriamente que aquel crimen fuera a vencerle; profesionalmente, todavía no conocía el sabor de la derrota. Con todo, era molesto notar aquella sensación de ineptitud y desasosiego. Por primera vez se sentía inseguro de su propio talento, como si estuviera luchando contra un cerebro que trabajaba incansablemente contra él, contra un igual. Y no creía que la enfermera Bolam tuviera ese cerebro.

Nagle y el secretario todavía estaban esperándoles en el vestíbulo. Dalgliesh les entregó las llaves de la clínica y les hizo prometer que al día siguiente pondrían a disposición de la policía otro juego, que ahora se encontraba en las oficinas centrales del grupo de clínicas. Martin, los dos policías y él esperaron a que Nagle comprobara que todas las luces estaban apagadas. Al poco rato, toda la clínica quedó a oscuras y los seis hombres se perdieron en la fría niebla de aquella noche de octubre a través de caminos distintos.

4

El doctor Baguley sabía que la educación no le permitía negarse a llevar a la señorita Kettle a su casa. Ésta vivía en Richmond y su casa le pillaba de camino en el trayecto hacia Surrey. Normalmente se las arreglaba para evitar el encuentro y, como el horario de la señorita Kettle era muy irregular, casi nunca salían a la misma hora, lo que le permitía volver a casa, solo en su coche, sin sombra de remordimientos. Le gustaba conducir. A pesar del fastidio que representaba tener que atravesar la ciudad en la hora punta, era el pequeño precio que había que pagar por aquellas pocas millas de carretera en línea recta que le conducían a su casa, sintiendo la fuerza del coche que parecía empujarlo por la espalda y aquel airecillo silbante que le sacudía las tensiones del día. Justo antes de llegar a Stalling, tenía la costumbre de parar en un pub muy tranquilo para tomarse una pinta de cerveza. Nunca bebía más ni tampoco menos. Aquel ritual nocturno, división convencional del día y la noche, se había convertido en algo necesario para él desde que había perdido a Fredrica. La noche no le aliviaba la tensión de su lucha contra la neurosis. Se estaba acostumbrando a una vida en la que las mayores exigencias de paciencia y habilidad profesional provenían de su propia casa. Con todo, resultaba agradable estar sentado solo y en paz, saboreando el breve interludio entre dos mundos distintos, pero en el fondo muy similares.

Al principio condujo despacio, porque sabía que a la señorita Kettle no le gustaba la velocidad. La tenía sentada a su lado, bien arropada en un grueso abrigo de *tweed* con su corto pelo gris coronado por un insólito gorrito rojo de punto. Al igual que muchas asistentas sociales profesionales, tenía poco instinto para entender a la gente, carencia que le había valido una inmerecida fama de mujer insensible. Pero cuando se trataba de clientes, la cosa era muy distinta. ¡Cómo odiaba esa palabra el doctor Baguley! Una vez enjaulados detrás de los barrotes de la relación profesional, la señorita les dedicaba una meticulosa atención de la que pocas de sus intimidades quedaban indemnes. Calaba en ellos, tanto si querían como si no ponía al descubierto sus debilidades y las aceptaba, aplaudía y alentaba sus esfuerzos y perdonaba sus pecados. Aparte de sus clientes, el resto de la Clínica Steen prácticamente no existía para la señorita Kettle. A Baguley no le disgustaba la actitud. Hacía mucho tiempo que el doctor Baguley había llegado a la triste conclusión de que el trabajo como asistenta social de psiquiatría ejercía una gran atracción entre la gente menos preparada para ello y la señorita Kettle era mejor que muchos. Los informes que le remitía eran siempre demasiado largos y estaban preñados de la jerga particular de la profesión, pero por lo menos se molestaba en redactarlos. La Clínica Steen tenía cubierto su cupo de aquellas asistentas sociales de psiquiatría que, arrastradas por una irresistible urgencia de tratar pacientes, se mostraban inquietas hasta que recibían instrucción como psicoterapeutas no profesionales y dejaban atrás tareas tan poco interesantes como redactar informes sociales u organizar vacaciones de recuperación. No, Ruth Kettle no le disgustaba en absoluto, pero aquella noche, entre todas las noches, hubiera preferido regresar solo en coche.

No dijo nada hasta que llegaron a Knightsbridge y fue entonces cuando oyó la poderosa voz de la señorita Kettle que retumbaba en su oído.

—¡Qué asesinato más complicado!, ¿no? Y vaya momento han ido a escoger. ¿Qué le ha parecido el superintendente?

—Eficiente, supongo —respondió Baguley—. Mi actitud frente a él es un tanto ambivalente, seguramente porque no tengo coartada. A la hora en que se supone que ha muerto la señorita Bolam yo estaba solo en la guardarropía del equipo de médicos.

Era consciente de que esperaba que le tranquilizara, que protestara enérgicamente porque, naturalmente, a nadie se le ocurriría sospechar de él. Pero, aun sintiendo desprecio por sí mismo, prosiguió:

—No deja de ser un fastidio, pero no tiene importancia. Espero que el hombre aclarará este asunto con rapidez.

—¡Oh!, ¿usted cree? Lo dudo. A mí me da la impresión de que el caso lo ha dejado bastante confuso. Yo hoy he estado sola en mi despacho casi toda la tarde, así que seguramente tampoco tengo coartada. De todos modos, tampoco sé a qué hora calculan que ha muerto.

—Seguramente hacia las seis y media —cortó el doctor Baguley.

—¿Ah, sí? Entonces está claro que no tengo coartada. —La señorita Kettle hablaba con la más alegre de las satisfacciones—. A lo mejor —añadió al cabo de un rato—, ahora consigo que los Worriker pasen unas vacaciones en el campo... ¡a la señorita Bolam le costaba tanto eso de gastar dinero con los pacientes! El doctor Steiner y yo opinamos que si los Worriker pudieran disfrutar de quince días de tranquilidad en algún hotel agradable en el campo quizá conseguirían resolver sus problemas. Puede, incluso, que salvaran su matrimonio.

El doctor Baguley estuvo tentado de decir que el matrimonio de los Worriker llevaba en peligro tanto años que era poco probable que su salvación o su fracaso se resolvieran en quince días, por muy agradable que fuera el hotel. El hecho de vivir un matrimonio inestable era la principal preocupación emocional de los Worriker y con toda seguridad no renunciarían a ella sin oponer una poderosa resistencia.

—¿De modo que el señor Worriker está sin trabajo? —preguntó.

—No, no; trabajo tiene... —contestó la señorita Kettle, como si este hecho no tuviera nada que ver con sus posibilidades de costearse unas vacaciones—, pero me temo que su esposa no es muy buena administradora, aunque hace lo que puede. La verdad es que no pueden permitirse unas vacaciones, a no ser que la clínica se las pague. Siento tener que decir que la señorita Bolam no cooperaba demasiado en este tipo de cosas. Y además, estaba lo otro: daba hora a los pacientes sin consultarme. Hoy, por ejemplo. Cuando he mirado la agenda, justo antes de salir, he visto que me había asignado un paciente nuevo para el lunes a las diez. La anotación era de la señora Bostock, naturalmente, pero había añadido: «siguiendo instrucciones de la señorita Bolam». La señora Bostock no hubiera hecho nunca una cosa así, porque es una secretaria muy agradable y eficiente.

El doctor Baguley pensó que la señora Bostock era una mujer ambiciosa y que sólo armaba líos, pero no encontró razón para manifestarlo. En cambio, preguntó a la señorita Kettle cómo le había ido el interrogatorio con Dalgliesh.

—Me temo que no he podido ayudarlo demasiado, pero lo del ascensor le ha interesado mucho.

—¿Qué es lo del ascensor señorita Kettle?

—Esta tarde ha sido utilizado. ¿No se ha dado usted cuenta de que siempre cruje cuando está en marcha y que luego, cuando llega al segundo piso hace un ruido seco? Pues bien, yo he oído ese ruido seco. Claro que no sé exactamente cuándo, porque en aquel momento no me ha parecido importante. Supongo que debía de ser hacia las seis y media.

—Dalgliesh no puede estar pensando en serio que han utilizado el ascensor para bajar al sótano. Es lo suficientemente grande, pero se necesitan dos personas.

—Sí, ¿verdad? No es posible izarse sin un cómplice.

Pronunció «cómplice» de un modo misterioso, como si formara parte de una jerga criminológica, una palabra atrevida que apenas si se atrevía a utilizar.

—No puedo imaginar a nuestro querido doctor Etherege

en cuclillas en el ascensor, como un pequeño buda regordete, y a la señora Bostock tirando de las cuerdas con sus manos anchas y enrojecidas. Y usted, ¿se lo imagina? –añadió.

–No –dijo el doctor Baguley lacónicamente, a quien la descripción le había parecido extraordinariamente gráfica–. Sería interesante averiguar quién ha sido la última persona que ha entrado en la sala de historiales clínicos. Antes del accidente, quiero decir –añadió, como para cambiar de tema–. No acierto a recordar cuándo he entrado en ese cuarto por última vez.

–¿Que no se acuerda? ¡Qué raro! Es una habitación tan claustrofóbica y está tan llena de polvo que siempre me acuerdo de cuándo la visito. Hoy, por ejemplo, he estado en ella a las seis menos cuarto.

El doctor Baguley casi frenó del susto.

–¿Ha dicho usted a las seis menos cuarto de esta tarde? ¡Pero si es sólo media hora antes del asesinato!

–Sí, eso parece, ¿no? Si murió hacia las seis y veinte... El superintendente no me lo ha dicho, pero parecía interesarle mucho que yo hubiera bajado al sótano. He ido a buscar uno de los historiales antiguos de los Worriker. Tenían que ser alrededor de las seis menos cuarto cuando he bajado y no me he quedado mucho rato, porque sabía exactamente dónde estaba el historial.

–¿Y la sala estaba como siempre? ¿No ha visto los historiales esparcidos por el suelo?

–Pues no, todo estaba en su sitio. La habitación estaba cerrada con llave, por supuesto, de modo que he cogido la llave del cuarto de descanso de los vigilantes, he vuelto a cerrar con la llave al salir y he dejado la llave colgada en el tablero.

–¿Y no ha visto a nadie?

–Me parece que no, pero he oído a la paciente de usted sometida a LSD. Me ha parecido que alborotaba mucho, como si estuviera sola.

–Pues no lo estaba. No lo está nunca. De hecho, yo

mismo he estado con ella hasta eso de las seis menos veinte. Si usted hubiera salido un poco antes del cuarto de historiales, nos habríamos encontrado.

—Eso si hubiéramos pasado por las escaleras del sótano o si usted hubiera entrado en la sala de historiales. Pero me parece que no he visto a nadie. El superintendente ha seguido insistiendo. Me pregunto si es persona competente. A mí me ha parecido que estaba muy confundido con todo este asunto.

No volvieron a hablar del asesinato, aunque, para el doctor Baguley, el aire del coche estaba muy cargado de preguntas no formuladas. Al cabo de veinte minutos se desvió hacia el domicilio de la señorita Kettle, fuera de Richmond Green y, al bajar ella, se inclinó para abrirle la puerta del coche con gran alivio por su parte. Tan pronto como la hubo perdido de vista, salió del coche y, desafiando el frío y la humedad, abrió la capota. Las siguientes millas transcurrieron a través de un hilo dorado de ojos felinos y parpadeantes que le señalaban el límite de la carretera entre ráfagas de frío viento otoñal. A la salida de Stalling se desvió de la carretera principal hacia el oscuro y poco atractivo pub situado en el fondo de un camino, rodeado por un círculo de olmos. Los chicos bien de Stalling Coombe no lo habían descubierto todavía o lo habían desdeñado en favor de los elegantes pubs que bordeaban aquel cinturón de verdor; nunca había visto sus Jaguars aparcados contra los muros de ladrillo oscuro. El salón del bar estaba vacío como siempre, pero se oía un murmullo de voces procedente del otro lado del tabique de madera que lo separaba del sector público. Se sentó junto al fuego, que ardía verano e invierno, alimentado, cómo no, con pestilentes maderas de muebles viejos del tabernero. La sala no era muy acogedora. El viento de levante escupía el humo de la chimenea, el suelo de piedra estaba desnudo y los bancos de madera eran demasiado duros y estrechos para que uno se sintiera cómodo, pero la cerveza estaba fresca y era buena, los vasos estaban limpios y reinaba una especie de sosiego, producto de la desnudez y del aislamiento del local.

–Esta noche llega usted tarde, doctor –dijo George al traerle su pinta.

George le llamaba así desde la segunda vez que había visitado la taberna, pero el doctor Baguley no sabía, ni le importaba saberlo, cómo se había enterado de su profesión.

–Sí –le dijo–. Es que me han entretenido en la clínica.

No dijo más y el hombre volvió a la barra. Entonces se preguntó si había sido prudente. Al día siguiente saldría en todos los periódicos y seguro que en el bar se hablaría de ello. Sería natural que George dijera: «El doctor estuvo aquí el viernes, como siempre. No dijo nada del asesinato..., pero me pareció preocupado».

¿Resultaba sospechoso no decir nada? ¿Acaso no era más natural que un hombre inocente quisiera hablar de un caso de asesinato en el que nada tenía que ver? De pronto, la habitación le pareció sofocante y toda la paz desapareció, engullida por la angustia y la inquietud. Se lo diría a Helen de todos modos, y cuanto antes lo supiera, mejor.

Sin embargo, a pesar de que condujo con rapidez, eran más de las diez cuando llegó a su casa y distinguió la luz en la habitación de Helen a través de la alta barrera de hayas. Había subido sin esperarle y eso era siempre mala señal. Aparcó el coche y se preparó para lo que le esperaba. Stalling Coombe estaba muy tranquilo. Era una pequeña urbanización privada con casas de arquitectura de diseño, construidas al estilo tradicional y rodeadas todas ellas de un espacioso jardín. La urbanización tenía poco contacto con el pueblo vecino de Stalling y era como un oasis próspero de las afueras cuyos habitantes, unidos por lazos de prejuicios y esnobismos comunes, vivían como exiliados, decididos a preservar las buenas costumbres de la civilización contra el viento y la marea de una cultura ajena. Baguley había comprado la casa hacía quince años, poco después de su boda. El lugar ya le había disgustado entonces y los últimos años le habían enseñado hasta qué punto era erróneo desconfiar de las primeras impresiones. Pero a Helen le había encantado y como Helen estaba embarazada entonces, había una razón más para intentar tenerla contenta. Para Helen, aquella espaciosa casa imitación Tudor había representado mucho. Tenía un roble inmenso en el césped de la parte delantera («el sitio ideal para poner el cochecillo del niño en los días calurosos»), un vestíbulo muy espacioso en la entrada («a los niños les encantará para sus futuras fiestas») y la urbanización era tranquila («con tanta paz para ti, querido, después de Londres y de todos esos horribles pacientes»).

Pero el embarazo había terminado en aborto y ya nunca más habían tenido la esperanza de ser padres. ¿Acaso habría sido distinto si lo hubiesen sido? ¿Acaso la casa habría dejado de ser una carísima fosa de esperanzas perdidas? Sentado tranquilamente en el coche, mirando el siniestro cuadrado de la ventana iluminada, el doctor Baguley pensaba que todos los matrimonios infelices eran fundamentalmente parecidos. Helen y él no eran distintos de los Worriker. Permanecían juntos porque creían que se sentirían menos desgraciados juntos que separados. Cuando las tensiones y las miserias del matrimonio fueran más importantes que los gastos, inconvenientes y traumas de una separación legal, entonces se separarían. Nadie en su sano juicio podía seguir soportando lo intolerable. Para él sólo había existido una única razón válida y absoluta para el divorcio: la esperanza de casarse con Fredrica Saxon. Pero ahora que ya había perdido toda esperanza, podía muy bien seguir soportando un matrimonio que, a pesar de todas sus tensiones, por lo menos le hacía sentir la cómoda ilusión de creerse necesario. Despreciaba la imagen de su vida privada: el absurdo predicamiento del psiquiatra incapaz de tener unas relaciones personales satisfactorias. Pero, por lo menos, algo se había salvado del matrimonio, tal vez un vago sentimiento de ternura y de compasión que le permitía ser amable casi todo el tiempo.

Cerró con llave los portones del garaje y se dirigió hacia la puerta principal atravesando el ancho terreno de césped. El jardín tenía un aspecto abandonado. Resultaba caro de mantener y a Helen no le interesaba demasiado. De hecho, habría sido mucho mejor en todos los aspectos que se lo hubieran vendido todo y hubieran comprado una casa más pequeña. Pero Helen no quería ni oír hablar de vender, porque era tan feliz en Stalling Coombe que desconfiaba de serlo en otro lugar. Su escasa y poca exigente vida social le proporcionaba una apariencia de seguridad. Su existencia de *cocktail* y canapé, la ocurrente charla de aquellas mujeres elegantes, delgadas y malgastadoras, el cotilleo acerca de las iniquidades de las criadas extranjeras y de las chicas *au pair*, las lamentaciones en torno a las tarifas y calificaciones escolares y a la grosera ingratitud de los jóvenes, eran preocupaciones que ella podía comprender o compartir. Baguley había descubierto con dolor hacía mucho tiempo que era en su relación con él donde se sentía menos a gusto.

Se preguntaba cómo se las arreglaría para comunicarle de la mejor manera posible la noticia del asesinato de la señorita Bolam. Helen sólo la había visto una vez, aquel miércoles en la clínica, y nunca supo lo que se habían dicho. Sin embargo, aquel encuentro breve y catalítico había establecido una especie de intimidad entre las dos. ¿O acaso se trataba de un pacto de ofensiva dirigido contra él? Pero seguro que no había surgido por cuenta de la señorita Bolam dado que su actitud con él no había cambiado en absoluto. Es más, estaba convencido de que contaba con su apoyo más que la mayoría de los psiquiatras. Con él se había mostrado siempre dispuesta a cooperar servicial y correcta. Fue sin malicia, sin afán de venganza y sin que él le desagradara particularmente, que había llamado a Helen a su despacho un miércoles por la tarde y, en media hora de conversación, había destruido la mayor felicidad que él había conocido en su vida. En ese momento apareció Helen en lo alto de las escaleras.

—¿Eres, tú, James? —preguntó.

Durante quince años le había estado recibiendo todas las noches con aquella pregunta innecesaria.

—Sí. Siento llegar tarde y no haberte podido decir nada por teléfono, pero es que ha ocurrido algo horroroso en la clínica y Etherege ha creído más conveniente que se hablara del asunto lo menos posible. Enid Bolam ha sido asesinada.

Su mente sólo había retenido el nombre del director.

—¡Henry Etherege! ¿Quién iba a ser si no? ¡Claro!, como él vive en la calle Harley con el servicio ideal y con el doble de nuestros ingresos... Me debe de tener en bien poca consideración reteniéndote en la clínica hasta estas horas. ¡Como su mujer no está sola en su casa en pleno campo hasta que él decide volver a casa!

—No ha sido por Henry por lo que he tenido que quedarme, ya te lo he dicho. Han asesinado a Enid Bolam y la policía se ha pasado casi toda la tarde en la clínica.

Esta vez sí que lo había oído. Vio claramente que suspiraba profundamente y que sus ojos se entrecerraban al bajar las escaleras arropándose con el camisón.

—¿Que han matado a la señorita Bolam?

—Sí, la han asesinado.

Se quedó inmóvil, como si estuviera pensando, y luego preguntó sosegadamente.

—¿Cómo ha sido?

Mientras se lo contaba, ella no dijo palabra. Luego permanecieron de pie, uno frente al otro, mientras él se preguntaba, inquieto, si debía acercarse a ella y dedicarle algún gesto de consuelo o de compasión. Pero, ¿por qué de compasión? Al fin y al cabo, ¿qué había perdido Helen? Cuando su mujer volvió a hablar su voz sonó fría como el metal.

—No os gustaba a ninguno, ¿no es cierto? ¡A ninguno!

—¡Eso es ridículo, Helen! La mayor parte de nosotros apenas la trataba, excepto a veces como oficial administrativa.

—Esto tiene todo el aspecto de ser un trabajo de alguien de dentro, ¿no?

Le sorprendió que utilizara aquella jerga tan policial.

—En apariencia, sí; pero no sé qué opinará la policía —dijo lacónicamente.

—¡Oh, imagino lo que estará pensando la policía! —dijo riendo con amargura.

Se quedó callada de nuevo.

—¿Y tú, dónde estabas? —le preguntó de pronto.

—Ya te lo he dicho. En la guardarropía del equipo médico.

—¿Y Fredrica Saxon?

Ahora ya era inútil esperar que surgiera de él el más mínimo gesto de compasión o de ternura, puesto que incluso le resultaba difícil controlarse.

—Estaba en su despacho, evaluando un Rorschach. Y por si te sirve de consuelo —dijo con tranquilidad devastadora—, ninguno de los dos tenemos coartada. De todos modos, si tienes la esperanza de colgarle este asesinato a Fredrica o de colgármelo a mí, necesitarás más inteligencia de la que te concedo. Es poco probable que el superintendente atienda a una mujer neurótica que sólo actúa por despecho. Ha visto a demasiadas de esta categoría. ¡Pero inténtalo, mujer! ¡A lo mejor tienes suerte! ¿Por qué no te acercas y miras si tengo manchas de sangre en la ropa?

Extendió sus manos hacia ella, con el cuerpo temblándole de rabia. Helen le dirigió una mirada y, asustada, dio media vuelta y subió las escaleras tambaleándose, tropezando con el camisón y llorando como una chiquilla. Él la siguió con la mirada, con el cuerpo frío, cansado, hambriento y, al mismo tiempo, asqueado de sí mismo. Tendría que volver junto a ella, arreglar de alguna manera el desaguisado. Pero no hacía falta que fuera en seguida, de inmediato. Primero necesitaba una copa. Permaneció un momento apoyado en el pasamano.

—¡Ay, Fredrica, querida Fredrica...! ¿Por qué lo hiciste? ¿Por qué? —dijo con un cansancio infinito.

La hermana Ambrose vivía con una amiga enfermera, mayor que ella, con la que había estudiado hacía treinta y cinco años y que se había jubilado hacía poco. Se habían comprado una casa en Gidea Park, en la que habían estado viviendo juntas durante los últimos veinte años gracias a los ingresos comunes, cómodamente y en feliz armonía. Ninguna de las dos se había casado y ninguna de las dos se arrepentía de ello. Alguna vez, en el pasado, habían soñado con los hijos, pero la observación de la vida familiar de sus parientes las había convencido de que el matrimonio, a pesar de que la creencia general fuera contraria, había sido concebido para beneficiarse los hombres a expensas de las mujeres y que la misma maternidad no era una felicidad sin sombras. Bien es verdad que ese convencimiento nunca había sido sometido a prueba, desde el momento en que ninguna de las dos había recibido nunca ninguna proposición. Como todo profesional de una clínica psiquiátrica, la hermana Ambrose era consciente de los peligros de la represión sexual, pero nunca se le había ocurrido pensar que también pudieran ser válidos para ella. Seguramente, si las hubiera analizado críticamente, habría desechado la mayoría de las teorías de los psiquiatras como algo peligroso y sin sentido. Sin embargo, la hermana Ambrose había aprendido a pensar en los médicos como seres que sólo se encuentran un grado por debajo de Dios. Como Dios, actuaban de un modo misterioso para realizar sus milagros y, al igual que Dios, no estaban sujetos a críticas abiertas. Bien es verdad que algunos eran más misteriosos que otros en sus métodos, pero seguía siendo privilegio de las enfermeras ayudar a esos dioses menores, animar a los pacientes para que confiaran en su tratamiento, especialmente cuando el éxito parecía dudoso, y practicar la virtud profesional básica de la lealtad completa.

–Siempre he sido leal con los médicos –era un comentario que se oía con mucha frecuencia en Acacia Road, Gidea Park.

La hermana Ambrose solía decir que las enfermeras jóvenes que a veces trabajaban en la Clínica Steen como interinas durante las vacaciones habían sido instruidas de acuerdo con una tradición menos acomodaticia, pero tenía un concepto bastante malo de la mayor parte de las enfermeras jóvenes y todavía peor de la enseñanza moderna.

Como siempre, tomó la línea central en dirección a Liverpool Street, luego hizo transbordo y se montó en un tren eléctrico de la línea suburbana este y, al cabo de veinte minutos, entraba en la pulcra casita adosada que compartía con la señorita Beatriz Sharpe. Sin embargo, aquella noche puso la llave en la cerradura sin antes inspeccionar el jardín de la parte delantera, como era su costumbre, sin echar una ojeada crítica a la pintura de la puerta e incluso sin pensar, como solía hacer, en el aspecto general de la propiedad y en la gratificante inversión que había supuesto su compra.

—¿Eres tú, Dot? —preguntó la señorita Sharpe desde la cocina—. Llegas tarde.

—Es un milagro que no haya tardado más. Se ha cometido un asesinato en la clínica y la policía nos ha tenido allí hasta la noche. Me parece que todavía siguen allí. Me han tomado las huellas dactilares, al igual que al resto del personal.

La hermana Ambrose hablaba deliberadamente en un tono indiferente, pero el efecto de la noticia resultó gratificante. No esperaba menos. No todos los días tenía una algo tan emocionante que contar y, mientras estaba en el tren, se había pasado un buen rato ensayando el mejor modo de dar la noticia con el máximo efecto. La frase elegida expresaba de un modo conciso los detalles más sobresalientes. De momento olvidaron la cena. Murmurando por lo bajo que la cacerola podía esperar, la señorita Sharpe sirvió dos copas de jerez, excelente contra los sustos, y se instaló en la sala de estar, dispuesta a escuchar la versión completa de los hechos. La hermana Ambrose, que en la clínica tenía fama de taciturna y discreta, era mucho más afable en casa y no pasó mucho tiempo antes de que la señorita Sharpe se pusiera al corriente de todos los detalles del asesinato que su amiga fue capaz de contarle.

—¿Y tú quién crees que ha sido, Dot? —preguntó la señorita Sharpe, al tiempo que volvía a llenar las copas (extravagancia sin precedentes) y consagraba su mente al análisis—. Tal como yo lo veo —añadió—, el asesinato tiene que haberse producido entre las seis y veinte, hora en que has visto a la señorita Bolam bajar las escaleras del sótano, y las siete, hora en que se ha descubierto el cadáver.

—¡Mujer, esto es evidente! Por eso el superintendente me ha preguntado tantas veces si estaba segura de la hora. Soy la última persona que la ha visto con vida, de eso no cabe duda. Hacia las seis y cuarto la señora Belling ha terminado el tratamiento y ya estaba lista para marcharse a su casa, de modo que he ido a la sala de espera para decírselo a su marido. Siempre se pone muy nervioso con la hora, porque tiene un horario nocturno y tiene que comer y estar en el trabajo a las ocho. Por eso he mirado el reloj y he visto que eran justo las seis y veinte. En el momento en que yo salía de la sala de T.E.C., la señorita Bolam pasaba por allí de camino hacia las escaleras del sótano. El superintendente me ha preguntado por su aspecto y si me había dicho algo. Pero no, no me había dicho nada y, que yo recuerde, tenía el mismo aspecto de siempre.

—¿Cómo es el hombre ese? —preguntó la señorita Sharpe mientras su mente empezaba a poblarse de imágenes de Maigret y del inspector Barlow.

—¿El superintendente? Pues muy educado, tengo que admitirlo. Tiene una cara enjuta y huesuda y es muy moreno. No le he dicho demasiado. Se notaba que está acostumbrado a ganarse a la gente. La señora Shorthouse ha estado con él horas y horas y estoy segura de que le ha sonsacado un montón de cosas. Pero yo no le he seguido el jueguecito. ¡Ah no! Siempre he sido fiel a la clínica.

—Pero de todos modos, Dot, se trata de un asesinato...

—En eso tienes toda la razón, Bea, pero ya sabes lo que

pasa en la Clínica Steen. Ya hay bastantes habladurías para que yo vaya a añadir más. A ninguno de los médicos le caía bien, ni a los que no son médicos, que yo sepa. En cualquier caso, he mantenido la boca cerrada, y si los demás tienen un poco de sentido común, harán como yo.

–Bueno, quizá tengas razón. Además, tienes una coartada, si es que has estado todo el rato en la sala de T.E.C. con la doctora Ingram.

–Por supuesto. Shorthouse, Cully, Nagle y la señorita Priddy también estaban juntos. Nagle ha salido con el correo después de las seis y cuarto y los demás han estado juntos. Pero no estoy muy segura de lo que estaban haciendo los médicos y es una lástima que el doctor Baguley saliera de la sala de T.E.C. después del tratamiento de la señora Belling. Claro que nadie en su sano juicio sospecharía de él, pero no deja de ser mala suerte. Mientras estábamos esperando a la policía, la doctora Ingram ha sugerido que sería mejor que nadie lo comentara. ¡En menudo lío meteríamos al doctor Baguley con ese tipo de mentiras! Yo he hecho como que no la entendía, le he lanzado una de mis miradas y le he dicho: «Estoy segura de que si todos decimos la verdad, doctora, los inocentes no tienen nada que temer». Esto la ha dejado calladita. Así que eso es lo que he hecho; decir la verdad. Ni más ni menos. Si lo que quiere la policía son habladurías, para eso ya tiene a la señora Shorthouse.

–¿Y qué me dices de la enfermera Bolam? –preguntó la señorita Sharpe.

–Pues es precisamente Bolam la que me preocupa. Estaba en el mismo lugar del crimen y no puede decirse que una paciente de LSD sirva de coartada a nadie. El superintendente ha pensado en ella en seguida y ha tratado de sonsacarme. ¿Estaban en buenas relaciones la señorita Bolam y su prima? Seguro que trabajaban en la Clínica Steen para estar juntas, ¿no? Eso cuéntaselo a tu abuela, he pensado, pero me he estado bien calladita. De todos modos, ya se veía por dónde iban los tiros. En realidad, la cosa sigue su lógica. Todos sabemos que la señorita Bolam tenía dinero y, si no lo ha legado al hogar de los gatos, pasará a manos de su prima. Al fin y al cabo, no tenía a nadie más a quien dejarlo.

–No me la imagino legándolo todo al hogar de gatos –dijo la señorita Sharpe, que tenía una mente muy literal.

–De hecho, no quiero decir eso exactamente. En realidad, nunca prestaba mucha atención a *Tigger* y eso que se suponía que era suyo. Siempre me ha parecido que esa reacción era típica de la señorita Bolam. Se encontró a *Tigger* en la plaza prácticamente muerto de hambre y se lo trajo a la clínica. Desde entonces le compraba tres latas de comida por semana, pero nunca lo acariciaba ni le daba de comer. Ni siquiera lo dejaba subir a las salas de arriba. De todos modos, aquella loca de Priddy se pasa la vida en el sótano con Nagle, metida en el cuarto de los vigilantes, acariciando a *Tigger*, pero nunca he visto que ninguno de los dos le lleve comida. A mí me parece que la señorita Bolam sólo le compraba comida por sentido del deber, pero que, en realidad, los animales no le gustaban. También es posible que haya dejado el dinero a aquella parroquia que le gustaba tanto, o a los Guías.

–Lo normal sería que lo legara a sus parientes –dijo la señorita Sharpe.

La señorita Sharpe tenía muy mal concepto de sus parientes y encontraba mucho que criticar en la conducta de sus sobrinos y sobrinas, pese a lo cual les había legado religiosamente su pequeño capital, lentamente amasado. No le cabía en la cabeza que alguien pudiera dejar el dinero a alguien que no fuera de la familia.

Bebieron un sorbo de jerez en silencio. Las dos barras de la chimenea eléctrica estaban encendidas y el carbón sintético brillaba y titilaba al oscilar la pequeña bombilla que había detrás. La hermana Ambrose miró satisfecha la sala de estar. La lámpara de pie bañaba de luz la alfombra bien cuidada, el cómodo sofá y las sillas. En un rincón estaba el aparato de televisión con sus dos antenas gemelas disfrazadas de flores de largo tallo. El teléfono se escondía debajo de la falda de crinolina de una muñeca de plástico. En la pared de enfrente, encima del piano, colgaba una cesta de mimbre en la que una planta de interior, toda una cascada de verdor, casi tapaba el cortejo nupcial de la sobrina mayor de la señorita Sharpe, cuya fotografía ocupaba un lugar de honor sobre el piano. La hermana Ambrose basaba su bienestar en aquella sensación acogedora e inalterable de los objetos familiares. Por lo menos ellos eran siempre iguales. Ahora que ya había pasado la emoción de la noticia, se sentía muy cansada. Separó sus robustas piernas y se agachó para aflojarse el lazo de los zapatos negros de uniforme, gruñendo un poco debido al esfuerzo. Normalmente solía cambiarse el uniforme tan pronto como llegaba a casa, pero aquella noche no le preocupaba.

—No siempre resulta fácil saber qué es lo mejor —dijo de pronto—. El superintendente ha dicho que cualquier cosa, por insignificante que parezca, puede ser importante. Todo eso me parece muy bien, pero supón que la cosa es importante pero en sentido negativo, supón que da a la policía una idea equivocada.

La señorita Sharpe no era una persona imaginativa ni sensible, pero no había vivido en vano veinte años en la misma casa que su amiga para no reconocer una petición de ayuda en sus palabras.

—Será mejor que me digas lo que te ronda por la cabeza, Dot.

—Bueno, pues la cosa ocurrió el miércoles. Ya sabes cómo es la guardarropía de señoras en la Clínica Steen. Hay un vestíbulo espacioso con el lavabo, las taquillas y los dos baños. La clínica cerró mucho más tarde que de costumbre. Supongo que debían de ser mucho más de las siete cuando fui a lavarme. Pues bien, yo estaba en el baño, cuando la señorita Bolam entró en el vestíbulo de la entrada. La enfermera Bolam estaba con ella. Yo me figuraba que ya se habían marchado a casa, pero supongo que la señorita Bolam debía de necesitar algo de la taquilla y la enfermera entró con ella. Seguramente salían del despacho de la oficial administrativa, porque era evidente que habían estado hablando y que seguían hablando de lo mismo. No pude evitar oírlas. Ya sabes cómo son esas cosas. Supongo que habría podido toser o tirar de la cadena, pero, cuando se me ocurrió, ya era demasiado tarde.

–¿De qué discutían? –preguntó su amiga–. ¿De dinero?

Según propia experiencia, el dinero era la causa más frecuente de las disensiones familiares.

–Bueno, eso parecía. No hablaban muy alto y, por suerte, yo no traté de escuchar. Debían de haber estado hablando de la madre de la enfermera Bolam... tiene una esclerosis diseminada, ya sabes, y ahora tiene que guardar cama... porque oí que la señorita Bolam dijo que lo sentía mucho, que ella hacía todo lo que podía y que sería más sensato que Marion aceptara la situación y pusiera el nombre de su madre en una lista de espera para conseguir una cama en el hospital.

–Me parece muy razonable. No se pueden cuidar estos casos en casa indefinidamente, a no ser que se abandone el trabajo y que se quede una junto al enfermo todo el día.

–No creo que Marion Bolam pudiera permitírselo. Bueno, pues la cuestión es que empezó a discutir y a decir que su madre acabaría en un pabellón geriátrico lleno de ancianas seniles y que Enid tenía el deber de ayudarlas porque eso es lo que su propia madre habría querido. Luego dijo algo acerca del dinero que heredaría si Enid muriera y de lo bien que les iría tener un poco ahora, cuando tanta falta les hacía.

–¿Y qué dijo la señorita Bolam a todo esto?

–Eso es lo que me preocupa –dijo la hermana Ambrose–. No puedo recordar sus palabras con exactitud, pero vino a decir que Marion no debía confiar en obtener ni siquiera un penique de su dinero, porque tenía la intención de modificar el testamento. Dijo que pensaba comunicárselo a su prima sin tapujos tan pronto como lo decidiera. También habló de la gran responsabilidad que representaba ese dinero y de lo mucho que había rezado para que alguien la ayudara a tomar la decisión más conveniente.

La señorita Sharpe hizo una mueca de desdén. Le parecía imposible que el Todopoderoso pudiera aconsejar jamás a alguien que dejara su dinero a una persona que no fuera de la propia familia. La señorita Bolam tenía que ser por fuerza una persona que no sabía rezar o había malinterpretado voluntariamente las instrucciones divinas. La señorita Sharpe no estaba segura de aprobar la oración. Hay cosas que una tiene que ser capaz de interpretar por sí misma. Con todo, comprendía el dilema de su amiga.

–Si esto saliera a la luz, sería muy perjudicial para ella, de eso no cabe duda –admitió.

–Creo conocer a Bolam bastante bien, Bea, y esa chiquilla es incapaz de matar una mosca. La sola idea de que haya podido asesinar a una persona es ridícula. Ya sabes lo que pienso de las enfermeras jóvenes en general. Pues bien, te aseguro que no me importaría que Bolam me sucediera cuando me jubile el año que viene, y eso ya es mucho decir. Confío en ella plenamente.

–A lo mejor tú sí, pero quizá la policía no pensaría lo mismo. ¿Por qué habría de hacerlo? Seguramente es la sospechosa número uno. Estaba en el escenario del crimen, no tiene coartada y, como tiene conocimientos médicos debe de saber dónde está el punto más vulnerable del cráneo y también dónde debía clavar el escoplo. Sabía que Tippet no iba a estar en la clínica y, encima, esto que me acabas de contar.

–No sería lo mismo si se tratara de una pequeña suma de dinero –la hermana Ambrose se inclinó hacia adelante y bajó el tono de voz–, pero creo haber oído que la señorita Bolam hablaba de treinta mil libras. ¡Treinta mil libras, Bea! ¡Sería como acertar en las quinielas!

La señorita Sharpe se impresionó a pesar suyo, y se limitó a decir que la gente que seguía trabajando y tenía treinta mil libras es que estaba loca de remate.

—¿Tú que harías, Bea? ¿Crees que debería decir que oí lo que te acabo de contar?

La hermana Ambrose, mujer sumamente independiente y acostumbrada a decidir sus propios asuntos, reconocía que esa decisión estaba por encima de sus posibilidades, por lo que pasó la mitad del peso de la decisión a su amiga. Ambas eran conscientes de que aquel momento era único. Nunca dos amigas se habían pedido menos cosas una a la otra. La señorita Sharpe permaneció sentada en silencio unos instantes.

—No, por lo menos de momento —dijo—. Al fin y al cabo, es colega tuya y confías en ella. No es culpa tuya que captases algo de la conversación, porque la verdad es que la oíste a medias. Fue pura casualidad. Yo que tú trataría de olvidarla. De todos modos, la policía se acabará enterando del testamento de la señorita Bolam y de si lo ha modificado o no. En cualquier caso, la enfermera Bolam será sospechosa, y si las cosas acabaran por llegar a juicio... y date cuenta de que no he hecho sino apuntar la posibilidad... bueno, pues supongo que no te querrás ver envuelta en ellas. Recuerda a esas enfermeras del caso de Eastbourne, la de horas que se pasaron en el estrado. Seguro que no querrás este tipo de publicidad.

«Por supuesto que no», pensó la hermana Ambrose. Su imaginación reprodujo la escena con todo realismo. El señor fulanito de tal llevaría el proceso; un hombre alto, de nariz aguileña, que fijaría su terrible mirada en ella, con los pulgares colgando por encima de la faja de la toga.

«—Y ahora, hermana Ambrose —diría—, quizás quiera contarle usted a su Señoría y al jurado qué estaba usted haciendo cuando oyó, por casualidad, esa conversación entre la acusada y su prima.

»Risitas ahogadas en la sala. El juez, figura aterradora vestida de rojo y con peluca blanca, se inclinaría hacia adelante desde su asiento.

»—Si las risas continúan, ordenaré que desalojen la sala.

»Silencio. El señor fulanito de tal volvería a la carga.

»–¿Y bien, hermana Ambrose...?»

No, es evidente que no podía gustarle aquel tipo de publicidad.

–Creo que tienes razón, Bea –dijo–. Al fin y al cabo, el superintendente no me ha preguntado exactamente si había oído alguna conversación entre ellas.

De hecho, no lo había hecho y, con un poco de suerte, no lo haría.

La señorita Sharpe pensó que ya era hora de cambiar de tema.

–¿Cómo se lo ha tomado el doctor Steiner? –le preguntó–. Siempre has dicho que hacía lo posible para que trasladaran a Bolam a otro centro.

–¡Ah, ésa es otra! Estaba terriblemente afectado. Ya te he dicho que estaba con nosotras cuando hemos examinado el cadáver por primera vez. Pues bien, ¿sabes que apenas podía controlarse? Ha tenido que ponerse de espaldas y he visto que le temblaban los hombros. Creo que estaba llorando. Nunca lo había visto tan afectado. La gente te sorprende con sus reacciones, ¿no te parece, Bea?

Era un grito vehemente de enfado y protesta. ¡La gente era sorprendente! Una se figuraba que conocía a una persona porque trabajaba con ella, a veces años y años, porque pasaba más rato con ella que con la familia o con los amigos más íntimos, porque conocía cada una de las arrugas de su cara... y luego resultaba que esa persona siempre se había reservado algo, que había sido tan secreta como el doctor Steiner, que había llorado ante el cadáver de una mujer que nunca le había gustado. O tan reservado como el doctor Baguley, que durante años había mantenido una relación amorosa con Fredrica Saxon sin que nadie lo supiera hasta que la señorita Bolam se enteró y se lo contó a la mujer de él. O tan reservada como la señorita Bolam, que se había llevado a la tumba Dios sabe qué secretos... la señorita Bolam, la sosa, la corriente y adocenada Enid Bolam, que había despertado hasta tal punto el odio de cierta persona que había terminado con un escoplo clavado en el corazón. Tan reservada como esa persona desconocida, pero miembro del personal de la casa, que estaría en la clínica el lunes por la mañana, vestida como siempre, hablando y sonriendo como siempre, pese a haber cometido un asesinato.

—¡Maldito villano sonriente! —soltó la hermana Ambrose de pronto.

Estaba convencida de que la frase era una cita de alguna obra de teatro, seguramente de Shakespeare, pues la mayoría de las citas lo eran. Sin embargo, aquella malevolencia contenida le iba bien a su estado de ánimo.

—Lo que necesitas es comer —dijo la señorita Sharpe con convicción—. Algo ligero, pero nutritivo. Podríamos guardar lo de la cacerola para mañana por la noche y comernos simplemente unos huevos pasados por agua.

Estaba esperándole a la entrada del parque St. James, tal como suponía. Al cruzar el Mall y ver aquel cuerpo esbelto inclinado con un cierto desconsuelo junto al monumento conmemorativo de la guerra, Nagle casi se apiadó de la chica. Era una noche terriblemente fría para andar por ahí. Pero las primeras palabras que pronunció ahogaron su compasión.

—Podíamos habernos encontrado en otro sitio. A ti te va la mar de bien, claro, como te pilla de camino hacia tu casa...

—Vente al piso, entonces —dijo él con suavidad—. Podemos tomar un autobús.

—No, al piso no. Esta noche, no.

Él sonrió en la oscuridad y los dos desaparecieron juntos entre las oscuras sombras de los árboles. Caminaban un poco separados, pero ella no hizo ningún movimiento para acercarse a él, que observó su perfil tranquilo del que había desaparecido toda huella de llanto. Parecía estar tremendamente cansada.

—El superintendente es muy atractivo, ¿no te parece? —soltó ella de pronto—. ¿Crees que sospecha de nosotros?

Ya volvía a estar con lo mismo, tratando de que la tranquilizase, dando muestras de aquella necesidad infantil de sentirse protegida, aunque su voz denotaba despreocupación.

—¡Pero por el amor de Dios! ¿Por qué tendría que sospechar? —dijo abruptamente—. Yo estaba fuera de la clínica cuando fue asesinada, lo saben tan bien como yo.

—Pero yo no, yo estaba allí.

—Nadie va a sospechar de ti. Los médicos ya se encargarán de ello. Ya hemos hablado bastante de todo esto. Nada puede salir mal si no pierdes la cabeza y atiendes a lo que voy a decirte. Te explicaré qué quiero que hagas.

Lo escuchaba con la docilidad de una niña, pero tenía un aspecto tan cansado y su cara era tan inexpresiva que le parecía una extraña. Se preguntaba perezosamente si algún día conseguirían librarse el uno del otro y, de pronto, advirtió que la víctima, en realidad, no era ella.

Al llegar al lago se detuvieron y miraron las aguas. A través de la oscuridad les llegaba, amortiguado, el parpar y aletear de los patos. Podía oler la brisa del anochecer salada como el viento marino. Tembló. Al volverse para observar el rostro de la chica, ahora demacrada por el cansancio, surgió otra imagen en su imaginación: unas cejas anchas bajo una cofia de enfermera, una franja de pelo rubio y unos ojos grises y enormes que no dejaban traslucir nada. Para probar, empezó a dar vueltas a una nueva idea. Claro que podía acabar en nada. Era muy fácil que acabara en nada, pero el cuadro estaría terminado muy pronto y podría librarse de Jenny. Dentro de un mes estaría en París, pero París sólo estaba a una hora de avión y vendría de visita a menudo. Con Jenny fuera de su camino y una nueva vida a su alcance, valdría la pena intentarlo. Al fin y al cabo, había peores destinos que casarse con un heredera de treinta mil libras.

La enfermera Bolam entró en la estrecha casa con galerías del número 17 de Rettinger Street N.W. 1, de la que salió a recibirla aquel olor tan familiar de la planta baja, compuesto de una mezcla de manteca para cocinar, cera de muebles y orina rancia. El cochecillo de los gemelos estaba detrás de la puerta, con su mantita manchada colgada de la barra. El olor a comida era menos intenso que otras veces. Aquella noche ella llegaba muy tarde y los inquilinos de la planta baja ya debía de hacer mucho rato que habían terminado de cenar. Desde la parte de atrás de la casa llegaban los débiles sollozos de uno de los niños, prácticamente sofocados por el ruido de la televisión. Podía oír el himno nacional. La B.B.C. daba por terminada la emisión del día.

Subió hasta el primer piso. Allí apenas se olía a comida, ya que la vaharada se confundía con el penetrante tufo a desinfectante doméstico. La inquilina del primer piso eran tan adicta a la limpieza como lo era a la bebida la del sótano. Había la nota de costumbre en el alféizar de la ventana. Aquella noche rezaba: «No deje aquí sus sucias botellas de leche. Esta ventana es privada. Eso le incluye a usted». A pesar de lo avanzado de la hora, desde detrás de la rutilante puerta de color marrón le llegaba el rugido de una aspiradora funcionando a todo gas.

Ya había llegado a la tercera planta, a su piso. Se detuvo en el último peldaño del último tramo de escaleras y vio, como si lo mirara con ojos ajenos, su patético intento de mejorar el aspecto del lugar. Las paredes estaban pintadas de blanco, las escaleras estaban cubiertas por una alfombra de dorguete gris y, en la puerta, de un amarillo limón rutilante, había una aldaba de latón en forma de cabeza de rana. En la pared, cuidadosamente colocados uno encima de otro, había tres grabados de flores que había comprado en el mercado de Berwick Street. Siempre se había sentido satisfecha del resultado de su labor hasta aquella noche. Realmente había conseguido dar a la entrada un cierto aire distinguido. Algunas veces había pensado que algunas visitas, la señora

Bostock de la clínica, por ejemplo, o incluso la hermana Ambrose, podían, con toda tranquilidad, ser invitadas a tomar café a su casa sin necesidad de que tuviera que disculparse o dar explicaciones. Pero aquella noche, libre, sí, gloriosamente libre para siempre del autoengaño de la pobreza, podía ver su piso tal como realmente era: sórdido, oscuro, poco ventilado, maloliente y deprimente. Por primera vez, aquella noche podía reconocer con toda tranquilidad lo mucho que odiaba todos y cada uno de los ladrillos del número 17 de la calle Rettinger.

Caminaba sin hacer ruido, porque no se sentía preparada para entrar. Había tenido tan poco tiempo para pensar, para planearlo todo... Sabía exactamente qué vería cuando abriera la puerta del cuarto de su madre. La cama estaba arriba junto a la ventana. En los atardeceres de verano, la señora Bolam podía tumbarse en ella y admirar la puesta de sol bajo una constelación de tejados inclinados y chimeneas retorcidas, con las torrecillas de la estación del St. Pancras en el horizonte oscureciéndose sobre un cielo encendido. Aquella noche las cortinas estarían corridas. La enfermera del barrio habría acostado a su madre, habría dejado el teléfono y el portátil sin cable encima de la mesita de noche, junto con el timbre con el que, en caso de apuro, habría podido pedir ayuda a la inquilina del piso de abajo. La lamparilla de noche de su madre estaría encendida, una pequeña mancha de luz en medio de la penumbra. Al otro extremo de la habitación habría una barra de la estufa encendida, sólo una, la minuciosamente calculada cuota de confort permitida para una noche de octubre. Tan pronto como abriera la puerta, los ojos de su madre se fijarían en los suyos, brillantes de alegría y de emoción. Y una vez más tendría que oír aquellos efusivos saludos intolerables y las mismas preguntas sobre lo ocurrido durante el día.

«–¿Has tenido un buen día en la clínica, querida? ¿Por qué llegas tarde? ¿Ha ocurrido algo?»

¿Y cómo podría responder a aquella pregunta?

«–Nada de importancia, mamá, excepto que han apuñalado el corazón de la prima Enid y que finalmente vamos a ser ricas.»

¿Y qué quería decir con aquello? Dios santo, ¿qué no quería decir? Que se habían acabado los olores a cera y a pañales. Que ya no había necesidad de mostrarse conciliadora con la arpía del segundo piso, por si acaso alguna vez tenía que contestar al timbre de su madre. Que ya no había que mirar el contador de la electricidad y preguntarse si hacía suficiente frío para encender una barra más de la estufa. Que ya no había que dar gracias a su prima Enid por sus generosos cheques dos veces al año, el primero de diciembre, que hacía tan distinta la Navidad, y el otro a finales de julio, que pagaba el coche alquilado y aquel hotel carísimo que cuidaba de los inválidos que podían permitirse pagar el hecho de ser un estorbo. Que ya no había ninguna necesidad de contar los días, de mirar el calendario, de preguntarse si Enid también le haría el favor aquel año. Ya no era necesario aceptar el cheque con la gratitud de rigor para esconder tras los ojos bajos todo el odio y el resentimiento que la habría empujado a rasgarlo y a tirarlo contra aquel rostro complacido, vulgar y condescendiente. Ya no sería necesario volver a subir aquellas escaleras nunca más, porque ahora podrían tener una casa en aquel sitio de las afueras del que su madre le había hablado, una de las zonas de las afueras con mayor clase y, claro está, lo suficientemente cerca de Londres para poder viajar hasta la clínica con comodidad –porque no sería prudente dejar el trabajo hasta que realmente ya no fuera necesario– y lo suficientemente lejos para tener un pequeño jardín y, quizá, incluso un pequeño atisbo del campo. A lo mejor, hasta podrían permitirse un coche pequeño y podría aprender a conducir. Y después, cuando ya no pudiera dejar sola a su madre, podrían estar juntas. Significaba el final de aquella incertidumbre constante frente al futuro. Ya no había ninguna razón para imaginar a su madre en un pabellón de enfermos crónicos, atendida por desconocidos sobrecargados de trabajo, rodeada de seniles y de incontinentes, esperando el desesperanzado final. Y el dinero podría comprar, además, cosas menos vitales, pero que no por ello dejaban de ser placeres. Podría comprarse ropa. Ya no tendría que esperar las rebajas dos veces al año si quería un traje de cierta calidad. Podría ir bien vestida, realmente bien vestida, con la mitad de dinero que Enid gastaba en aquellas faldas y aquellos trajes detestables que llevaba y que seguramente atiborraban los armarios de su piso de Kensington. Alguien tendría que encargarse de clasificar su ropa... pero, ¿quién la querría? ¿Quien querría algo que hubiera pertenecido a la prima Enid? Sólo el dinero. Sólo el dinero. ¡Sólo el dinero! Sin embargo, quizá ya hubiera escrito la carta a su abogado diciéndole que quería cambiar el testamento. ¡Era imposible! La enfermera Bolam quiso vencer el pánico que la invadía y se obligó una vez más a considerar aquella posibilidad de una manera racional. ¡Había pensado en todo aquello tantas veces! Supongamos que Enid hubiera escrito la carta la noche del miércoles. Muy bien, supongamos que lo hubiese hecho. Habría sido demasiado tarde para entrar en el correo de la tarde, de modo que la carta no se habría recibido hasta aquella misma mañana. Todo el mundo sabe lo mucho que tardan los abogados en hacer las cosas. Aun cuando Enid hubiera insistido en la urgencia del caso y hubiera llegado a tiempo para el correo de la tarde, el testamento no habría podido estar listo todavía para ser firmado. Y aunque lo hubiera estado y esperara ser echado al correo en uno de aquellos sobres gruesos de aspecto oficial, ¿qué importancia tenía? La prima Enid ya no podría firmar nada nunca más.

Volvió a pensar en el dinero, pero no en la parte que le correspondía. Era poco probable que le pudiera devolver la felicidad a esas alturas. Con todo, aunque ahora la detuvieran por asesinato, no podrían impedir que su madre heredara su parte. Nadie podía impedirlo. De todos modos, fuera como fuera, tenía que arreglárselas para conseguir dinero en metálico urgentemente. Todo el mundo sabe que un testamento tarda meses en confirmarse. ¿Parecería sospechoso o insensible ir a ver al abogado de Enid y contarle lo pobres que eran y preguntarle qué se podía hacer? ¿O acaso sería más prudente acudir a un banco? A lo mejor, el abogado la mandaría llamar. ¡Claro!, naturalmente que lo haría. Su madre y ella eran las únicas parientes. Tan pronto como se leyera el testamento, ella podría plantearle con tacto la cuestión de un anticipo. ¿Seguro que le parecería natural? Un anticipo de cien libras no iba a parecerle excesivo viniendo de alguien que estaba a punto de heredar una fortuna de treinta mil libras.

De pronto ya no pudo soportarlo más. La tensión la venció. Ya no era consciente de estar subiendo los pocos peldaños que quedaban ni de introducir la llave en la cerradura. Súbitamente se encontró dentro del piso entrando en la habitación de su madre. Sollozando de miedo y tristeza, llorando como no había llorado desde que era niña, se arrojó sobre el pecho de su madre y aceptó su consuelo y la sorprendente fuerza de aquellas manos frágiles y temblorosas. Aquellos brazos la mecieron como a un bebé. Aquella querida voz arrullaba su tranquilidad y, bajo el barato camisón, olió aquella carne blanda y familiar.

—Tranquilízate, chiquilla. ¡Mi niña! Cálmate. ¿Qué te pasa? ¿Qué ha ocurrido? Anda, cuéntamelo, hijita.

Y la enfermera Bolam se lo contó.

Desde que se había divorciado hacía dos años, el doctor Steiner compartía una casa en Hampstead con su hermana viuda. Disponía de su propia sala de estar y de su cocina, arreglo que hacía posible que Rosa y él se vieran poco y, al mismo tiempo, que pudiera fomentar la ilusión de que se llevaban bien. Rosa desplegaba una gran actividad social y cultural. Su casa era el centro de reunión de toda una caterva de actores en potencia, de poetas de un solo libro, de estetas que pululaban en grupos marginales del mundo de la danza y de escritores más dispuestos a hablar de su arte en una atmósfera acogedora y comprensiva que a practicarlo. Al doctor Steiner no le molestaban y se limitaba a asegurarse de que comían y bebían a expensas de su hermana Rosa, no a las suyas. Era consciente de que su profesión tenía un cierto *cachet* a ojos de su hermana y de que el hecho de poder presentarlo como «mi hermano Paul, el famoso psicoanalista» era de algún modo, para ella, una compensación por el bajo alquiler que iba pagándole a pequeñas dosis y por los pequeños roces propios del parentesco. Habría sido difícil vivir de un modo más económico y confortable, ni siquiera siendo director de banco.

Rosa estaba fuera aquella noche. Resultaba exasperante y muy desconsiderado por parte de ella que no estuviera presente la única noche que él necesitaba de su compañía. Pero eso era típico de Rosa. La criada alemana también había salido, seguramente sin permiso, pues los viernes por la tarde tenía fiesta. Tenía sopa y ensalada preparadas en la cocina, pero el solo esfuerzo de tener que calentar la sopa le parecía excesivo. Los bocadillos que se había comido en la clínica sin placer ninguno le habían quitado el apetito, pero le habían dejado con las ganas de tomar proteínas, preferentemente calientes y apropiadamente cocinadas. Sin embargo, no quería comer solo. Sirviéndose una copa de jerez reconoció la necesidad que tenía de hablar con alguien, fuera quien fuera, sobre aquel asesinato. Como la necesidad era imperativa, pensó en Valda.

Su matrimonio con Valda había estado predestinado al fracaso desde el principio, como todo matrimonio cuando marido y mujer ignoran las necesidades básicas de cada uno y viven en la ilusión de que se entienden perfectamente. El doctor Steiner no se había sentido desgraciado por su divorcio, pero sí incómodo y preocupado al experimentar un sentimiento absurdo de fracaso y de culpabilidad. En cambio, aparentemente, Valda florecía en su libertad. Cuando se conocieron, a él siempre le sorprendió aquel aire de bienestar físico que Valda respiraba. No se evitaban uno al otro, pues ver a su ex marido y a los pretendientes desechados con grandes muestras de amistad y de buen humor era lo que Valda entendía cuando hablaba de «comportamiento civilizado». Al doctor Steiner no le gustaba su ex mujer, ni siquiera la admiraba. A él le gustaba la compañía de las mujeres bien informadas, cultas, inteligentes y fundamentalmente serias, pese a que no correspondieran al tipo de mujeres con las que le gustaba acostarse. Lo sabía todo acerca de aquella molesta dicotomía, porque sus causas habían sido tema central de muchas y carísimas horas pasadas con su psicoanalista. Desgraciadamente, saber es una cosa y cambiar otra muy distinta, como le habrían podido decir también a él algunos de sus pacientes. Y con Valda (bautizada con el nombre de Millicent) había vivido momentos en los que no había deseado ser distinto.

El teléfono estuvo sonando cerca de un minuto antes de que ella lo descolgara y le contara lo de la señorita Bolam bajo un fondo de música y de entrechocar de vasos. Al parecer, el piso estaba lleno de gente. Ni siquiera estaba seguro de que Valda hubiera oído lo que le había dicho.

—¿Qué pasa? —preguntó con irritación—. ¿Estás celebrando una fiesta?

—Sólo son unos pocos amigos. Espera que baje la música. ¿Qué me estabas diciendo?

El doctor Steiner se lo repitió. Esta vez la reacción de Valda fue totalmente satisfactoria.

—¡Asesinada! ¡No me digas! ¡Qué terrible tiene que haber sido para ti, cariño! La señorita Bolam. ¿No es aquella oficial administrativa vieja y pesada a la que tanto odiabas? ¿La que siempre andaba regañándote por tus gastos de viaje?

—Yo no la odiaba, Valda. En cierto modo la respetaba. Era bastante íntegra. Claro que también era un tanto obsesiva, estaba asustada ante las agresiones de su propio subconsciente y, seguramente, era sexualmente frígida...

—Esto es lo que he dicho, cariño. Sabía que no podías soportarla. Ay, Paulie, no irán a pensar que has sido tú ¿verdad?

—Por supuesto que no —dijo el doctor Steiner, que empezaba a arrepentirse de aquel impulso que lo había llevado a confesarse.

—Pero es que tú siempre andabas diciendo que convenía que alguien se desembarazara de ella.

La conversación empezaba a parecer una pesadilla. El tocadiscos seguía martilleando los graves sobre la aguda cacofonía de la fiesta de Valda y el pulso en la sien del doctor Steiner batía al unísono. Estaba a punto de acometerle uno de sus dolores de cabeza.

—Lo que yo quería decir con esto era que había que trasladarla a otra clínica, no asestarle un golpe en la cabeza con un objeto contundente.

Aquella frase tan vulgar había despertado la curiosidad de Valda. La violencia siempre le había fascinado. El doctor Steiner sabía que, en su imaginación, Valda veía ahora un revoltillo a base de sesos y sangre.

—Cariño, tienes que contármelo todo. ¿Por qué no te pasas por aquí?

—Bueno, eso es lo que pensaba hacer —dijo el doctor Steiner pero añadió astutamente—: sin embargo, hay uno o dos detalles que no te puedo contar por teléfono y, como tienes una fiesta, resulta bastante complicado. Francamente, Valda, en este momento no me siento muy dado a las relaciones sociales. Estoy a punto de tener uno de mis dolores de cabeza. Todo esto me ha causado una impresión terrible. Al fin y al cabo, puede decirse que yo he descubierto el cadáver.

—¡Pobrecito mío! Mira, concédeme media hora y me libraré de estos amigotes.

Al doctor Steiner le parecía que aquellos amigotes estaban bastante instalados y así se lo dijo.

—¡Qué va! Nos íbamos a marchar todos a casa de Toni y se

las pueden arreglar sin mí. Les daré un empujoncito y tú preséntate dentro de una media hora, ¿te parece?

Le parecía de perlas. Después de colgar, el doctor Steiner pensó que tenía el tiempo justo para tomarse un baño y cambiarse de ropa. Pensó en qué corbata se pondría. Su jaqueca parecía haber desaparecido por arte de magia. Justo antes de salir de casa, sonó el teléfono y sintió un espasmo de aprensión. A lo mejor Valda había cambiado de idea con respecto a librarse de sus amigotes y a estar un rato a solas con él. Al fin y al cabo, aquélla había sido una pauta recurrente en su matrimonio. Se sintió molesto al observar que la mano que descolgaba el teléfono no era demasiado firme. Pero se trataba sólo del doctor Etherege, que llamaba para decir que la Junta Médica iba a celebrar una reunión de urgencia al día siguiente a las ocho de la tarde. En su alivio, olvidándose por un momento de la señorita Bolam, el doctor Steiner se salvó por los pelos de preguntar bobamente por qué.

Si Ralfe y Sonia Bostock hubieran vivido en Clapham, su piso habría sido considerado un sótano. Pero como estaba en Hampstead, a media milla precisamente de la casa del doctor Steiner, un pequeño letrero de madera, escrito con un gusto impecable, conducía al visitante al piso ajardinado. Pagaban por él casi doce libras semanales, lo que les daba derecho a tener un domicilio socialmente aceptable y les concedía el privilegio de ver una pendiente con hierba desde la ventana de la sala de estar. Habían plantado azafrán y narcisos atrompetados en aquella pendiente y, en primavera, aquellas plantas, que florecían sin apenas sol, por lo menos daban la ilusión de que el piso daba acceso a un jardín. En cambio, en otoño, la vista era menos agradable y la humedad del terreno en pendiente se filtraba en el interior. El piso era ruidoso. Había una guardería dos casas más allá y una familia joven en la planta baja. Ralfe Bostock, sirviendo copas a sus amigos cuidadosamente seleccionados y elevando el tono de voz por encima del alboroto de las pataletas habituales a la hora del baño, solía decir:

–Siento el alboroto. La intelectualidad se dedica a procrear, pero, por desgracia, no a educar a sus retoños.

Era muy dado a los comentarios maliciosos, algunos ingeniosos, pero los repetía demasiado. Su esposa vivía bajo el miedo constante de que repitiera la misma agudeza a la misma persona, ya que pocas cosas había más fatales para el futuro de un hombre que la mala fama de repetir los chistes.

Aquella noche él no estaba en casa; había ido a un mitin político. Sonia aprobaba aquel mitin, que podía ser muy importante para su marido, y no le importaba estar sola. Necesitaba tiempo para pensar. Entró en su dormitorio y se quitó el vestido, lo sacudió con cuidado y lo colgó en el armario, después de lo cual se puso una bata de terciopelo marrón. Luego se sentó delante del tocador y, tras anudarse una cinta de crep alrededor de la frente, empezó a desmaquillarse. Estaba más cansada de lo que había creído y necesitaba una copa, pero nada podía ahorrarle aquel ritual nocturno. Tenía mucho en que pensar, mucho que planear. Aquellos ojos de un verde grisáceo, rodeados de crema, la miraron serenamente desde el espejo. Inclinándose hacia adelante, examinó los delicados pliegues de piel debajo de cada ojo como buscando las primeras huellas del paso del tiempo. Al fin y al cabo, sólo tenía veintiocho años y no tenía por qué preocuparse todavía. Sin embargo, Ralfe iba a cumplir treinta ese año. El tiempo pasaba y, si querían conseguir algo, no había mucho tiempo que perder.

Pensó en una táctica. La situación exigiría un control cuidadoso y no dejaba espacio para los errores. Sin embargo, ya había cometido uno. No había podido resistir la tentación de abofetear a Nagle, lo que no dejaba de ser un error y probablemente de los graves, algo que se parecía demasiado a un exhibicionismo vulgar cuya finalidad era sentirse segura. Las aspirantes a oficial administrativa no abofeteaban a un vigilante, aunque estuvieran sometidas a tensión, especialmente si querían dar la impresión de competencia serena pero a la vez autoritaria. Recordó la expresión del rostro de la señorita Saxon, pese a que Fredrica Saxon no estaba en situación de censurar a nadie. Era una lástima que el doctor Steiner estuviera presente, pero todo había ocurrido tan aprisa que no estaba realmente segura de que él lo hubiera visto. Priddy, por otra parte, era una chiquilla y no contaba para nada.

Una vez fuera designada para ocupar el puesto, Nagle tendría que marcharse... esto por descontado. En eso también tendría que tener mucho cuidado. Era un insolente tremendo, pero la clínica todavía podía encontrar a otro peor que él y los médicos lo sabían. Un vigilante eficaz hacía las cosas mucho más cómodas, especialmente si era servicial y capaz de llevar a cabo las pequeñas reparaciones necesarias. No sería una maniobra demasiado bien acogida si después había que esperar a que viniera alguien del departamento técnico del centro cada vez que se rompiera la cuerda de contrapeso de una ventana o que se fundiera un fusible. Nagle tendría que marcharse, pero ella se encargaría de encontrarle un buen sustituto antes de tomar ninguna decisión.

En aquel momento lo más importante era conseguir que los médicos apoyaran su nombramiento. Podía estar tranquila en lo tocante al doctor Etherege, y su voz era la que tenía mayor peso. Pero no era el único y, además, como iba a jubilarse al cabo de seis meses, su influencia iría menguando. Si le ofrecieran el puesto a título provisional y todo fuera bien, era posible que la Junta Directiva del hospital no se tomara demasiada prisa en anunciar el puesto. Era casi seguro que esperarían a que se resolviese el asesinato o a que la policía archivara el caso. Sólo dependía de ella consolidar su posición durante aquellos meses. No había que dar nada por sentado, de todos modos, porque siempre que había problemas en algún centro, las juntas solían nombrar a alguien de fuera. En esos casos era más seguro contratar a alguien ajeno a la clínica, libre de la influencia del ambiente. Aquí era donde el secretario podía tener alguna influencia. Había sido una maniobra muy inteligente irle a ver el mes pasado para pedirle consejo acerca de cómo prepararse para obtener el diploma del Instituto de Administradores de Hospital. A él le gustaba que el personal estuviera bien preparado y, dado que era un hombre, se había sentido halagado por el hecho de que le pidieran consejo. Pero no era tonto... y tampoco era necesario que lo fuera, pues ella era una candidata apropiada, tal como lo comprobaría la Junta Directiva del hospital. Y él lo sabía.

Se tumbó en su cama y se relajó, poniendo los pies sobre un almohadón y ocupando su mente con la imágen del éxito. «Mi esposa es oficial administrativa de la Clínica Steen», mucho mejor que: «De hecho, actualmente mi esposa está trabajando como secretaria. En la Clínica Steen, concretamente».

Entretanto, a menos de dos millas de distancia, en un depósito de cadáveres del norte de Londres, el cuerpo de la señorita Bolam, empaquetado como un arenque en una cámara frigorífica, iba poniéndose rígido poco a poco a lo largo de aquella noche de otoño.

5

Si era preciso que algún día se produjera un asesinato en la Clínica Steen, el viernes era el día más apropiado. La clínica no estaba abierta los sábados, de modo que la policía pudo trabajar en el edificio sin los inconvenientes que suponía la presencia de pacientes y de personal. Seguro que el personal estaba encantado de contar con dos días de gracia para recuperarse de la impresión, para decidir en los ratos de ocio cuál iba a ser su reacción oficial y para buscar consuelo y apoyo junto a los amigos.

La jornada de Dalgliesh había empezado temprano. Había pedido un informe sobre el robo en la clínica al Departamento Local de Investigación Criminal que, junto con las copias mecanografiadas de los interrogatorios del día anterior, se encontraban encima de su escritorio. El robo había dejado perplejos a los hombres del departamento. No había ninguna duda de que había una persona que había conseguido entrar en la clínica y de que faltaban quince libras, pero lo que ya no estaba tan claro es que los dos incidentes estuvieran relacionados. El sargento local pensaba que era muy raro que un ladrón ocasional hubiera violentado el único cajón que contenía dinero en metálico y que se hubiera ido sin tocar la caja de caudales ni la escribanía de plata del despacho del director. Por otra parte, Cully estaba seguro de haber visto salir un hombre de la clínica y, tanto él como Nagle, tenían una coartada en relación con la hora en que se había producido el robo. El Departamento Local de Investigación Criminal sospechaba que Nagle se había quedado con el dinero mientras había estado solo dentro del edificio; sin embargo, no lo llevaba encima cuando lo registraron y tampoco tenían ninguna prueba fehaciente al respecto. Además, el vigilante había tenido un montón de oportunidades de robar durante su permanencia en la clínica si hubiera deseado hacerlo, pero no había nada contra él, al menos que se supiera. Todo aquel asunto resultaba desconcertante. Todavía estaban trabajando en el caso, pero no tenían demasiadas esperanzas de resolverlo. Dalgliesh les pidió que le informaran si había alguna novedad y se fue con el sargento Martin para registrar el piso de la señorita Bolam.

La señorita Bolam había vivido en el quinto piso de un sólido bloque de ladrillo rojo cerca de Kensington High Street. No tuvieron ningún problema con la llave. La celadora, que residía en el edificio, se la entregó con unas frases tópicas y formales de dolor por la muerte de la señorita Bolam. Daba la impresión de que consideraba que debía hacer alguna referencia al asesinato, si bien también dio a entender que los inquilinos de la casa normalmente tenían el buen gusto de abandonar esta vida de un modo más ortodoxo.

—Espero que no se haga ninguna publicidad perjudicial —murmuró, mientras acompañaba a Dalgliesh y al sargento Martin al ascensor—. Estos pisos son muy selectos y la agencia es de lo más especial con sus inquilinos. Hasta ahora nunca habíamos tenido problemas de este tipo.

Dalgliesh resistió la tentación de decir que el asesino de la señorita Bolam no había reconocido en ella a una de las inquilinas de la casa.

—Es muy difícil que la publicidad afecte a los pisos —señaló—. El asesinato no se ha producido aquí.

La celadora murmuró que, por fortuna, así había sido. Subieron juntos al quinto piso en aquel lento ascensor artesanal y pasado de moda. Una densa desaprobación flotaba en el aire.

—¿Conocía usted a la señorita Bolam? —preguntó Dalgliesh–. Creo que residía en este inmueble desde hacía algunos años.

–La conocía de darle los buenos días, eso es todo. Era una inquilina muy tranquila. Bueno, de hecho, todos nuestros inquilinos lo son. Ha estado viviendo aquí durante quince años, creo. Su madre fue la primera en alquilarlo y durante un tiempo vivieron aquí las dos juntas. Cuando la señora Bolam murió, su hija pasó a ser la inquilina titular. Todo esto ocurrió antes de que yo trabajara en la casa.

–¿Su madre murió aquí?

La celadora apretó los labios con fuerza.

–La señora Bolam murió en un asilo para ancianos, en el campo. Creo que tuvo un final desagradable.

–¿Quiere decir con eso que se suicidó?

–Eso es lo que a mí me contaron. Como ya le he dicho, todo esto ocurrió antes de que yo empezara a trabajar aquí. Como es natural, nunca hice ningún comentario sobre el suceso ni a la señorita Bolam ni a ninguno de los inquilinos. No es el tipo de cosas de las que a una le gusta hablar. Realmente, parece una familia muy desgraciada.

–¿Cuánto pagaba de alquiler la señorita Bolam?

La celadora permaneció callada un momento antes de contestar. Evidentemente aquélla debía de ser una de las primeras preguntas de la lista de las que, en buena ley, no debía contestar. Pero inmediatamente, como si admitiera a su pesar la autoridad de la policía, dijo:

–Los pisos de dos dormitorios de la cuarta y quinta planta salen por 490 libras, sin contar los gastos de consumo.

Eso venía a ser casi la mitad del salario de la señorita Bolam, pensó Dalgliesh. Era una tarifa excesivamente alta para una persona sin recursos propios. Todavía tenía que ir a ver al abogado de la muerta, pero todo parecía indicar que los cálculos de la enfermera Bolam con respecto a los ingresos de su prima no iban muy desencaminados.

Se despidió de la celadora en la puerta del piso y entró en él acompañado de Martin.

Eso de andar fisgando entre los efectos personales de una persona cuya vida se ha truncado era una parte del trabajo que correspondía a Dalgliesh, y que éste siempre había encontrado sumamente desagradable. Era como si el muerto estuviera en desventaja. A lo largo de su carrera había examinado con interés y lástima un montón de cosas sórdidas: la ropa interior sucia, apretujada a toda prisa en los cajones, cartas personales que la prudencia hubiera aconsejado destruir, restos de comida, facturas pendientes, fotografías viejas, cuadros y libros que el muerto nunca habría elegido como representativos de su gusto ante un curioso o ante el mundo en general, secretos de familia, maquillaje estropeado metido en frascos grasientos, es decir, el revoltillo propio de vidas poco ordenadas o infelices. Ya no estaba de moda que la gente tuviera miedo de que la muerte la pillara sin confesión, pero la mayoría de la gente, si uno se paraba a considerarlo, esperaba tener tiempo suficiente para ordenar sus cosas. Recordaba los tiempos en que era niño, cuando la voz de una vieja tía suya le aconsejaba que se cambiara de camiseta. «Supón que te atropellan, Adam. ¿Qué pensaría la gente?», le decía. La pregunta era menos absurda de lo que resultaba para el chiquillo de diez años que había sido. El tiempo le había enseñado que reflejaba una de las mayores preocupaciones del género humano: el miedo a quedar mal.

Pero Enid Bolam debía de haber vivido cada día como si esperara verse sorprendida por una muerte repentina, pues él nunca había registrado un piso tan pulcro ni tan obsesivamente limpio como aquél. Incluso los pocos cosméticos que había, al igual que el cepillo y el peine del tocador, estaban colocados con precisión modélica. La sólida cama de matrimonio estaba hecha. Era evidente que el viernes era el día en que se cambiaba la ropa blanca, pues las sábanas sucias y las fundas de los almohadones estaban dobladas dentro de una caja de la lavandería, abierta sobre una silla. Encima de la mesita de noche sólo había un pequeño despertador de viaje, una botellita de agua y una Biblia, con un opúsculo al lado en el que aparecían señalados los fragmentos que había que leer cada día y la interpretación de su moral. En el cajón no había nada, excepto un frasco de aspirinas y un pañuelo doblado. La habitación de un hotel no habría sido más impersonal.

Todos los muebles eran antiguos y sólidos. La puerta de caoba tallada del armario se abrió sin ningún chirrido para dejar a la vista una nutrida hilera de vestidos. Era ropa cara, pero nada vistosa. La señorita Bolam debía de haberla comprado en unos almacenes cuya principal clientela debía de estar compuesta por señoras bien que vivían en el campo. Había faldas de buen corte de color indefinido, gruesos abrigos confeccionados que habrían durado una docena de inviernos ingleses y vestidos de lana que no habrían ofendido a nadie. Después de cerrado el armario, le fue imposible recordar con exactitud ni una sola de las prendas. Al fondo, protegidos de la luz, había cuencos de fibra que, sin lugar a dudas, albergaban bulbos cuya floración navideña la señorita Bolam no llegaría a ver nunca.

Dalgliesh y Martin habían estado trabajando juntos demasiados años para que las palabras resultaran necesarias, así que se movían por el piso casi en silencio. En todas partes se veían los mismos muebles sólidos y pasados de moda y la misma cuidada pulcritud. Resultaba difícil creer que hasta hacía poco tiempo aquellas habitaciones habían estado habitadas, que alguien había estado cocinando en aquella cocina tan impersonal. Era un piso muy tranquilo. Desde aquella altura, amortiguado por las gruesas paredes victorianas, el ruido del tráfico llegaba apagado, como una vibración lejana. El insistente tictac del reloj de péndulo del recibidor era lo único que golpeaba el apacible silencio. El aire era frío y no habría olido a nada a no ser por el perfume de las flores. Las había por todas partes: un jarrón de crisantemos sobre la mesa del recibidor, otro en la sala de estar y, sobre la repisa de la chimenea del dormitorio, un pequeño jarrón de anémonas y, en el aparador de la cocina, una jarra alta de latón con plantas otoñales, seguramente recogidas durante un paseo campestre reciente. A Dalgliesh no le gustaban las flores otoñales, aquellos crisantemos que se negaban obstinadamente a morir y que ostentaban sus hirsutas flores en lo alto de tallos medio marchitos, aquellas dalias sin perfume que únicamente quedaban bien cuando estaban plantadas en filas ordenadas en los parques municipales. Su esposa había muerto en octubre y hacía tiempo que conocía las pequeñas congojas que siguen a la muerte de un ser querido. El otoño había dejado de ser una buena época del año. Para él, las flores del piso de la señorita Bolam acentuaban el ambiente general de tristeza de aquel período, como las coronas en los funerales.

La sala de estar era la habitación más grande del piso y allí era donde tenía su escritorio la señorita Bolam. Martin lo acarició con los dedos, lleno de admiración.

–Todo es muy sólido, ¿no le parece, señor? En casa tenemos un mueble muy parecido a éste. La madre de mi esposa nos lo dejó y, no crea, ya no hay nadie que haga muebles como éstos hoy en día. Claro que no dan nada por ellos. Supongo que resultan demasiado grandes para las habitaciones modernas... pero son de buena calidad.

–Seguro que te puedes apoyar en él sin que se rompa –dijo Dalgliesh.

–A eso es a lo que me refiero, señor. Cosas buenas y sólidas. Seguro que ella sentía apego por él. Yo diría que era una mujer muy sensata, de esas que saben cómo arreglárselas para estar cómodas.

Acercó una segunda silla al escritorio, pues Dalgliesh ya se había instalado en él, aposentó sus robustas piernas en ella y pareció sentirse muy cómodo, como en casa.

El escritorio no estaba cerrado con llave y la cubierta se deslizó sin ninguna dificultad. En el interior había una máquina de escribir portátil y una caja metálica que contenía archivadores de papel, etiquetados con toda claridad. En los cajones y en los compartimentos del escritorio encontraron papel de cartas, sobres y correspondencia. Todo estaba perfectamente ordenado, tal como esperaban. Empezaron a examinar, juntos, los archivadores. La señorita Bolam pagaba sus facturas así que se las presentaban y llevaba las cuentas de todos los gastos en la casa.

Había mucho que examinar. Los detalles acerca de sus inversiones estaban archivados bajo el encabezamiento adecuado. Al fallecer su madre, los valores fiduciarios se habían recuperado y el dinero se había reinvertido en acciones de interés variable. Los valores en cartera estaban hábilmente repartidos y no cabía la menor duda de que la señorita Bolam había sido bien aconsejada y había incrementado considerablemente su activo en los últimos cinco años. Dalgliesh anotó los nombres de su agente de bolsa y de su abogado. Debería verlos a los dos antes de finalizar la investigación.

La difunta conservaba pocas cartas personales; a lo mejor no había recibido muchas que valiera la pena guardar. Pero había una, archivada bajo la letra P, que era muy interesante. Estaba cuidadosamente escrita a mano, en papel listado barato, desde una dirección de Balham, y decía así:

«Querida señorita Bolam:

»Sirvan estas líneas para darle las gracias por todo lo que ha hecho por Jenny. Las cosas no han resultado como deseábamos ni como rezábamos para que ocurrieran, pero cuando Dios quiera nos hará saber cuál es su voluntad. Sigo creyendo que hicimos bien cuando dejamos que se casaran. Y no fue sólo para acabar con las habladurías, como supongo que ya sabrá usted. Él nos ha escrito que se ha ido para siempre. Ni su padre ni yo sabíamos que las cosas iban tan mal entre los dos. Ella no habla mucho con nosotros, pero esperaremos con paciencia y quizá, algún día, volverá a ser nuestra niña. Como está muy callada y no quiere hablar de este asunto, no sabemos si sufre. Yo procuro no guardar rencor al chico. Su padre y yo pensamos que sería una buena idea si usted pudiera conseguir un puesto para Jenny en la Seguridad Social. Ha sido usted muy buena al ofrecernos su ayuda y al mostrar su interés después de todo lo ocurrido. Ya sabe usted lo que pensamos del divorcio, de modo que ahora ella tendrá que velar por su trabajo para ser feliz. Su padre y yo rezamos todas las noches para que así sea.

»Le doy las gracias de nuevo por todo su interés y ayuda. Si consigue trabajo para Jenny, estoy segura de que no le decepcionará. Ahora ya ha aprendido la lección y créame que ha sido muy amarga para todos nosotros. Pero Dios dirá.

Respetuosamente,

EMILY PRIDDY (Sra.).»

Dalgliesh pensó que era extraordinario que todavía hubiera gente que pudiera escribir cartas como aquélla, con esa arcaica mezcla de servilismo y de dignidad pero a la vez con una emotividad tan desvergonzada y tan curiosamente conmovedora. El caso que contaba era muy corriente, pero a él se le antojaba ajeno a su propia realidad. Aquella carta podía haber sido escrita hacía cincuenta años: casi le parecía que el papel se curvaba debido al paso de los años o que olía un vago perfume a pebete. Probablemente no tenía nada que ver con aquella chica tan mona e ineficaz de la clínica.

–Seguramente no tiene ninguna importancia –dijo a Martin–, pero de todos modos me gustaría que se acercara a Clapham y que hablara con esa gente. Es mejor que sepamos quién es el marido. De todos modos, no creo que resulte ser el misterioso merodeador del doctor Etherege. Quien mató a la señorita Bolam todavía se encontraba en el edificio cuando llegamos nosotros... y nosotros hablamos con él.

De pronto sonó el teléfono, funestamente estridente en medio del silencio del piso, como si llamaran a la muerta.

–Ya voy yo. Debe de ser el doctor Keating, con el informe de la autopsia. Le he dicho que me llamara a este número tan pronto como hubiera terminado.

Al cabo de dos minutos volvía a estar con Martin. El informe había sido breve.

—Nada que no esperáramos —dijo Dalgliesh—. La señorita Bolam gozaba de buena salud y murió de una puñalada en el corazón tras recibir un golpe, lo cual ya tuvimos ocasión de comprobar con nuestros propios ojos... y *virgo intacta,* de lo cual no teníamos por qué dudar. ¿Qué está mirando?

—Es su álbum de fotos, señor. La mayor parte corresponde a campamentos de las Guías. Al parecer acompañaba a las chicas todos los años.

Dalgliesh pensó que probablemente las escenas correspondían a sus vacaciones anuales. Sentía un respeto que lindaba con la simple admiración por toda esa gente que, voluntariamente, dedicaba sus ratos de ocio a los hijos ajenos. No era hombre al que le gustaran los niños y, generalmente, al cabo de muy poco rato, acababa encontrando insoportable su compañía. Cogió el álbum que examinaba el sargento Martin. Las fotografías eran pequeñas y no llamaban la atención por su técnica pues, al parecer, habían sido tomadas con una de esas pequeñas cámaras de bolsillo. Sin embargo, estaban cuidadosamente colocadas en cada página, cada una con su etiqueta. Había guías haciendo caminatas, cocinando con hornillos de gas, montando tiendas de campaña, envueltas en mantas alrededor del fuego del campamento, alineadas para la inspección del equipo. En muchas de las fotografías aparecía la figura de la capitana, regordeta, maternal y sonriente. Resultaba difícil relacionar aquella figura rolliza y alegremente extrovertida con el impresionante cadáver de la sala de archivos o con aquella administradora obsesiva y autoritaria descrita por el personal de la Clínica Steen. Los comentarios que aparecían al pie de algunas de las fotografías resultaban patéticos en su evocación de la felicidad recordada.

«Las Golondrinas lavan platos. Shirley mira el delantal manchado.»

«Valerie se aleja "volando" de las Exploradoras.»

«Los Martín-pescadores se ponen a lavar platos. Fotografía tomada por Susan.»

«La capitana ayuda a canalizar la marea. Fotografía tomada por Jean.»

En aquella última aparecían los rollizos hombros de la señorita Bolam emergiendo entre el oleaje, rodeada de media docena de chicas. Llevaba el pelo suelto, que le colgaba en mechones aplastados, empapados y chorreantes como algas marinas, a ambos lados de su cara sonriente. Los dos detectives miraron la fotografía en silencio.

–No se han derramado muchas lágrimas por ella, ¿no le parece? –dijo Dalgliesh–. Sólo su prima lloró y más por la impresión que por la pena. Me pregunto si las Golondrinas y los Martín-pescadores llorarán también.

Cerraron el álbum y siguieron con el registro. Únicamente descubrieron otra cosa interesante, pero la verdad es que ésta era extremadamente interesante. Se trataba de una copia en papel carbón de una carta de la señorita Bolam, dirigida a su abogado, fechada el día antes de su muerte, en la que le pedía hora para hablar con él «en relación con los cambios de mi testamento que le propuse y de los que hablamos brevemente por teléfono anoche».

Después de la visita a Ballantyne Mansions la investigación cayó en un punto muerto, en uno de aquellos atascos que a Dalgliesh siempre le costaba tanto aceptar. Habitualmente trabajaba aprisa. Su reputación la debía tanto a su rapidez como a su acierto a la hora de resolver los casos. No había reflexionado mucho en el significado de aquella necesidad compulsiva de avanzar rápidamente en su trabajo. Le bastaba con saber que los retrasos a él le molestaban más que a la mayoría.

Sin embargo, aquel estancamiento quizá era de esperar. Era poco probable que un abogado londinense estuviera en su despacho un sábado después del mediodía. Pero fue de lo más desalentador enterarse por teléfono de que el señor Babcock, de Babcock y Honeywell, se había marchado a Ginebra en avión con su esposa para acudir al funeral de un amigo y que no regresaría a su despacho de la City hasta el martes siguiente. En la actualidad ya no había ningún señor Honeywell en la firma, pero el ayudante principal del señor Babcock estaría en el despacho el lunes por la mañana por si podía ser de alguna ayuda al superintendente. Estaba hablando con el vigilante. Dalgliesh no estaba muy seguro de hasta qué punto podía ayudarle el principal ayudante del abogado. Habría preferido hablar con el señor Babcock, pues seguramente hubiese sido capaz de proporcionarle muchos datos útiles tanto acerca de la familia Bolam como de sus asuntos financieros, la mayoría posiblemente arrancados como mínimo con muestras de resistencia y obtenidos únicamente gracias al ejercicio del tacto. Sería, pues, una tontería arriesgar el éxito de la entrevista por culpa de un encuentro previo con el ayudante.

Mientras los detalles sobre el testamento no estuvieran a su disposición no había ninguna razón para volver a hablar con la enfermera Bolam. Viendo frustrados sus planes más inmediatos, Dalgliesh decidió ir en coche a hacer una visita a Peter Nagle, sin la compañía del sargento. No tenía ningún fin claro en la cabeza, pero no le preocupaba. Seguro que no sería una pérdida de tiempo. Algunos de sus mejores resultados los había conseguido en aquellas visitas no planeadas, casi imprevistas, en las que hablaba con un sospechoso en su propia casa, o iba recogiendo esas pequeñas gotitas de información que se filtraban de manera inconsciente acerca de la única personalidad que es fundamental en cualquier investigación de un asesinato: la de la víctima.

Nagle vivía en Pimlico, en el cuarto piso de una casa victoriana, majestuosa y estucada de blanco, cerca de Eccleston Square. Hacía tres años que Dalgliesh había pasado por aquella calle por última vez y le había parecido entonces irremediablemente hundida en una triste decadencia. Pero las cosas habían cambiado. La moda y la popularidad, que varía de un modo tan inexplicable en Londres, pasando sin detenerse por algunos distritos y en el vecindario más cercano, había inundado aquella amplia calle haciendo brotar el orden y la prosperidad a su paso. A juzgar por el gran número de carteles de agentes inmobiliarios, los especuladores de la propiedad, los primeros, como siempre, en oler las veleidades de las modas, estaban cosechando los beneficios habituales. La casa de la esquina parecía recién pintada y la sólida puerta principal estaba abierta. Los nombres de los inquilinos estaban escritos en un tablero en el interior de la casa, pero no había timbres. Dalgliesh dedujo que los pisos debían de ser independientes y que, en un sitio u otro, había un portero que contestase a las llamadas de la puerta principal cuando ésta, por la noche, estuviera cerrada con llave. No vio ningún ascensor, de modo que subió a pie los cuatro pisos hasta el departamento de Nagle.

Era una casa luminosa, aireada y tranquila. No se detectaba ninguna señal de vida hasta el tercer piso, donde alguien estaba tocando el piano y haciéndolo muy bien; quizá se tratara de un músico profesional que estaba ensayando. Una aguda cascada de notas cayó sobre Dalgliesh y fue remitiendo a medida que se acercaba al cuarto piso. Allí había un puerta sencilla de madera con una pesada aldaba de latón y una tarjeta, justo encima, en la que había escrita una sola palabra: Nagle. Llamó a la puerta y se oyó la voz de Nagle que gritaba: «Entre».

El piso era sorprendente. No sabía muy bien qué había esperado encontrar, pero evidentemente no tenía nada que ver con aquel inmenso estudio, tan aireado e impresionante. Ocupaba toda la pared trasera de la casa y el gran ventanal, orientado hacia el norte, no tenía cortinas y ofrecía una vista panorámica de chimeneas retorcidas y tejados inclinados e irregulares. Nagle no estaba solo. Estaba sentado con las piernas separadas, en una estrecha cama colgada sobre una tarima en el rincón de la habitación orientado hacia el este. Acurrucada a su lado, vestida únicamente con una bata, estaba Jennifer Priddy. Se encontraban tomando el té en unos tazones de loza azul y tenían una bandeja con la tetera y una botella de leche en una mesita junto a ellos. El cuadro en el que Nagle había estado trabajando últimamente estaba colocado sobre un caballete situado en el centro de la habitación.

La chica volvió a sonreír, recogió sus ropas con una mano y la bandeja de té con la otra y desapareció por la puerta situada al fondo del estudio. Era muy difícil reconocer en aquella figura de una sensualidad tan confiada a la chiquilla apocada, con la cara salpicada de lágrimas, que Dalgliesh había visto por primera vez en la Clínica Steen. Al pasar por su lado, la miró. Era evidente que no llevaba nada debajo del batín de Nagle: los pezones apuntaban a través de la fina lana. Dalgliesh pensó que habían estado haciendo el amor. Cuando desapareció de su vista, miró a Nagle y vio en sus ojos el brillo fugaz de algún pensamiento divertido. Pero ninguno de los dos dijo nada.

Dalgliesh empezó a pasearse por el estudio mientras Nagle lo observaba desde la cama. La habitación estaba perfectamente ordenada. Aquella pulcritud casi obsesiva le recordaba el piso de Enid Bolam con el que, por otra parte, no tenía nada en común. La tarima, con su sencilla cama de madera, la silla y la mesita le servían evidentemente de dormitorio. El resto del estudio estaba invadido por toda la parafernalia propia de un pintor pero no se veía asomar por ninguna parte aquel batiburrillo desordenado que los no iniciados asocian con la vida de todo artista. Había una docena de grandes óleos dispuestos contra la pared sur que sorprendieron a Dalgliesh por su fuerza. Era evidente que no se trataba de ningún aficionado dando rienda suelta a su escaso talento. Al parecer la señorita Priddy era la única modelo de Nagle. Su cuerpo de adolescente, con sus senos exuberantes, le miraba desde distintas posturas, unas veces de escorzo, otras curiosamente echada, como si el pintor se vanagloriase de su técnica. El cuadro más reciente estaba en el caballete y mostraba a la chica sentada a horcajadas en un taburete, con las manos de niña colgando relajadas entre los muslos y el pecho echado hacia adelante. Había algo en aquella ostentación de pericia técnica, en la audacia del uso de los verdes y del malva y en la cuidadosa relación de los colores que aguzó la memoria de Dalgliesh.

–¿Quién es su profesor? ¿Sugg?

–Sí –dijo Nagle sin sorprenderse–. ¿Conoce su obra?

–Tengo uno de sus primeros cuadros. Un desnudo.

–Hizo una buena inversión al comprarlo. Consérvelo.

–Tengo la intención de hacerlo –dijo Dalgliesh tranquilamente–, pues resulta que, además, me gusta. ¿Ha estudiado mucho tiempo con él?

–Dos años. Por horas, por supuesto. Dentro de tres años yo seré su profesor, si es capaz de aprender algo todavía... Se está haciendo viejo y excesivamente aficionado a sus propios trucos.

–Pues me parece que ha imitado usted algunos de ellos –dijo Dalgliesh.

–¿Usted cree? Muy interesante. –Nagle no parecía ofendido–. Por eso me conviene marcharme. Me voy a París a finales de este mes, a más tardar. Había solicitado una beca Bollinger, el viejo me recomendó y la semana pasada recibí una carta en la que me comunicaban que la beca era mía.

Por mucho que lo intentara, no conseguía librarse completamente de aquel matiz de triunfo que dejaba traslucir su voz. Bajo aquel aparente desinterés asomaba una punta de satisfacción. Tenía motivos para estar contento. El Bollinger no era un premio corriente. Significaba, como muy bien sabía Dalgliesh, dos años en una ciudad europea con una ayuda muy generosa y libertad para que el estudiante viviera y trabajara a su gusto. La fundación Bollinger había sido instituida por un fabricante de medicamentos que había muerto rico y próspero, pero insatisfecho. Su dinero procedía de unos polvos para el estómago, pero su corazón estaba en la pintura. Su talento era poco y a juzgar por la colección de pinturas que legó a los desconcertados depositarios de su galería local, su gusto estaba a la altura de su talento, pero la beca Bollinger garantizaba el recuerdo agradecido de muchos artistas. Bollinger no creía que el arte pudiera florecer en la pobreza, ni que a los artistas les estimulara esforzarse al máximo en frías buhardillas con el estómago vacío. Había sido pobre en su juventud y no le había gustado. Había viajado mucho, después, de mayor, y en el extranjero había sido muy feliz. La beca Bollinger permitía que los artistas jóvenes que prometían disfrutaran de lo segundo sin necesidad de tener que pasar por lo primero, lo que hacía que valiera la pena conseguirla. Si Nagle acababa de conseguir la Bollinger, era poco probable que los problemas de la Clínica Steen le preocuparan demasiado.

—¿Cuándo tiene que marcharse? —le preguntó Dalgliesh.

—Cuando yo quiera. De todos modos, será hacia finales de mes, pero es posible que me marche antes y que lo haga sin avisar a nadie. No quiero dar disgustos innecesarios. Por eso este asesinato resulta tan molesto —añadió con un movimiento de cabeza en dirección a la puerta del fondo mientras hablaba—. Me he dado cuenta de que podría retrasarlo todo. Al fin y al cabo, el escoplo era mío y ése no fue el único intento que se ha hecho para involucrarme en el crimen. Mientras estaba en la oficina general esperando el correo me telefonearon para pedirme que bajara al sótano a recoger la ropa blanca. Parecía una mujer. Como yo ya llevaba el abrigo puesto y estaba a punto de salir le dije que la recogería a la vuelta.

—¿Fue por eso que fue a ver a la enfermera Bolam al regresar del correo y le preguntó si la ropa limpia estaba lista?

—Eso es.

—¿Y por qué no le dijo nada de la llamada telefónica?

—Pues, no sé. No me pareció que hubiera motivo para ello. No tenía demasiadas ganas de bajar a la sala de LSD. Esos pacientes me ponen la piel de gallina con sus gritos y sus sollozos. Cuando la enfermera Bolam me dijo que no estaba lista, pensé que quien había llamado había sido la señorita Bolam y que no valía la pena decírselo. La señorita Bolam era muy dada a interferirse en las responsabilidades de las enfermeras o, por lo menos, eso decían ellas. Sea como fuere, no dije nada de la llamada. Podía haberlo hecho, pero no lo hice.

—Y tampoco me lo comentó cuando lo interrogué por primera vez.

—Vuelve usted a tener razón. La verdad es que todo este asunto me parecía un tanto raro y que necesitaba tiempo para pensar. Pues bien, ya lo he pensado y ahora se lo digo. Puede usted creerme o no. A mí me da igual.

—Me parece que se lo está tomando con mucha calma, teniendo en cuenta que alguien ha intentado involucrarle en un asesinato.

—No me preocupa en absoluto. Por una parte no lo ha conseguido y, por otra, considero que las probabilidades de que condenen por asesinato a un hombre inocente son, en este país, prácticamente nulas. Esto debería tomárselo como un halago. Aunque por otro lado, con el sistema del jurado, las posibilidades de que el culpable se salve son muy altas. Eso es lo que me induce a creer que no conseguirá resolver el asesinato. ¡Demasiados sospechosos! ¡Demasiadas posibilidades!

—Ya veremos qué pasa. Y ahora dígame algo más de esta llamada. ¿Cuándo la recibió exactamente?

—No me acuerdo. Unos cinco minutos antes de que la señora Shorthouse entrara en la oficina general, creo. Pero puede que fuera más temprano. Es posible que Jenny se acuerde.

—Ya se lo preguntaré cuando vuelva. ¿Qué le dijo exactamente la persona en cuestión?

—Sólo esto: «La ropa limpia ya está lista. Puede bajar a recogerla ahora, por favor». En aquel momento di por sentado que quien llamaba era la enfermera Bolam. Le dije que estaba a punto de salir con el correo y que la recogería cuando regresara, y colgué antes de que tuviera tiempo de decirme nada más.

—¿Está seguro de que se trataba de la enfermera Bolam?

—No, no estoy nada seguro. Naturalmente, en aquel momento pensé que era ella, porque era la enfermera Bolam la que solía llamar por lo de la ropa. De hecho, la mujer hablaba en voz muy baja, y habría podido ser cualquiera.

—¿Pero la voz era de mujer?

—Sí, sí, era de mujer, de eso no cabe duda.

—En todo caso, se trataba de una llamada falsa, pues sabemos que la ropa limpia no estaba clasificada.

—Sí, pero, ¿por qué lo dijo? No tiene sentido. Si la intención era inducirme a bajar al sótano para mezclarme en el crimen, el asesino corría el riesgo de que yo acudiera en el momento menos oportuno. La enfermera Bolam, para poner un ejemplo, no habría querido que yo estuviera en el escenario del crimen preguntando por la ropa blanca de tener planeado ir a la sala de archivos para matar a su prima. Y si la señorita Bolam ya estaba muerta antes de la llamada, la cosa sigue sin tener sentido. Supongamos que yo hubiera empezado a husmear por allí y hubiera descubierto el cadáver. ¡A lo mejor al asesino no le interesaba que se descubriera el cadáver tan pronto! De todos modos, no bajé hasta haber terminado con el correo. Afortunadamente para mí, yo había salido a echarlo. El buzón está justo al otro lado de la calle, pero generalmente suelo bajar hasta Beefsteak Street para comprar el *Standard*. Seguramente el del quiosco debe de acordarse.

Jennifer había regresado en el momento en que pronunciaba las últimas palabras. Se había cambiado y llevaba un sencillo vestido de lana.

—Fue la discusión por lo de tu periódico lo que ocasionó los nervios de Cully —dijo, abrochándose el cinturón—. Tenías que habérselo dejado cuando te lo pidió, cariño. Sólo quería mirar lo de los caballos.

—Es un viejo avaro —dijo Nagle sin rencor—. Haría lo que fuera para ahorrarse tres peniques. ¿Por qué no se compra el periódico de vez en cuando? Así que estoy en la puerta, ya está tendiéndome la mano para pedírmelo.

–Aun así, fuiste bastante grosero con él, cariño. Aparte de que a ti tampoco te interesaba demasiado, porque sólo lo hojeamos un poco abajo y luego lo utilizamos para envolver la comida de *Tigger*. Ya sabes cómo es Cully. La menor contrariedad le afecta el estómago.

Nagle expresó la opinión que le merecía el estómago de Cully no sólo con contundencia, sino con originalidad. La señorita Priddy miró a Dalgliesh como invitándole a admirar las extravagancias del ingenio de Nagle.

–¡Peter! ¡Realmente, cariño, eres imposible! –se quejó.

Hablaba con indulgencia afectada, como la mujercita que se permite dedicar a alguien una suave regañina. Dalgliesh miró a Nagle para ver cómo lo soportaba, pero parecía que el pintor no había oído nada. Seguía sentado, inmóvil, sobre la cama, mirándolos desde arriba. Vestido con aquellos pantalones marrones de lino, el grueso jersey azul y las sandalias, seguía pareciendo tan formal y tan pulcro como cuando llevaba el uniforme de vigilante, con aquellos apacibles ojos tranquilos y los largos y fuertes brazos relajados.

Bajo su mirada la chica se movía, incansable, por el estudio, ahora tocando con un alegre sentido de posesión el marco de un cuadro, ahora pasando sus dedos por la repisa de la ventana, ahora cambiando un jarrón de dalias de una a otra repisa. Era como si tratara de imponer suaves toques de femineidad en aquel disciplinado taller masculino, como para demostrar que aquélla era su casa, que aquél era su ambiente natural. No le incomodaba en absoluto que hubiera allí los cuadros en los que aparecía su cuerpo desnudo..., quizás incluso le satisfacía aquel exhibicionismo indirecto.

–¿Recuerda si alguien llamó al señor Nagle mientras estaba en la oficina con usted, señorita Priddy? –preguntó de pronto Dalgliesh.

La chica pareció sorprendida, pero se dirigió a Nagle despreocupadamente:

—La enfermera Bolam te llamó por lo de la ropa, ¿no? Yo volvía de consultar unos archivos... sólo había estado fuera unos segundos... y te oí decir que estabas a punto de salir y que bajarías cuando regresaras. Luego colgaste —dijo riéndose— y dijiste no sé qué inconveniencia sobre las enfermeras que pretendían que estuvieras siempre a su entera disposición, ¿te acuerdas?

—Sí —dijo Nagle—. ¿Alguna otra pregunta, superintendente? —dijo, dirigiéndose a Dalgliesh—. Jenny tiene que estar en su casa pronto y normalmente la acompaño parte del camino. Sus padres no saben que viene a verme.

—Sólo una o dos más. ¿Alguno de ustedes tiene alguna idea de por qué la señorita Bolam quería hablar con el secretario?

La señorita Priddy negó con la cabeza.

—Sea lo que fuere, no tenía nada que ver con nosotros —dijo Nagle—. No sabía que Jenny posaba para mí pero, aunque se hubiera enterado, no por esto habría mandado a buscar a Lauder. No era tonta y sabía que no podía meterse en lo que pudiera hacer el personal en su tiempo libre. Al fin y al cabo, cuando se enteró de lo del doctor Baguley y la señorita Saxon no fue tan imbécil como para ir con el cuento a Lauder.

Dalgliesh no le preguntó a quién había ido con el cuento la señorita Bolam.

—Tenía que tratarse de algo relacionado con la administración de la clínica. ¿Saben de algo raro que hubiera ocurrido últimamente?

—Nada, sólo lo de nuestro famoso merodeador y lo del robo de las quince libras, pero eso también lo sabe usted.

—Todo esto no tiene nada que ver con Peter —soltó la chica inmediatamente, como a la defensiva—. Ni siquiera estaba en la clínica cuando llegaron las quince libras. ¿Te acuerdas, cariño? —dijo dirigiéndose a Nagle—. Fue la mañana que te quedaste atrapado en el metro. ¡Si ni siquiera sabías lo del dinero!

Evidentemente, había dicho algo inconveniente. La chispa de rabia en aquellos ojos de color marrón tierra había sido fugaz, pero a Dalgliesh no se le escapó. Nagle hizo una pausa antes de hablar pero la voz sonó perfectamente controlada.

—Me enteré en seguida. Todo el mundo se enteró. Con todo el jaleo sobre quién las había enviado y la discusión sobre quién iba a gastarlas todo el maldito centro tuvo que enterarse —dijo mirando a Dalgliesh—. ¿Ha terminado?

—No. ¿Sabe usted quién mató a la señorita Bolam?

—Me alegra decirle que no tengo ni idea, pero no creo que haya sido ninguno de los psiquiatras. Esos chicos son el mejor motivo que se me ocurre para permanecer cuerdo, pero no me los imagino matando a nadie. No tienen agallas suficientes.

Una persona muy distinta había dicho algo muy parecido. Al llegar a la puerta, Dalgliesh se detuvo y miró a Nagle. Él y la chica estaban sentados uno al lado del otro sobre la cama, tal como los había encontrado al llegar y, si ninguno de los dos movió un solo dedo para ir a despedirle, por lo menos Jenny le dirigió una alegre sonrisa.

Dalgliesh les hizo la última pregunta que todavía le quedaba:

—¿Por qué fue a tomar una copa con Cully la noche del robo?

—Porque Cully me lo pidió.

—¿No le pareció raro que le invitara?

—Tan raro que fui más que nada por curiosidad, para ver qué pasaba.

—¿Y qué pasó?

—En realidad, nada. Cully me pidió que le prestara una libra, yo me negué y, mientras la clínica estaba vacía, alguien se coló dentro. Pero no veo cómo Cully podía haberlo previsto, aunque quizá lo hizo. De todos modos, no veo qué relación puede tener esto con el ascsinato.

A primera vista, Dalgliesh tampoco la veía. Mientras bajaba las escaleras pensó con resquemor en lo rápido que pasaba el tiempo, en cómo lo malgastaba y en la cantidad de horas que tendrían que transcurrir antes de que llegara el lunes por la mañana, cuando la clínica volvería a abrir sus puertas y todos los sospechosos estarían de nuevo reunidos en el lugar donde seguramente eran más vulnerables. Pero los últimos cuarenta minutos habían sido provechosos y estaba empezando a desenmarañar el hilo conductor de aquella enredada madeja. Al pasar por el tercer piso oyó al pianista interpretando a Bach, y Dalgliesh se detuvo un momento a escuchar. En realidad, la música polifónica era la única que le gustaba de verdad; sin embargo, el pianista dejó de tocar de pronto con un estrépito de notas desafinadas. Luego, no oyó nada más. Siguió bajando las escaleras en silencio y salió del tranquilo edificio sin que nadie le viera.

Cuando el doctor Baguley llegó a la clínica para asistir a la reunión de la Junta Médica, el aparcamiento reservado a los médicos ya estaba casi lleno. El Bentley del doctor Etherege estaba aparcado junto al Rolls de Steiner y, al otro lado, había un destartalado Vauxhall que revelaba que la doctora Albertine Maddox había decidido acudir.

En la sala de sesiones del primer piso, las cortinas estaban corridas sobre el cielo azul oscurísimo de octubre. En el centro de una sólida mesa de caoba había un jarrón lleno de rosas. Baguley recordó que la señorita Bolam siempre se encargaba de que hubiera rosas en las reuniones de la Junta Médica. Al parecer había quien había decidido mantener la costumbre. Las rosas eran esbeltas, delicados capullos de otoño, enhiestos y sin perfume, en el extremo de unos tallos sin espinas. Dentro de un par de días se abrirían en una efímera y estéril floración y no habría pasado una semana que ya estarían marchitas. Baguley pensó que una flor tan extravagante y evocadora como aquélla no se ajustaba nada al talante de la reunión, aunque la imagen del jarrón vacío habría resultado terriblemente insoportable e incómoda.

—¿Quién se ha encargado de las rosas? —preguntó.

—Creo que la señora Bostock —dijo la doctora Ingram—. Cuando he llegado, estaba aquí preparando la sala.

—¡Admirable! —dijo el doctor Etherege, acariciando con el dedo uno de los capullos con tal suavidad que el tallo ni siquiera se movió.

El doctor Baguley se preguntó si el comentario se refería a la calidad de las rosas o a la delicadeza de la señora Bostock al encargarse de proporcionarlas.

—A la señorita Bolam le gustaban mucho las rosas, pero que mucho... —dijo el director mirando a su alrededor, como si estuviera retando a sus colegas a llevarle la contraria—. Bueno —añadió—, ¿empezamos?

El doctor Baguley, en su calidad de secretario honorario, se sentó a la derecha del doctor Etherege, en tanto que el doctor Steiner tomaba asiento a su lado. La doctora Maddox se sentó a la derecha del doctor Steiner. No había ningún otro médico, pues los doctores McBain y Mason-Giles estaban en los Estados Unidos, en un congreso. El resto del personal médico, dividido entre la curiosidad y las pocas ganas de interrumpir su descanso de fin de semana, al parecer había decidido esperar pacientemente hasta el lunes. El doctor Etherege había creído conveniente telefonearlos a todos y hacerles saber que había una reunión; de ese modo tuvo ocasión de presentar formalmente sus excusas en nombre de ellos, excusas que fueron aceptadas con la misma seriedad.

Albertine Maddox había ejercido como cirujana y había gozado de mucho prestigio antes de diplomarse como psiquiatra. El hecho de que la doble titulación de la doctora Maddox realzara su importancia ante los ojos de sus colegas quizá era típico de la ambivalencia de estos últimos en relación con su propia especialidad. La doctora Maddox representaba a la clínica ante la Junta Consultiva del Centro Médico, en la que ella defendía a la Clínica Steen contra los ataques ocasionales de médicos y cirujanos con tal ingenio y tesón que hacían de ella una persona respetada y temida. No participaba en la controversia de la clínica de los freudianos versus los eclécticos y, como había observado el doctor Baguley, se mostraba igualmente rigurosa con ambos bandos. Sus pacientes la adoraban, si bien eso no impresionaba a sus colegas, pues estaban acostumbrados a que sus pacientes los adorasen y se limitaban a conceder que Albertine era especialmente hábil cuando se trataba de hacerse cargo de una importante situación de transferencia. Físicamente era rolliza y tenía el pelo gris, es decir era una mujer adocenada que parecía lo que era en realidad: una agradable madre de familia. Tenía cinco hijos: los chicos, inteligentes y triunfadores; las chicas, bien casadas. Su marido, de aspecto insignificante, y sus hijos la trataban con una solicitud tolerante y ligeramente divertida que nunca dejaba de sorprender a sus colegas de la Clínica Steen, para los que era una personalidad de categoría. Allí estaba, sentada con *Hector*, su viejo pequinés, malévolamente acurrucado en su regazo, con un aire tan expectante como un ama de casa de pueblo que asistiera a una fiesta campestre.

—Pero dime la verdad, Albertine, ¿era necesario que vinieras con *Hector*? —dijo el doctor Steiner irritado—. No quiero ser grosero, pero este animal está empezando a apestar. Sería mejor que acabaras con él de una vez.

—Muchas gracias, Paul —respondió la doctora Maddox, con su voz modulada y profunda—, acabaré con *Hector* como tan eufemísticamente describes el hecho, cuando vea que ha dejado de encontrar agradable la vida, pero me temo que todavía no ha llegado el momento. No tengo por costumbre matar a los seres vivos únicamente porque algunos de sus atributos físicos me sean desagradables y, añadiría incluso, que tampoco porque se hayan convertido en un estorbo.

—Ha sido muy amable de tu parte asistir esta noche a la

reunión, Albertine –atajó el doctor Etherege–. Siento haberte avisado con tan poco tiempo de antelación.

Hablaba sin ironía, a pesar de que sabía tan bien como sus colegas que la doctora Maddox únicamente acudía a una de cada cuatro reuniones de la junta por la sencilla razón –que ella no se molestaba en esconder– de que su contrato con el Consejo Regional no contenía ninguna cláusula que la obligara a una sesión mensual de aburrimiento aderezado con la charlatanería habitual en estos casos y porque la presencia de más de un psiquiatra ponía enfermo a *Hector*. La veracidad de esta última afirmación había quedado demostrada en demasiadas ocasiones como para querer desmentirla.

–Ya sabes que soy miembro de esta junta, Henry –respondió la doctora Maddox amablemente–. ¿Acaso hay algún motivo que me permitiera ahorrarme el esfuerzo de acudir?

La mirada que dirigió a la doctora Ingram daba a entender que no todos los presentes tenían el mismo derecho. Mary Ingram era la esposa de un médico que vivía en las afueras de la ciudad, y trabajaba en la Clínica Steen dos veces por semana como anestesista en las sesiones de T.E.C. Como no era ni psiquiatra ni consultora, no solía estar presente en las reuniones de la Junta Médica.

–La doctora Ingram –dijo el doctor Etherege, que había interpretado la mirada correctamente– ha tenido la amabilidad de acudir esta tarde a la reunión a petición mía. Como es natural, el tema principal de esta reunión está relacionado con el asesinato de la señorita Bolam y hay que tener presente que la doctora Ingram se encontraba en la clínica el viernes por la tarde.

–Pero, por lo que he oído decir, no es sospechosa –respondió la doctora Maddox–, y la felicito por ser el único miembro del personal médico que ha podido presentar una coartada satisfactoria.

Miró a la doctora Ingram con severidad, dando a entender con el tono de voz que una coartada era, de por sí, motivo de sospecha y con mayor motivo si venía del miembro del personal de menor rango, puesto que los tres médicos de más alto rango habían sido incapaces de presentar ninguna. Nadie le preguntó cómo se había enterado de lo de la coartada, ya que se supuso que había estado hablando con la hermana Ambrose.

–Es ridículo hablar de coartadas, como si la policía pudiera considerarnos seriamente como sospechosos –dijo el doctor Steiner, displicente–. Lo que ocurrió me parece a mí de lo más evidente. El asesino estaba escondido en el sótano esperándola. Es cosa que todos sabemos. A lo mejor había estado allí horas y horas, o quizá desde el día anterior. Quizá pasó por delante de Cully con uno de los pacientes, haciéndose pasar por un familiar o por un ayudante de ambulancia. O se introdujo en el edificio durante la noche. Al fin y al cabo, ya ha ocurrido otras veces. Y ya en el sótano, tendría todo el tiempo del mundo para averiguar qué llave abría la puerta de la sala de historiales y para elegir el arma homicida. El fetiche y el escoplo no estaban escondidos.

–¿Y cómo explicas que el asesino desconocido al que te refieres saliera del edificio? –preguntó el doctor Baguley–. Nosotros registramos el edificio a conciencia antes de que llegara la policía y los agentes lo volvieron a registrar. Recuerda que tanto la puerta del sótano como la del primer piso estaban cerradas con cerrojo desde dentro.

–Subió por el hueco del ascensor izándose con la cuerda de la polea y luego salió por una de las puertas que conducen a la salida de incendios –respondió el doctor Steiner, jugando su mejor carta con cierta desenvoltura–. He examinado el ascensor y esta suposición cabe dentro de lo posible. Un hombre bajito... o una mujer claro está... pudo colarse por el techo de la caja del ascensor hasta llegar al hueco. Las cuerdas son lo suficientemente gruesas para soportar un peso considerable y la escalada no debe de resultar difícil para cualquier persona medianamente ágil. Tiene que haber sido una persona delgada, claro... –dijo mirando su redonda barriga con complacencia.

—Es una teoría muy bonita —dijo el doctor Baguley— pero, desgraciadamente, todas las puertas que dan a la salida de incendios también estaban cerradas por dentro.

—No existe ningún edificio del que un hombre desesperado y experimentado no sea capaz de salir o en el que no pueda entrar —proclamó el doctor Steiner, como si hablara por propia experiencia—. Pudo salir por cualquiera de las ventanas del primer piso e ir bordeando el edificio por la cornisa hasta llegar a la salida de incendios. Lo que quiero decir es que el asesino no tiene por qué ser necesariamente un miembro del personal que estaba de servicio ayer por la tarde.

—Pude haber sido yo, por ejemplo —dijo la doctora Maddox.

El doctor Steiner se quedó impertérrito.

—Eso que dices, Albertine, no tiene ningún sentido. Yo no estoy acusando a nadie. Únicamente me limito a haceros ver que el círculo de sospechosos es menos restringido de lo que la policía parece creer. Deberían dirigir sus investigaciones hacia la vida privada de la señorita Bolam. Es evidente que tenía un enemigo.

—Afortunadamente para mí —dijo la doctora Maddox, que no tenía la intención de cambiar de tema—, anoche estuve en el concierto de Bach del Royal Festival Hall con mi marido y antes del concierto fuimos a cenar. Y si el testimonio de Alasdair en mi favor podría ser sospechoso, también estaba con mi cuñado, que resulta que es obispo. Un obispo de la Alta Iglesia —añadió complacida, como si el incienso y la casulla fueran el sello que avalara la virtud y veracidad episcopales.

—Sentiría un gran alivio —dijo el doctor Etherege sonriendo amablemente— si tuviera aunque sólo fuera un cura evangelista que pudiera responder de mis acciones entre las seis y cuarto y las siete de la tarde de ayer. ¿Pero no os parece que estamos perdiendo el tiempo con tanta elucubración? El crimen se encuentra en manos de la policía y en ellas debemos dejarlo. Lo que más nos importa en este momento es discutir las consecuencias que el hecho puede tener para la función de la clínica y, especialmente, considerar la sugerencia del presidente y del secretario con respecto a que la señora Bostock desempeñe de momento el cargo de oficial administrativa. Pero será mejor que vayamos por orden. ¿Estáis de acuerdo en que firme las actas de la última reunión?

Se produjo el murmullo poco entusiasta, pero aquiescente, que suelen provocar este tipo de preguntas y el director cogió el libro de actas y lo firmó.

–¿Cómo es el hombre? –soltó la doctora Maddox de pronto–. Me refiero al superintendente.

La doctora Ingram, que no había hablado hasta entonces, respondió inesperadamente.

–Yo diría que tiene unos cuarenta años. Es alto y moreno. Tiene una voz agradable y unas manos bonitas.

Inmediatamente se puso rabiosamente colorada al darse cuenta de que, para un psiquiatra, el comentario más inocente podía ser tremendamente revelador. Aquel comentario sobre las manos bonitas del superintendente quizá había sido una equivocación. Haciendo caso omiso de las características físicas de Dalgliesh, el doctor Steiner se embarcó en un examen psicológico del superintendente, al que sus colegas psiquiatras prestaron la cortés atención propia de unos expertos interesados en las teorías de un compañero. Si Dalgliesh hubiera estado presente, le hubiera sorprendido e intrigado la exactitud y la penetración del diagnóstico del doctor Steiner.

–Pienso que es un hombre tozudo y también inteligente –dijo el director–, lo que significa que sus errores serán siempre los errores de un hombre inteligente, que son siempre los más peligrosos. Por nuestro propio bien, mejor será que no cometa ninguno. Este asesinato y la publicidad que traerá consigo pueden afectar a los pacientes y al trabajo de la clínica, todo lo cual nos conduce de nuevo a la señora Bostock.

—Siempre me ha gustado más Bolam que Bostock —dijo la doctora Maddox—. Sería una lástima que hubiéramos perdido una mala oficial administrativa, por muy penosa y accidental que haya sido la forma de perderla, únicamente para cargarnos con otra.

—Estoy de acuerdo contigo —dijo el doctor Baguley—. Personalmente, de las dos, siempre he preferido a Bolam. Claro que esto sólo sería un arreglo temporal, porque la vacante tendrá que anunciarse. De momento alguien tendrá que sustituirla y, por lo menos, la señora Bostock conoce el trabajo.

—Lauder ha dejado bien claro —dijo el doctor Etherege— que la Junta Médica del hospital no apoyaría la candidatura de una persona ajena a la casa hasta que la policía haya terminado la investigación, aunque encontraran a alguien dispuesto a ocupar el cargo. No queremos más líos, ya tendremos suficientes problemas que afrontar. Y esto me recuerda el problema de la prensa. Lauder sugirió, y yo estoy de acuerdo con él, que todas las manifestaciones se dirijan al cuartel general del grupo y que nadie haga ninguna declaración. Parece la mejor solución. Por el bien de los pacientes, es importante que no haya periodistas paseándose por la clínica. La terapia ya se resentirá bastante sin necesidad de tener que pasar por todo esto. ¿Puedo contar con la afirmación formal de esta decisión por parte de la junta?

Sí, podía contar con ella. A nadie parecía entusiasmarle la idea de tener que enfrentarse con la prensa. Sin embargo, el doctor Steiner no participó del murmullo general de asentimiento, pues sus pensamientos todavía estaban ocupados con el problema de la sucesora de la señorita Bolam.

—No alcanzo a comprender —dijo el doctor Steiner, displicente— el porqué de esta animosidad de la doctora Maddox y del doctor Baguley contra la señora Bostock. Ya había reparado en ella otras veces. Resulta ridículo compararla desfavorablemente con la señorita Bolam. No hay duda con respecto a cuál de las dos era o es la administradora más conveniente para la clínica. La señora Bostock es una mujer muy inteligente, psicológicamente estable, eficiente y, además, aprecia verdaderamente la importancia del trabajo que realizamos en esta casa. Nadie habría podido decir lo mismo de la señorita Bolam. A veces su actitud con los pacientes era de lo más desafortunada.

—No sabía que la señorita Bolam tuviera mucho contacto con los pacientes —dijo el doctor Baguley—. De todos modos, ninguno de mis pacientes se había quejado nunca de ella.

—A veces concertaba visitas y reembolsaba los gastos de desplazamiento. No me sorprende que tus pacientes no se percataran de sus procedimientos, pero los míos son muy diferentes. Son gente más sensible ante este tipo de cosas. El señor Burge, por ejemplo, me lo comentó un día.

La doctora Maddox se echó a reír desconsideradamente.

—Conque Burge, ¿eh? ¿De modo que todavía viene? Me parece que su nuevo libro tiene que aparecer en diciembre. Será muy interesante comprobar si tus esfuerzos han conseguido mejorar su prosa, Paul. Si es así, habrá que admitir que se trata de dinero público bien empleado.

El doctor Steiner estalló en una protesta ofendida. Tenía sometidos a tratamiento a un buen número de escritores y artistas, entre ellos algunos protegidos de Rosa que aspiraban a beneficiarse de un poco de psicoterapia gratis. A pesar de que era un hombre entendido en arte, su natural buen sentido crítico fracasaba estrepitosamente cuando se trataba de sus pacientes. No podía soportar que los criticaran, vivía en la eterna esperanza de que un día, finalmente, acabaría reconociéndose el talento que poseían y saltaba inmediatamente en su defensa. El doctor Baguley pensaba que ésa era una de las mejores virtudes del doctor Steiner y que, en cierto sentido, delataba una conmovedora ingenuidad. El doctor Steiner se embarcó en una confusa defensa del carácter y estilo prosístico de su paciente.

—El señor Burge es un hombre de una sensibilidad y un talento admirables —dijo para terminar—, que se siente muy angustiado por su incapacidad de mantener una relación sexual satisfactoria... especialmente con sus esposas.

Aquel desafortunado comentario era probable que incitara a la doctora Maddox a mostrarse todavía más grosera. Decididamente, aquélla era su noche pro-ecléctica, pensó el doctor Baguley.

–¿Por qué no olvidamos nuestras disparidades profesionales por un momento y nos concentramos en el asunto que nos ocupa? –dijo el doctor Etherege con aire conciliador–. Steiner ¿tienes alguna objeción que plantear en contra de la aceptación de la señora Bostock como oficial administrativa temporal?

–Esta pregunta es pura formalidad –contestó el doctor Steiner malhumorado–. Si el secretario desea que resulte elegida, lo será. Esta farsa de hacer ver que se nos consulta me parece ridícula. No tenemos ninguna autoridad para aprobar ni para desaprobar nada. Eso ya me lo dejó claro Lauder cuando, el mes pasado, recurrí a él para pedirle que trasladaran a la señorita Bolam.

–No sabía que habías ido a verle en relación con este punto –dijo el doctor Etherege.

–Hablé con él después de la reunión celebrada en septiembre por la Junta de la Casa. Fue meramente una propuesta de tanteo.

–Y seguro que fue recibida con un contundente desaire –dijo Baguley–. Hubiera sido mucho más prudente mantener la boca cerrada.

–O plantear la cuestión en esta junta –dijo Etherege.

–¿Para qué? –gritó Steiner–. ¿Qué ocurrió la última vez que me quejé de la señorita Bolam? ¡Nada de nada! Todos admitisteis que no era la persona adecuada para desempeñar el cargo de oficial administrativa. Todos estuvisteis de acuerdo... bueno, si no todos, por lo menos la mayoría... con respecto a que la señora Bostock... o incluso una persona de fuera, sería mucho mejor que ella. Pero a la hora de pasar a los hechos, nadie quiso estampar su firma en una carta dirigida a la Junta Directiva del hospital. ¡Y todos sabéis muy bien por qué! ¡Esa mujer os tenía aterrorizados! ¡Sí, aterrorizados!

—Tenía algo de intimidatorio —dijo la doctora Maddox ante una oleada de rabiosas negativas—. Puede que fuera a causa de aquella exagerada y tan poco natural rectitud que poseía. A ti te afectaba tanto como a los demás, Paul.

—Seguramente, pero traté de hacer algo en relación con ella. Fui a hablar con Lauder.

—Yo también hablé con él —dijo el doctor Etherege tranquilamente— y, probablemente, con mejores resultados. Dejé bien claro que en esta junta nos dábamos cuenta de que no teníamos ningún control sobre el personal administrativo, pero dije también que, como psiquiatra y presidente de esta junta, consideraba que la señorita Bolam no me parecía, por su carácter, apta para el cargo que ocupaba y sugerí que sería aconsejable su traslado por su propio bien. En cuanto a su eficiencia, no había nada que criticar y no dije nada. Lauder se mostró reservado, por supuesto, pero creo que sabía perfectamente que yo estaba en mi perfecto derecho al presentar aquella propuesta y me parece que la tomó en consideración.

—Teniendo en cuenta la natural prudencia de este hombre —dijo la doctora Maddox—, su desconfianza en relación con los psiquiatras y la rapidez que caracteriza sus decisiones de carácter administrativo, supongo que nos habríamos librado de la señorita Bolam dentro de dos años. Evidentemente, hay quien ha precipitado los acontecimientos.

De pronto, habló la doctora Ingram. Su carita sonrosada y un tanto estúpida subió de color de un modo absolutamente inadecuado. Estaba sentada muy erguida y las manos, enlazadas encima de la mesa, le temblaban.

—No me gusta que digáis todas esas cosas. No... no está bien. ¡La señorita Bolam está muerta, ha sido brutalmente asesinada y vosotros estáis aquí sentados, hablando de todo esto como si nada! Ya sé que no era una persona fácil de tratar pero ahora está muerta y no me parece que éste sea el momento adecuado para decir groserías contra ella.

La doctora Maddox miró a la doctora Ingram con interés y con una cierta sorpresa, como si estuviera ante una criatura excepcionalmente estúpida que, por unas circunstancias imprevistas, había conseguido hacer un comentario inteligente.

—Veo que compartes la superstición que prohíbe decir la verdad en relación con los muertos —dijo—. Siempre me han interesado los orígenes de una creencia tan atávica como ésta. Tenemos que hablar del tema algún día... me gustaría conocer tu opinión.

La doctora Ingram, roja de bochorno y casi a punto de llorar, ponía una cara como si la charla que su colega le estaba proponiendo fuera un privilegio al que prefería renunciar.

—¿Groseros con ella? —dijo el doctor Etherege—. Me apenaría mucho pensar que alguno de nosotros pudiera ser considerado grosero. Pero lo que sí es verdad es que hay ciertas cosas que no es preciso decir. No hay ni un solo miembro de esta junta que no se sienta horrorizado ante la brutalidad gratuita del asesinato de la señorita Bolam y que no deseara que ella volviera a estar entre nosotros a pesar de sus defectos como administradora.

Aquel alarde de sensiblería era demasiado flagrante para pasar inadvertido. Como si se sintiera consciente de pronto de la sorpresa y desconcierto que había provocado, añadió:

—¿No os parece? ¿No os parece? —con tono retador.

—Por supuesto —dijo el doctor Steiner, conciliador, pero sus astutos ojillos se movieron hacia un lado hasta encontrar la mirada del doctor Baguley.

Había incomodidad en aquella mirada, pero Baguley reconoció también en ella un resabio de divertida malicia. El director no estaba llevando la reunión con demasiada inteligencia. Había permitido que Albertine Maddox se le escapara de las manos y su control sobre la junta era menos firme que antes. Lo más patético de todo, pensaba Baguley, era que Etherege era sincero. Él creía en todas y cada una de sus palabras. Sentía —al igual que todos los demás— un verdadero horror ante la violencia. Por otra parte, era un hombre misericordioso, que se sentía impresionado y entristecido ante la sola idea de una mujer indefensa brutalmente asesinada. Pero sus palabras sonaban a falso. Se refugiaba en los formalismos y deliberadamente trataba de bajar el tono emocional de la reunión procurando convertirla en una asamblea trivial, pero lo único que conseguía era parecer falso.

Tras la salida que había tenido la doctora Ingram, la reunión pareció perder su fuerza. De vez en cuando, el doctor Etherege hacía un esfuerzo espasmódico para controlarla y la conversación entonces se hacía inconexa y aburrida, iba saltando de un tema a otro, aunque siempre, de modo inevitable, acababa volviendo al asesinato. Reinaba el sentimiento general de que la Junta Médica tenía que expresar una opinión unánime. Saltando de una teoría a otra, la junta acabó aceptando finalmente la propuesta del doctor Steiner. Era evidente que el asesino había entrado en la clínica por la mañana temprano, cuando todavía no funcionaba el sistema de registro de las entradas y salidas de la gente. Tras esconderse en el sótano, pudo elegir el arma tranquilamente y marcar el número de la extensión telefónica de la señorita Bolam gracias al cartelito que estaba colgado junto al teléfono. Luego se había trasladado a los pisos superiores sin ser visto y había escapado a través de una de las ventanas, cerrándola tras de sí antes de ganar la salida contra incendios. No se hizo demasiado hincapié en subrayar que este sistema exigía una suerte considerable, combinada con una agilidad notable y poco usual. La teoría se había elaborado bajo el liderazgo del doctor Steiner. La llamada telefónica de la señorita Bolam al secretario se descartó por irrelevante. Seguramente pretendía quejarse de algún delito menor absolutamente insignificante, real o imaginario, que no tenía nada que ver con su muerte. La hipótesis de que el asesino se había escapado subiendo por el hueco del ascensor gracias a las poleas se descartó unánimemente como algo totalmente fantasioso si bien, tal como señaló la doctora Maddox, para un hombre capaz de cerrar un gran ventanal mientras permanecía en equilibrio en el alféizar de la ventana y que luego tenía que recorrer casi un metro hasta llegar a la salida contra incendios, era difícil que el hueco del ascensor fuera un problema insuperable.

El doctor Baguley, cansado de su participación en la fabricación de aquel mítico asesino, tenía los ojos entrecerrados y miraba el jarrón de rosas a través de los párpados bajados. Los pétalos de las flores se habían ido abriendo lentamente, casi de un modo visible, debido al calor de la habitación. El rojo, el verde y el rosa se confundían en un estampado amorfo de colores que, al desplazar la mirada, veía reflejado en la mesa reluciente. De pronto abrió los ojos y vio que el doctor Etherege le miraba fijamente. Había preocupación en aquella mirada profunda y analítica y el doctor Baguley pensó que había también un atisbo de tristeza.

—Algunos de los presentes —dijo el director— ya tienen bastante por hoy y creo que yo también. Si nadie tiene otro asunto urgente que discutir, declaro cerrada la sesión.

El doctor Baguley pensó que no fue una casualidad que el director fuera demorando la salida y que, al fin, se encontraran los dos solos en la habitación.

—Bueno, James —dijo el doctor Etherege, mientras iba cerciorándose de que todas las ventanas estaban bien cerradas—, ¿has decidido ya si piensas sucederme como director?

—Habría que preguntar más bien si pienso optar al cargo cuando se anuncie, ¿no? —dijo el doctor Baguley—. ¿Qué hay de Mason-Giles o de McBain? —preguntó.

—A Mason-Giles no le interesa. El cargo implica un número máximo de sesiones, claro está, y no quiere dejar su contacto con la enseñanza en el hospital. Y McBain está muy ocupado con su nuevo centro regional para adolescentes.

Era típico de la insensibilidad del director que no tratara de suavizar el hecho de que ya había probado con otros antes que él. Baguley pensó que estaba apurando el fondo del tonel.

–¿Y Steiner? –preguntó–. Porque supongo que se presentará...

El director sonrió.

–No creo que la Junta Regional nombre al doctor Steiner. La clínica es un centro multidisciplinario y necesitamos a alguien capaz de mantener la cohesión de la institución. Y puede que se produzcan bastantes cambios... ya sabes lo que opino yo de todo esto. Si tiene que haber una mayor integración entre la psiquiatría y la medicina general, este lugar tendrá que sacrificarse por un fin más elevado. Tendríamos que tener acceso a los pacientes internados y es posible que la Clínica Steen encuentre su lugar natural en el departamento para pacientes externos de un hospital general. No digo que sea probable, pero sí que es posible.

¿De modo que eso era lo que pensaba la junta? El doctor Etherege tenía puestas las antenas. Un centro pequeño para pacientes externos sin archivadores, sin función educativa y sin ninguna relación con el hospital general podía muy bien parecer anacrónico a ojos de sus planificadores.

–A mí no me importa el lugar donde yo visite a mis pacientes –dijo Baguley–, siempre que disponga de paz y tranquilidad, de cierta tolerancia y de una dosis no demasiado grande de palabrería jerárquica y de ropa blanca almidonada. La idea de que haya centros psiquiátricos en los hospitales generales mc parcce muy bien, siempre y cuando estos hospitales tengan en cuenta lo que vamos a necesitar en cuanto a personal y a espacio. Estoy demasiado cansado para luchar. De hecho –dijo, mirando al director–, ya tenía más o menos decidido no presentarme. Ayer por la tarde te llamé a tu despacho desde la sala de médicos para preguntarte si podíamos charlar un poco sobre el tema después del trabajo.

–¿Ah, sí? ¿A qué hora?

—Hacia las seis y veinte o seis y veinticinco, pero no contestó nadie. Pero, claro, después tuvimos otras cosas de qué hablar...

—Debía de estar en la biblioteca —dijo el director—. Y me alegro de que estuviera allí si ello significa que has tenido tiempo suficiente para reconsiderar tu decisión. Y espero sinceramente que la reconsideres, James.

Apagó las luces y bajaron juntos. Al llegar abajo, el director se volvió hacia Baguley.

—¿A las seis y veinte dices que me llamaste? —preguntó—. Me parece muy interesante, pero que muy interesante.

—Bueno, supongo que debió de ser hacia esa hora.

Enfadado y sorprendido, el doctor Baguley se dio cuenta de que era él, no el director médico, el que parecía culpable e incómodo y le invadieron unas ganas terribles de salir de la clínica, de escapar de aquella mirada azul e inquisitiva tan dada a ponerlo en una situación de desventaja. Pero antes tenía que decir algo más. Al llegar a la puerta, se obligó a pararse y a enfrentarse con el doctor Etherege aunque, a pesar de sus esfuerzos por parecer despreocupado, su voz sonó forzada, beligerante incluso.

—Me pregunto si habría que hacer algo con la enfermera Bolam.

—¿Como qué? —preguntó el director apaciblemente—. Todos los miembros del personal —añadió, al no recibir respuesta alguna— saben que pueden venir a verme cuando quieran, pero no quiero provocar confidencias. Aquí se están haciendo pesquisas para aclarar un asesinato, James, y el asunto está totalmente fuera de mis manos. Creo que sería más prudente que adoptaras la misma actitud que yo. Buenas noches.

6

El lunes por la mañana temprano, día del aniversario de la muerte de su esposa, Dalgliesh entró en una pequeña iglesia católica situada detrás del Strand para encender un cirio. Su esposa era católica. Él nunca había compartido su religión y ella había muerto antes de que él empezara a comprender qué significaba la religión para ella o qué importancia podía tener aquella diferencia básica que existía entre los dos para su matrimonio. El primer cirio lo había encendido el día de su muerte, llevado por la necesidad de dar forma a un dolor intolerable, y quizá empujado por la esperanza infantil de que con ello confortaría de algún modo el espíritu de su mujer. Aquél era el cirio número catorce. Pensó en aquel gesto tan íntimo de su vida, tan independiente y reservada, no como en algo supersticioso o piadoso, sino como en un hábito que ya no podía romper por mucho que lo deseara. Pocas veces soñaba con su mujer pero siempre con absoluta claridad, aunque al despertarse nunca podía recordar exactamente su rostro. Echó una moneda en la ranura y acercó la mecha del cirio a la llama vacilante de un cabo ya moribundo. Prendió de inmediato y la llama creció resplandeciente y clara. Siempre le había parecido importante que la llama prendiera al primer intento. Miró un momento a través de aquella lengua de fuego, y no sintió nada, ni siquiera indignación. Luego se marchó.

La iglesia estaba casi vacía, pero encerraba para él una atmósfera de actividad intensa y silenciosa que sentía, pero que no podía compartir. Al dirigirse hacia la puerta reconoció a una mujer, vestida con un abrigo rojo y un pañuelo verde oscuro en la cabeza, que humedecía sus dedos en la pila del agua bendita. Era Fredrica Saxon, la psiquiatra de la Clínica Steen. Llegaron juntos a la puerta de salida y él se la abrió al tiempo que eran recibidos por una ráfaga repentina de viento otoñal. La mujer le sonrió amistosamente y sin muestras de contrariedad.

—¡Hola! Nunca le había visto por aquí.

—Es que sólo vengo una vez al año —contestó Dalgliesh. Él no le dió ninguna explicación más y ella tampoco hizo más preguntas.

—Quería hablar con usted —dijo ella—. Hay algo que creo que debería saber. ¿Está libre? Si lo está, ¿podría saltarse un poco las normas para hablar con una sospechosa en un bar? Preferiría no tener que ir a su despacho y no es fácil, en la clínica, pedir hora para una entrevista. De todos modos, necesito un café. Estoy helada.

—Creo que hay un sitio adecuado al doblar la esquina —dijo Dalgliesh—. El café es potable y es un lugar bastante tranquilo.

La cafetería había cambiado mucho en un año. Dalgliesh la recordaba como un lugar limpio pero anodino, con una hilera de mesas de pino cubiertas con un hule y una larga barra adornada con una tetera y montañas de nutritivos bocadillos bajo un recubrimiento de vidrio. Pero había subido de categoría. Ahora las paredes estaban recubiertas con una imitación de roble envejecido, sobre el que colgaba una formidable colección de espadas, pistolas antiguas y alfanjes de dudosa autenticidad. Las camareras tenían aspecto de actrices principiantes de teatros de vanguardia que hacían el trabajo para ganarse algún dinero, mientras que la iluminación era tan discreta que casi resultaba siniestra. La señorita Saxon avanzó hacia una mesa situada en el rincón del fondo.

—¿Café solo? —preguntó Dalgliesh.

—Sí, café solo, por favor —y esperó que él lo pidiera para decir—: Se trata del doctor Baguley.

—Ya me lo suponía.

—Sabía que era probable que se enterara de las habladurías y prefería decírselo antes que esperar a que me lo preguntara, y que lo supiera por mí en lugar de que se lo contara Amy Shorthouse.

Hablaba sin rencor, sin tapujos.

—No le he preguntado nada porque no me parece importante —dijo Dalgliesh—, pero si quiere contármelo, quizá pueda ser de utilidad.

—No me gustaría que se hiciera una idea equivocada de este asunto, eso es todo. ¡Sería tan fácil que imaginara que guardábamos rencor a la señorita Bolam! Pero no es así, ¿entiende? Hubo un tiempo en que incluso nos sentimos agradecidos a ella.

A Dalgliesh no le fue necesario preguntar a quién se refería exactamente con aquel «sentimos».

La camarera, indiferente, les trajo el café: una espuma pálida, servida en copas transparentes. La señorita Saxon dejó caer el abrigo que llevaba sobre los hombros, se desanudó el pañuelo con el que se cubría la cabeza y ambos envolvieron las tazas calientes con las manos. Se echó azúcar en el café y acercó el bol de plástico a Dalgliesh. No había tensión en sus maneras, ni tampoco parecía cohibida. Mostraba la naturalidad de una colegiala que está tomando café con una amiga. Dalgliesh descubrió que era agradable estar con ella, quizá porque no la encontraba físicamente atractiva. Pese a ello, le gustaba. Le resultaba difícil creer que aquélla era la segunda vez que se veían y que el motivo que los había reunido era un asesinato.

—James Baguley y yo nos enamoramos hace casi tres años —dijo sorbiendo lentamente el café sin levantar los ojos—. No tuvimos que librar ninguna batalla moral para evitarlo. No lo fomentamos, pero también es cierto que no hicimos nada para evitarlo. Al fin y al cabo, nadie renuncia a la felicidad de una manera voluntaria, a no ser que se trate de un masoquista o de un santo, y ninguno de los dos era lo uno ni lo otro. Sabía que James tenía una esposa neurótica, cosa que me había llegado de la manera que la gente se entera de esas cosas, pero él no me hablaba demasiado de ella. Ambos aceptamos que ella tenía necesidad de él y que el divorcio quedaba descartado. Nos convencimos de que no le hacíamos ningún daño y de que tampoco había ninguna necesidad de que se enterara. James solía decir que el hecho de quererme a mí hacía que su matrimonio fuera más llevadero para ellos dos. Es natural, resulta mucho más fácil ser amable y paciente cuando uno es feliz, de modo que quizá debía de tener razón. No sé. Supongo que es un razonamiento que deben de utilizar miles de amantes. No podíamos vernos demasiado a menudo, pero yo tenía mi piso y nos las arreglábamos para pasar dos tardes juntos todas las semanas. Una vez, Helen, su mujer, se fue de visita a casa de su hermana y pudimos pasar toda una noche juntos. Por supuesto que en la clínica debíamos andar con cuidado, pero en realidad allí no nos veíamos muy a menudo.

—¿Cómo se enteró la señorita Bolam? —preguntó Dalgliesh.

—En realidad fue por una tontería. Estábamos en el teatro viendo una obra de Anouilh y ella estaba sentada, sola, en la fila de atrás. De todas formas, ¿quién iba a imaginarse que a la Bolam le gustaba Anouilh? Supongo que debían de haberle enviado una invitación. Era nuestro segundo aniversario y estuvimos toda la obra cogidos de la mano. Quizás habíamos bebido un poco más de la cuenta. Al salir del teatro también íbamos cogidos de la mano. Cualquier persona de la clínica, cualquier conocido, podía habernos visto. Nos estábamos volviendo descuidados y alguien tenía que vernos tarde o temprano. Fue una pura casualidad que esa persona fuera la señorita Bolam; de haberse tratado de otra, quizá habría considerado que era un asunto que no le incumbía.

—Pero ella se lo dijo a la señora Baguley. Me parece una actitud entrometida, cruel y poco corriente.

—De hecho no lo era. Bolam lo veía de otro modo. Era una de esas raras y afortunadas personas que están convencidas de conocer la diferencia entre el bien y el mal. No era una mujer imaginativa, de modo que tampoco podía comprender los sentimientos de los demás. Si hubiera estado casada y su esposo la hubiera estado engañando estoy segura de que le habría gustado que se lo dijeran. No podía haber nada peor que no saber. Tenía ese tipo de fuerza de carácter que goza con la lucha. Supongo que pensó que su deber era informar. Sea como fuere, Helen fue a la clínica a ver a su marido un miércoles por la tarde, sin avisar, y la señorita Bolam la hizo pasar a su despacho y se lo contó. Muchas veces me pregunto qué debió de decirle exactamente. Me imagino que debió de decirle algo como que «estábamos liados». Podía hacer que prácticamente cualquier cosa sonara vulgar.

—Se arriesgó mucho, ¿no le parece? —dijo Dalgliesh—. No podía estar totalmente segura y, evidentemente, no tenía pruebas.

La señorita Saxon se echó a reír.

—Está hablando como un policía. Tenía pruebas suficientes. Incluso la señorita Bolam era capaz de reconocer el amor en cuanto lo tenía ante los ojos. Por otro lado, nos estábamos divirtiendo ilícitamente y eso ya era una infidelidad suficiente.

Las palabras eran amargas, pero no parecía resentida ni sarcástica. Sorbía el café con evidente delectación. Dalgliesh pensó que igual podía haber estado hablando de uno de sus pacientes de la clínica, discutiendo con interés distante y neutro de los caprichos de la naturaleza humana. Con todo, no creía que se tratara de una persona que amara con facilidad, ni que sus emociones fueran superficiales. Le preguntó cuál había sido la reacción de la señora Baguley.

—Ahí está lo extraordinario o, cuando menos, eso nos pareció al principio. Se lo tomó maravillosamente bien. Al mirar hacia atrás, me pregunto si no estaríamos locos los tres y no viviríamos acaso en una especie de mundo imaginario de cuya existencia nos habían convencido dos minutos de reflexión. Helen vive su vida de acuerdo con una serie de actitudes y la que decidió adoptar entonces fue la de esposa valiente y comprensiva. Insistía en el divorcio, que naturalmente iba a ser de mutuo acuerdo. Supongo que este tipo de divorcio sólo puede darse cuando a ninguno de los dos cónyuges le importa el otro, quizá nunca le había importado o no ha sido capaz de que le importara. Pues bien, éste era el tipo de divorcio que íbamos a tener. Discutimos mucho acerca de la cuestión, ya que estaba en juego la felicidad de cada uno de nosotros. Helen abriría una tienda de ropa, cosa de la que había estado hablando durante años. Así que los tres nos pusimos manos a la obra y empezamos a buscar el local adecuado. Fue realmente patético. De hecho, nos engañábamos a nosotros mismos, haciéndonos la ilusión de que todo iba a salir bien. Por eso le he dicho que James y yo nos sentíamos agradecidos a Enid Bolam. La gente de la clínica se enteró de que habría divorcio y de que Helen sacaría a relucir mi nombre. Todo formaba parte de una política de franqueza y honestidad, pero apenas hubo nadie que nos hiciera algún comentario directo. Bolam nunca mencionó el divorcio a nadie, ya que no era persona chismosa, ni tampoco maliciosa. De algún modo, su papel en este asunto se desarrolló del modo en el que suelen ocurrir estas cosas. Puede que Helen se lo dijera a alguien, pero la señorita Bolam y yo nunca hablamos del tema. Sin embargo, ocurrió lo inevitable: Helen empezó a derrumbarse. James le había dejado la casa de Surrey y estaba viviendo conmigo, en mi piso, pero tenía que ir a verla bastante a menudo. Al principio no hablaba mucho de cómo iban las cosas, pero yo me daba cuenta de lo que estaba ocurriendo. Estaba enferma, claro, y los dos lo sabíamos. Helen había interpretado el papel de la paciente, y de la esposa complaciente y, de acuerdo con las novelas y las películas, su marido ya tenía que haber vuelto con ella a aquellas alturas. Pero James no lo había hecho. Él me lo escondía casi todo, pero yo tenía una ligera idea de lo que su mujer le debía de estar haciendo pasar: las escenas, las lágrimas, las súplicas, las amenazas de suicidio. Tan pronto estaba dispuesta a seguir adelante con el divorcio como al día siguiente ya no pensaba en concederle la libertad jamás. No podía, naturalmente. Ahora lo entiendo. Ella no tenía nada que dar. Es degradante hablar de un marido como si fuera un perro que se tiene encadenado en el jardín. A medida que todo esto iba ocurriendo, cada vez me iba percatando de que el asunto no podía seguir adelante: una situación que había sido un proceso muy lento, desarrollado durante años, ahora había llegado a un punto crítico. No hay ninguna necesidad de hablar de la situación ni de intentar explicarla. Hace nueve meses que he empezado una tanda de catequesis con la esperanza de verme aceptada por la Iglesia Católica. Al hacerlo, Helen retiró su petición y James volvió a su lado. Creo que a él ya no le importaba lo que pudiera ocurrirle ni a qué sitio tuviera que ir a vivir. Pero ahora supongo que usted ya puede entender que él no tenía ningún motivo para odiar a Bolam, porque la enemiga era yo.

Dalgliesh pensó que poca era la lucha que podía haber habido: el rostro sonrosado y saludable de Fredrica, aquella nariz ancha y ligeramente respingona, aquella boca grande y risueña no se ajustaban demasiado a la tragedia. Recordó a Baguley tal como lo había visto a la luz de la lámpara del escritorio de la señorita Bolam. Era estúpido y presuntuoso tratar de determinar el sufrimiento de acuerdo con las arrugas de su rostro o la mirada de unos ojos. Seguramente la mente de la señorita Saxon era tan enérgica y adaptable como su cuerpo, pero el hecho de que fuera capaz de soportar más no significaba que sintiera menos. Sin embargo, no podía evitar sentir una profunda piedad en relación con Baguley, abandonado por su amante en el momento de la prueba más importante en favor de una felicidad íntima que él no podría compartir ni comprender. Probablemente nadie podría llegar a saber nunca la magnitud de aquella traición. Dalgliesh no quería decir que comprendiera a la señorita Saxon. No era difícil imaginar qué habrían hecho algunos personajes de la clínica de haber estado en su lugar. Las explicaciones simplistas le venían inmediatamente a la mente, pero no podía creer que Fredrica Saxon se protegiera de su sexualidad amparándose en la religión ni que se negase en ningún momento a afrontar la realidad.

Pensó en algunas de las cosas que le había dicho acerca de la señorita Bolam: «¿Quién iba a imaginarse que a Bolam le gustaba Anouilh? Supongo que debían de haberle enviado una invitación... Incluso la señorita Bolam era capaz de reconocer el amor en cuanto lo tenía ante los ojos... Podía hacer que prácticamente cualquier cosa sonara vulgar». La gente no se volvía automáticamente buena por el hecho de hacerse religiosa. Sin embargo, no había verdadera malicia en sus palabras, decía lo que pensaba y habría sido igual de imparcial con respecto a sus propias motivaciones. Probablemente aquella mujer era el juez más sagaz del carácter humano que había en la clínica.

—¿Quién cree que la mató, señorita Saxon? —preguntó Dalgliesh de pronto, atentando flagrantemente contra las reglas de la ortodoxia.

—¿A juzgar por el carácter y la naturaleza del crimen y sin tener en cuenta las misteriosas llamadas telefónicas efectuadas desde el sótano, los crujidos del ascensor ni las supuestas coartadas?

—A juzgar por el carácter y la naturaleza del crimen.

—Yo diría que Peter Nagle —dijo sin vacilar y sin aparente renuencia.

Dalgliesh sintió la punzada de la decepción. Había sido absurdo pensar que podía saberlo.

—¿Y por qué Nagle? —le preguntó.

—En parte porque creo que se trata de un crimen realizado por un hombre. El hecho de que la apuñalaran me parece muy revelador. No puedo imaginar a una mujer matando a otra por ese procedimiento. Creo que ante una víctima inconsciente, una mujer recurriría antes al estrangulamiento. Y luego está lo del escoplo. El hecho de que lo utilizara con tanta pericia sugiere una identificación del arma con el asesino. ¿Por qué utilizarlo, si no? Hubiera podido golpearla varias veces con el fetiche.

—Habría sido más chapucero, ruidoso y menos seguro —dijo Dalgliesh.

—Pero el escoplo sólo podía ser un arma segura en manos de un hombre que confiara en su habilidad a la hora de utilizarla, de alguien «hábil con las manos». No puedo imaginarme al doctor Steiner matando a una persona sirviéndose de él, por ejemplo. No sería capaz de clavar un clavo sin romper el martillo.

Dalgliesh estaba dispuesto a darle la razón en lo tocante a que el doctor Steiner era inocente. Más de un miembro del personal le había comentado su torpeza con las herramientas. Era cierto que había mentido al negar que ignoraba dónde se guardaba el escoplo, pero Dalgliesh pensaba que había actuado empujado más por el temor que por la culpabilidad. Y después estaba lo de la confesión avergonzada de haber sucumbido a las incitaciones de una siesta mientras esperaba al señor Burge. Esto había sido revelador.

—La identificación del escoplo con Nagle es tan clara que creo que se esperaba que sospecháramos de él. ¿Sospecha usted de él? —preguntó Dalgliesh.

—¡No, no! Ya sé que él no puede ser el asesino, sólo me he limitado a contestar a la pregunta que me ha hecho. Le he contestado de acuerdo con el carácter y la naturaleza del crimen.

Ya habían terminado el café y Dalgliesh pensó que ella querría marcharse, pero no parecía tener ninguna prisa.

—Tengo otra cosa que confesarle —dijo, después de permanecer un momento en silencio—; en realidad es en favor de otra persona: se trata de Cully. No es importante, pero es algo que debería usted saber y me había prometido que se lo contaría. El pobre Cully está asustadísimo y no sabe qué hacer aunque normalmente tampoco sabe nunca muy bien qué hacer.

—Ya sabía yo que estaba mintiendo acerca de algo —dijo Dalgliesh—. Supongo que vio a alguien cruzar el vestíbulo camino del sótano.

—No, no. No se trata de ningún hecho tan útil como podría ser éste. Es algo relacionado con el delantal de hule que ha desaparecido del departamento de terapia artística. Tengo entendido que usted pensó que el asesino podía haberlo utilizado. Pues bien, resulta que Cully lo cogió del departamento el lunes pasado porque estaba pintando la cocina de su casa. Ya sabe lo que pasa con la pintura. No quiso pedir permiso a la señorita Bolam porque sabía cuál iba a ser su respuesta y tampoco podía pedírselo a la señorita Baumgarten porque está enferma. Tenía la intención de devolverlo el viernes, pero cuando la hermana comprobó el inventario con su sargento y preguntaron a Cully si lo había visto, perdió la cabeza y dijo que no. El pobre no es demasiado listo y tenía miedo de que usted sospechara de él si lo confesaba.

Dalgliesh le preguntó cuándo se lo había contado.

—Yo sabía que tenía el delantal porque le vi cogerlo. Supuse que estaría muy inquieto y decidí ir a verlo ayer por la manaña. Siempre que está preocupado, su estómago se resiente, y pensé que convenía que alguien le vigilara.

—¿Y ahora dónde está ese delantal? —preguntó el superintendente Dalgliesh.

La señorita Saxon se echó a reír.

—Repartido por todo Londres en media docena de papeleras, a no ser que ya las hayan vaciado. El pobre Cully no se atrevía a echarlo en el cubo de basura de su casa por si la policía lo inspeccionaba, y tampoco podía quemarlo porque vive en una de esas viviendas municipales que tienen calefacción eléctrica y donde no hay gas. Así que esperó a que su mujer se acostara y estuvo despierto hasta las once cortando a trocitos el delantal con las tijeras de la cocina. Luego puso los trocitos en varias bolsas de papel, las metió en una bolsa de viaje y cogió el autobús 36, que sube por Harrow Road, y no se bajó hasta que estuvo bien lejos de su casa. Entonces fue echando una por una las bolsitas en las papeleras que encontró a su paso y tiró los botones de metal por la alcantarilla. Fue un trabajo muy complicado y el pobre Cully llegó arrastrándose hasta su casa por culpa del miedo y del cansancio, ya que perdió el último autobús, además del dolor de estómago. Cuando fui a verlo a la mañana siguiente, a duras penas podía tenerse en pie, pero yo conseguí convencerle de que no era un asunto de vida o muerte, especialmente de muerte, y le dije que yo me encargaría de ponerle a usted al corriente del hecho.

—Muchas gracias —dijo Dalgliesh gravemente—. Supongo que no tendrá ninguna otra confesión que hacerme, ¿o acaso tiene usted alguna objeción de conciencia cuando se trata de entregar a un pobre psicópata a la justicia?

Fredrica Saxon se rió mientras se ponía el abrigo y se anudaba el pañuelo sobre su pelo negro y alborotado.

—¡Oh, no! Si supiera quién ha cometido el crimen se lo diría. No me gustan los asesinatos y, en realidad, soy bastante observadora de la ley. Pero yo no sabía que estábamos hablando de justicia; ha sido usted quien ha utilizado la palabra. Al igual que Portia, tengo la impresión de que, ante la justicia, ninguno de nosotros estaría totalmente limpio. Y por favor le estaría muy agradecida si me dejara pagar mi café.

Dalgliesh pensó que aquella mujer quería no pensar que le había vendido información, ni siquiera por valor de un chelín. Dalgliesh resistió la tentación de decir que el café podía incluirse en los gastos de trabajo, un tanto sorprendido ante aquel ligero intento de sarcasmo que la mujer había provocado en él. A Dalgliesh le gustaba, pero había algo en aquella seguridad y autosuficiencia que le molestaba. A lo mejor sentía envidia.

Al salir de la cafetería, le preguntó si iba camino de la clínica.

–No, hoy no. Los lunes por la mañana no tengo consulta, pero iré mañana.

Fredrica le dio las gracias ceremoniosamente por el café y se separaron. Él giró hacia el este, camino de la clínica, mientras ella se dirigía al Strand. Mientras miraba aquella figura delgada y oscura balanceándose al andar hasta perderse de vista se imaginó a Cully caminando furtivamente por la noche con su patética bolsa, helado de frío. No le sorprendía que aquel viejo vigilante se hubiera confiado tan ciegamente a Fredrica Saxon; en su lugar él seguramente habría hecho lo mismo. Dalgliesh pensó que le había proporcionado un montón de datos interesantes, pero que no había sido capaz de presentarle una coartada ni en relación con el doctor Baguley ni en relación con ella.

La señora Bostock, con su libreta de taquigrafía a punto, estaba sentada junto a la silla del doctor Etherege, con sus elegantes piernas cruzadas a la altura de las rodillas y su cabeza de flamenco erguida para recibir, con la seriedad apropiada, las instrucciones del director.

–El superintendente Dalgliesh ha telefoneado para decir que llegará dentro de un momento. Quiere volver a hablar con algunos miembros del personal y me ha pedido hora para antes del almuerzo, doctor –dijo la señora Bostock conteniéndose–. A las dos y media tiene la Junta de Personal Profesional y todavía no ha tenido tiempo de consultar su agenda. El doctor Talmage, de los Estados Unidos, tiene hora reservada a las doce y media y, además, yo esperaba que podríamos hacer una hora de dictado a las once.

–Eso tendrá que esperar. Me temo que el superintendente nos robará mucho tiempo. Quiere preguntarme el funcionamiento de la clínica.

–Me temo que no le acabo de entender, doctor. ¿Quiere

decir que el hombre está interesado en las medidas administrativas generales? –dijo la señora Bostock, en un tono que era una curiosa mezcla de sorpresa y desaprobación.

–Eso parece –respondió el doctor Etherege–. Me habló de la agenda de visitas, del índice de diagnósticos, de cómo se registraban las entradas y salidas del correo y del sistema de archivo médico. Será mejor que hable usted con él personalmente. Si tengo algo que dictar ya mandaré llamar a la señorita Priddy.

–Naturalmente, haré cuanto pueda por ayudar –dijo la señora Bostock–. Es una pena que haya ido a elegir una de sus mañanas más ocupadas, me hubiera organizado de otra forma de haber sabido los proyectos del superintendente.

–Supongo que a todos nos hubiera gustado saberlo –respondió el director–. Yo contestaría a sus preguntas tan bien como usted, y, por favor dígale a Cully que me llame tan pronto como esté dispuesto a subir.

–Sí, doctor –dijo la señora Bostock, reconociendo su derrota, y se despidió.

En el sótano, en la sala de T.E.C., el doctor Baguley, sumamente nervioso, se estaba poniendo la bata blanca, ayudado por la enfermera Bolam.

–La señora King volverá a estar aquí el miércoles para su tratamiento de LSD, como siempre. Creo que lo mejor será que utilicemos una de las salas del tercer piso. La señorita Kettle no viene los miércoles por la tarde, ¿verdad? Dígaselo usted. De todos modos, siempre podemos utilizar la sala de la señora Kallinski o cualquiera de las salitas para entrevistas de la parte trasera.

–Para usted no será muy cómodo, doctor. Tendrá que subir los pisos cada vez que yo le llame –dijo la enfermera Bolam.

–Eso no va a matarme. Puede que parezca viejo, pero las piernas todavía me funcionan.

–Y luego está lo de la cama, doctor. Supongo que podríamos subir una de las de la sala de T.E.C.

–Diga a Nagle si puede ocuparse de subirla. No quiero que baje usted sola al sótano.

–No tengo ningún miedo, doctor Baguley.

El doctor Baguley perdió los estribos.

–Por el amor de Dios, enfermera, piense un poco. ¡Por supuesto que tiene miedo! Anda un asesino suelto por la clínica y a nadie, excepto a una persona, le hace ninguna gracia quedarse solo en el sótano ni un solo momento. Si no tiene usted miedo, tenga el buen sentido de callárselo, especialmente delante de la policía. ¿Dónde está la enfermera? ¿En la oficina general?

Descolgó el teléfono y marcó el número con brusquedad.

–¿Hermana? Le habla Baguley. Acabo de decir a la enfermera Bolam que esta semana no me veo con ánimos de utilizar la sala del sótano para el LSD.

La voz de la hermana Ambrose se oyó con toda claridad.

–Por supuesto, doctor, se hará como usted quiera. Pero si el sótano le resulta más apropiado y pudiéramos conseguir una enfermera suplente de uno de los hospitales generales del grupo para la clínica de T.E.C., no me importaría nada quedarme abajo con la enfermera Bolam. Podríamos tratar a la señora King juntas.

–Quiero que se quede usted en la clínica de T.E.C. como siempre, hermana. El paciente de LSD subirá arriba. Espero que haya quedado claro.

Dos horas más tarde, en el despacho del director, Dalgliesh colocaba tres cajas metálicas negras sobre el escritorio del doctor Etherege. Las cajas, que tenían pequeños agujerillos redondos en cada uno de los lados más cortos, estaban llenas de fichas de color amarillo. Era el índice de los diagnósticos de la clínica.

–La señora Bostock ya me ha explicado el sistema –dijo Dalgliesh–. Si no entiendo mal, cada una de estas fichas representa un paciente. La información de cada caso está codificada y el código de cada paciente está perforado en la ficha. Todas las fichas representan filas iguales de agujeritos y en el espacio que queda entre cada agujero aparece un número. Si se perfora cualquier número con la máquina manual se corta la ficha entre los dos agujeros adyacentes y se forma una tira oblonga. Si luego se inserta esta varilla de metal en el agujero número 20, pongamos por caso, desde el exterior de la caja, se la hace atravesar todas las fichas y se hace girar la caja, todas las fichas perforadas por este número quedarán automáticamente seleccionadas, se trata de uno de los sistemas más sencillos de fichas perforadas que hay en el mercado.

—Sí. Lo utilizamos principalmente como índice de los diagnósticos y para fines de investigación.

Si el director estaba sorprendido ante el interés demostrado por Dalgliesh, no lo exteriorizó. El superintendente prosiguió.

—La señora Bostock me ha dicho que no se codifica un caso hasta que el paciente ha terminado su tratamiento y que este sistema se empezó a utilizar en 1952. Eso significa que los pacientes que actualmente están bajo tratamiento no tienen ficha todavía... a no ser, claro está, que hubieran recibido tratamiento anteriormente..., y que los pacientes que finalizaron su tratamiento antes de 1952 no están incluidos en el fichero.

—Sí, nos gustaría incorporar los casos más antiguos, pero se trata de un problema de disponibilidad de tiempo del personal. La codificación y la perforación requieren mucho tiempo y es un trabajo que se va dejando de lado. Actualmente estamos codificando las altas de febrero de 1962, de modo que estamos un poco atrasados.

—Una vez se ha perforado la ficha, ¿se puede seleccionar cualquier diagnóstico o categoría del paciente que se desee?

—Sí, por supuesto —dijo el director sonriendo dulce y apaciblemente—. No voy a decirle que podamos seleccionar inmediatamente todos los depresivos que son nietos de abuelas de ojos azules e hijos de padres legalmente casados, porque no hemos codificado ningún dato acerca de los abuelos. Sin embargo, se puede obtener cualquier dato codificado sin ninguna dificultad.

Dalgliesh puso un archivador de manila sobre el escritorio.

–La señora Bostock me ha pasado las instrucciones para la codificación. Veo que codifican ustedes el sexo, la edad, el estado civil, el domicilio según la jurisdicción local, el diagnóstico, el médico que ha tratado al paciente, la fecha de la primera visita y visitas posteriores y un número considerable de detalles acerca de los síntomas, el tratamiento y la evolución. También codifican el nivel social, cosa que me parece muy interesante.

–Sin lugar a dudas, es un dato poco frecuente –respondió el doctor Etherege–, mayormente porque se trata de un dato meramente subjetivo, supongo. Sin embargo, quisimos incluirlo porque en ocasiones resulta útil en la investigación del caso. Y como puede usted ver, utilizamos la clasificación del archivo general. Es lo suficientemente preciso para nuestros propósitos.

Dalgliesh se pasó la fina varilla de metal entre los dedos.

–De modo que yo ahora podría seleccionar, por ejemplo, todas las fichas de los pacientes de clase alta, sometidos a tratamiento hace ocho o diez años, casados y con familia, aquejados, pongamos por caso, de una aberración sexual, de cleptomanía o de cualquier otra anomalía de la personalidad considerada socialmente inaceptable.

–Claro que podría –admitió el director tranquilamente–, pero no veo por qué podría interesarse en ese tipo de individuos.

–Chantaje, doctor. Por lo pronto se me ocurre que tenemos aquí un aparato perfectamente ideado para la preselección de la víctima: se hace pasar la varilla y aparece la ficha deseada. Todas las fichas llevan un número en la parte superior derecha y en la sala de archivos del sótano está el historial médico correspondiente... esperando.

—Esto no es más que pura especulación —dijo el director—. No tiene ninguna prueba.

—No tengo ninguna prueba, es cierto, pero es una posibilidad razonable. Analicemos los hechos. El miércoles por la tarde, la señorita Bolam vio al secretario después de la reunión de la Junta de la Casa y le dijo que todo marchaba bien en la clínica. A las doce y cuarto del viernes por la mañana le telefoneó para pedirle que fuera a verla urgentemente porque «está ocurriendo algo aquí que usted debería saber». Se trata de algo grave que todavía seguía pasando y que empezó antes de que ella entrara a trabajar en la casa, es decir, hace más de tres años.

—Sea lo que fuere, no tenemos ninguna prueba de que ése fuera el motivo de su muerte.

—No.

—De hecho, si lo que quería el asesino era impedir que la señorita Bolam hablara con el señor Lauder, actuó demasiado tarde. No podía impedir que el secretario se presentara en el momento más inesperado después de la una.

—Por teléfono habían dicho a la señorita Bolam que el secretario no podría llegar antes de que hubiera terminado la reunión que celebraba la junta por la tarde, lo cual hace que me pregunte qué persona pudo escuchar esa llamada. Oficialmente, Cully estaba en el mostrador pero se encontró mal casi todo el día y, de vez en cuando, tuvo que ser sustituido por otras personas, a veces sólo unos minutos: Nagle, la señora Bostock, la señorita Priddy y hasta la señora Shorthouse han admitido haber estado ese día en el mostrador. Nagle cree que lo sustituyó un ratito hacia mediodía, antes de salir a por su cerveza del almuerzo, pero dice que no está seguro. Tampoco Cully lo está. Nadie admite haber pasado esa llamada en particular.

—A lo mejor no saben siquiera que la pasaron —respondió el doctor Etherege—. Insistimos mucho en el hecho de que el operador no debe escuchar las llamadas. Al fin y al cabo, es un detalle muy importante para nuestro trabajo. Es posible que la señorita Bolam se limitara a pedir una comunicación con las oficinas del grupo. Tenía que hablar por teléfono con el departamento de finanzas y de abastecimiento bastante a menudo y también con el secretario. El operador no podía saber si se trataba de una llamada en especial. Cabe incluso dentro de lo posible que pidiera línea con el exterior y que ella marcara directamente el número. Eso se puede hacer perfectamente con el sistema P.A.B.X.

—Pero, aún en ese caso, la persona de la centralita podía haberla estado escuchando.

—Sí, muy entrada la tarde, la señorita Bolam dijo a Cully que estaba esperando al señor Lauder y puede que hablara de la visita con otra gente. No lo sabemos. Nadie, excepto Cully, va a admitir que lo sabía. Dadas las circunstancias, quizás no deba sorprendernos. Pero, de momento, vamos a dejar las cosas como están —dijo Dalgliesh—. Lo que me interesa ahora es descubrir qué quería decir la señorita Bolam al señor Lauder. Una de las primeras posibilidades que debemos considerar en un sitio como éste es el chantaje. Es cosa sabida que es práctica corriente, y muy grave además.

El director se quedó callado un momento. Dalgliesh se preguntó si estaría pensando en mostrar su disparidad de opinión y si estaría seleccionando las palabras apropiadas para expresar su preocupación o su incredulidad.

—Naturalmente que es un asunto muy serio —dijo lentamente— y no tiene ningún sentido que nos pongamos a discutir ahora hasta qué punto puede ser serio. Pero si ha pensado en esta hipótesis tendrá que seguir adelante con su investigación. Cualquier otro proceder sería de lo más injusto para los miembros del personal. ¿Qué quiere que haga?

—Quiero que me ayude a seleccionar a la víctima. A lo mejor, luego tendrá que hacer algunas llamadas.

—¿Se da usted cuenta, superintendente, de que los informes de los casos son confidenciales?

—No le estoy pidiendo que me enseñe un solo informe. Pero, aunque así fuera, no creo que ni usted ni el paciente tuvieran motivos para preocuparse. ¿Empezamos ya? Podríamos empezar por separar los pacientes de clase alta. ¿Podría mirar usted mismo los códigos?

Había un número considerable de pacientes de la clínica clasificados como «primera clase». Dalgliesh recordó aquello de: «únicamente para neuróticos de clase alta». Examinó las posibilidades un momento y luego dijo:

—Si yo fuera el chantajista, ¿a quién elegiría? ¿A un hombre o a una mujer? Probablemente dependería de mi sexo. Puede que una mujer eligiera a otra mujer. Pero, tratándose de una cuestión de ingresos regulares, me parece que se podría apostar por un hombre. Bueno, vamos a quedarnos con los hombres. Imaginemos que nuestra víctima viva fuera de Londres. Sería muy arriesgado elegir a un antiguo paciente que pudiera sucumbir a la tentación de presentarse en la clínica y contar lo que estaba pasando. Creo que yo habría elegido a mi víctima en una ciudad pequeña o en un pueblecito.

—Únicamente codificamos el condado si el domicilio está fuera de Londres —dijo el director—. Los pacientes de Londres están codificados por distritos. Lo mejor será que separemos todas las direcciones de Londres y veamos qué nos queda.

Después de haber hecho esto, el número de fichas que todavía les quedaban había quedado reducido a unas pocas docenas. Como era de esperar la mayor parte de los pacientes de la Clínica Steen eran del condado de Londres.

—¿Casado o soltero? Es difícil decidir qué estado podría ser más vulnerable —dijo Dalgliesh—. Dejemos abierta esta posibilidad y pasemos al diagnóstico. Aquí es donde la ayuda de usted me resulta especialmente indispensable, doctor. Me doy perfecta cuenta de que esta información es sumamente confidencial. Le propongo que me diga usted mismo qué códigos de los diagnósticos o de los síntomas podrían tener interés para un chantajista. No quiero conocer detalles.

El director volvió a quedarse callado. Dalgliesh esperó pacientemente, varilla en mano, mientras el doctor permanecía sentado en silencio, con el libro de códigos abierto. No parecía estar mirándolo. Al cabo de un minuto pareció despertarse y fijó su mirada en una página.

—Pruebe con los códigos 23, 68, 69 y 71 —dijo pausadamente.

Depués de esto sólo quedaban once fichas, cada una de las cuales llevaba el número del informe del caso, escrito en la esquina superior derecha.

—Éste es el límite máximo al que podemos llegar con el índice de diagnóstico —dijo Dalgliesh, anotando los números—. Lo que ahora tenemos que hacer es lo que yo creo que hizo nuestro chantajista: echar una ojeada a los historiales para saber más cosas sobre las presuntas víctimas. ¿Bajamos al sótano?

El director se levantó sin decir palabra. Al bajar las escaleras se cruzaron con la señorita Kettle, que subía. Ésta saludó al director con la cabeza y lanzó una breve y extrañada mirada a Dalgliesh, como si se preguntara si se trataba de alguien que había visto antes. y que tenía la obligación de reconocer. El doctor Baguley estaba en el vestíbulo hablando con la hermana Ambrose. Al ver al doctor Etherege y a Dalgliesh dirigirse hacia las escaleras del sótano aquéllos se callaron y se volvieron para mirarles con expresión grave y seria. El perfil gris de la cabeza de Cully podía verse a través del cristal de la cabina de recepción, al fondo del vestíbulo. La cabeza no se movió, lo que hizo pensar a Dalgliesh que Cully, absorto en la vigilancia de la puerta principal, no los había oído.

La sala de archivos estaba cerrada con llave, pero ya no estaba sellada. Nagle se estaba poniendo la chaqueta en el cuarto de descanso de los vigilantes, seguramente a punto de salir para ir a almorzar. Cuando el director cogió la llave de la sala de archivos del tablón no dijo nada, pero a Dalgliesh no se le escapó el brillo de curiosidad de sus apacibles ojos, de un marrón terroso. Todo el mundo les había visto. Por la tarde, todo el personal de la clínica sabría que Dalgliesh había examinado el índice de los diagnósticos junto con el director y que, luego, había hecho una visita a la sala de archivos. Aquella información tendría un interés crucial para una persona. Dalgliesh esperaba que el asesino se asustara y se impacientara, pero también tenía miedo de que aquello lo hiciera más peligroso.

El doctor Etherege accionó el interruptor de la luz de la sala de archivos, en respuesta a lo cual los tubos fluorescentes parpadearon, amarillos, y finalmente resplandecieron con su luz blanca. La habitación quedó totalmente iluminada. Dalgliesh volvió a percibir aquel olor característico, compuesto de una mezcla de moho, papel viejo, y una penetrante emanación propia del metal caliente. Mientras el director cerraba la puerta por dentro y se metía la llave en el bolsillo, Dalgliesh lo miró sin dejar traslucir ninguna emoción.

No quedaba ningún rastro que indicara que aquella habitación había sido el escenario del crimen. Los informes que habían sufrido desperfectos se habían restaurado y habían vuelto a sus estanterías y la silla y la mesa volvían a estar de pie, en el sitio de siempre.

Los historiales estaban atados con cordeles en hatos de diez. Algunas de las historias llevaban tanto tiempo en su sitio que parecían pegadas. El cordel estaba hundido en el abultado papel de manila y, en la parte superior del lomo, se había depositado una fina capa de polvo.

—Parece fácil averiguar qué hatos de informes han sido abiertos desde que los casos se cerraron y si fueron bajados aquí para ser archivados. Algunos tienen el aspecto de haber estado intactos durante años. Me doy perfecta cuenta de que es posible que se haya desatado cualquiera de las carpetas con un fin completamente inocente, pero es mejor que empecemos con los historiales con respecto a los cuales se ve sin lugar a dudas que han sido desatados aproximadamente desde un año a esta parte. Los dos primeros números corresponden a la hilera número ocho mil. Al parecer están en la estantería de arriba. ¿Tiene una escalera?

El director desapareció detrás de la primera hilera de estanterías y reapareció de nuevo con una pequeña escalerilla, que colocó con dificultad en aquel estrecho pasillo.

—Dígame, superintendente —dijo mirando hacia arriba, mientras Dalgliesh trepaba por la escalera—, ¿debo entender que esta conmovedora confianza que usted me demuestra significa que me ha eliminado de la lista de sospechosos? Si es así, me interesaría mucho saber cuál ha sido el proceso deductivo que le ha llevado a esa conclusión. No voy a hacerme ilusiones pensando que me considera incapaz de matar a nadie. Está claro que ningún detective podría pensar eso de ninguna persona.

—Y seguro que tampoco ningún psiquiatra —dijo Dalgliesh—. Yo nunca me pregunto si un hombre es o no capaz de asesinar sino si es capaz de cometer el asesinato en concreto que me ocupa. Usted no me parece un despreciable chantajista y no veo cómo podía enterarse de que Lauder pensaba venir. Por otra parte, dudo que tenga usted la fuerza o la habilidad necesarias para matar a una persona de la manera en que fue asesinada la víctima y, finalmente, creo que probablemente es usted la única persona a la que la señorita Bolam no habría hecho esperar. Pero, aunque me equivoque tampoco puede negarse a cooperar, ¿no le parece?

Había sido brusco deliberadamente. Aquellos vivos ojos azules todavía le miraban fijamente, esperando una confidencia que no quería hacer, pero a la que le costaba trabajo resistirse.

—Sólo he conocido a tres asesinos en mi vida —dijo el director—. Dos de ellos están enterrados en cal viva. Uno apenas si sabía lo que se hacía y el otro no pudo reprimirse. ¿Está satisfecho con esa solución, superintendente?

—Ningún hombre en sus cabales lo estaría —respondió Dalgliesh—, pero no veo qué relación puede tener todo esto con lo que estoy intentando hacer ahora, es decir atrapar al asesino antes de que vuelva a matar a otra persona.

El director no dijo nada más. Juntos encontraron los once historiales que andaban buscando y subieron con ellos al despacho del doctor Etherege. Si Dalgliesh había pensado que el director le pondría trabas en la siguiente etapa de la investigación, tuvo la agradable sorpresa de ver que se había equivocado. La insinuación de que el asesino podía no contentarse con una sola víctima había hecho su efecto. Cuando Dalgliesh le explicó lo que quería, el director no rechistó.

—No le estoy pidiendo los nombres de los pacientes, ni tampoco me interesan sus problemas. Todo lo que quiero es que usted los vaya llamando uno por uno y les pregunte con tacto si han llamado por teléfono últimamente a la clínica, tal vez el viernes por la mañana. Podría darles la excusa de que llamó alguien y que es importante saber quién es. En el caso de que cualquiera de estos pacientes hubiese llamado quiero que me dé su nombre y su dirección. No quiero saber nada del diagnóstico, sino únicamente su nombre y dirección.

—Antes de darle esa información tendré que pedirle primero permiso al paciente.

—Si cree usted que debe hacerlo —dijo Dalgliesh—, hágalo. Todo lo que le pido es que consiga la información que me interesa.

Aquella condición que le pedía el director era una mera formalidad y ambos lo sabían. Los historiales de los once casos estaban sobre el escritorio y sólo la fuerza habría podido impedir que Dalgliesh se enterara de las direcciones de haberlas deseado. Estaba sentado a una cierta distancia del doctor Etherege, en uno de los amplios sillones tapizados de piel, preparado para observar, con interés profesional, a aquel colaborador tan insólito. El director descolgó el teléfono y pidió línea exterior. Los números de teléfono de los pacientes estaban anotados en los historiales y los dos primeros intentos redujeron inmediatamente el número de posibilidades a nueve. En ambos casos, el paciente había cambiado de domicilio desde el tratamiento. El doctor Etherege se disculpó por las molestias que podía haber causado a los nuevos titulares de los números y marcó por tercera vez. En esta ocasión le contestaron y el director preguntó si podía hablar con el señor Caldecote. Se oyó un prolongado crujido desde el otro extremo y el doctor Etherege dio la respuesta apropiada.

—No, no lo sabía. Cuánto lo siento. ¿Sí? No, no era nada importante... sólo un viejo conocido de paso por Wiltshire y esperaba volver a ver al señor Caldecote. No, preferiría no hablar con la señora Caldecote, no querría apenarla.

—¿Ha muerto? —preguntó Dalgliesh, tan pronto como hubo colgado el teléfono.

—Sí. Al parecer hace tres años. De cáncer, pobre hombre. Tendré que anotarlo en el informe.

Mientras lo anotaba, Dalgliesh esperó. Con el siguiente número fue difícil de contactar y hubo que hablar mucho con la centralita. Cuando, finalmente, se pudo marcar el número, no hubo respuesta.

—Parece que no estamos de suerte, superintendente. Era una teoría brillante, pero todo parece indicar que era más ingeniosa que probable.

—Todavía nos quedan otros siete pacientes —dijo Dalgliesh tranquilamente.

El director murmuró algo acerca de un tal doctor Talmage al que estaba esperando, pero pasó al caso siguiente y marcó de nuevo. Esta vez el paciente se encontraba en casa y, a lo que parecía, no se mostró nada sorprendido de recibir una llamada del director de la Clínica Steen. El paciente soltó una larga retahíla acerca de su estado psicológico actual, que el doctor Etherege escuchó con paciente interés y a la que respondió con las contestaciones apropiadas. Dalgliesh se sentía interesado y un tanto divertido ante la habilidad con que llevaba la llamada. El paciente no había llamado a la clínica últimamente. El director colgó el teléfono y pasó un rato anotando en el historial lo que el paciente le había dicho.

—Uno de nuestros éxitos, al parecer. No le ha sorprendido nada que le llamara. Resulta conmovedor que los pacientes den por sentado que sus médicos están profundamente interesados en su salud y se acuerdan personalmente de ellos todas las horas del día y de la noche. Sin embargo, no había llamado a la clínica y le aseguro que no mentía. Esto se está haciendo muy largo, superintendente... pese a todo, supongo que tendremos que seguir adelante.

—Sí, se lo ruego. Lo siento mucho, pero habrá que seguir adelante.

Sin embargo, la siguiente llamada fue un éxito. Al principio parecía otro fracaso pero, por la conversación, Dalgliesh dedujo que el paciente había sido hospitalizado hacía poco tiempo y que el doctor Etherege estaba hablando con su esposa. Sin embargo, la expresión del director cambió de pronto y le oyó decir:

—¿Ah, sí? Sabíamos que había llamado alguien y estábamos tratando de averiguar quién había sido. Supongo que ya se habrá enterado de la terrible tragedia que acabamos de pasar. Sí, sí, está relacionado con el asunto.

El director calló mientras la voz seguía hablando un rato desde el otro extremo del hilo. Luego colgó y escribió algo en el cuaderno de notas de su escritorio. Dalgliesh permanecía en silencio. Entonces el director levantó la cabeza y le miró con una expresión entre confusa y sorprendida.

—Era la esposa del coronel Fenton, de Sprigg's Green, en Kent. Llamó a la señorita Bolam para hablarle de un asunto muy serio hacia el mediodía del pasado viernes. No quería hablar del asunto con usted por teléfono y he pensado que era mejor no presionarla. Pero me ha dicho que le gustaría entrevistarse con usted tan pronto como le fuera posible. He anotado su nombre y su dirección.

—Gracias, doctor —dijo Dalgliesh cogiendo el papel que le entregaba.

No parecía sorprendido, ni daba la impresión de haberse quitado un peso de encima, pero por dentro estaba loco de alegría. El director meneó la cabeza, como si aquel asunto no le cupiera en la cabeza.

—Parece una anciana muy agradable y muy seria. Me ha dicho que le estaría muy agradecida si pasaba usted por su casa y tomaba el té con ella —añadió el director.

Dalgliesh llegó a Sprigg's Green en un coche poco después de las cuatro. Resultó ser un pueblecito que no llamaba la atención, situado entre las carreteras de Maidstone y de Canterbury. No recordaba haber pasado nunca por aquel sitio. No se veía a mucha gente por las calles y Dalgliesh pensó que el pueblo se encontraba demasiado lejos de Londres como para tentar a los que trabajaban en la capital a trasladarse a vivir en él y, por otra parte, tampoco tenía ningún encanto especial que lo hiciera atractivo para los matrimonios jubilados, artistas o escritores que buscaban un lugar tranquilo y con los reducidos gastos que entraña la vida en el campo. En la mayoría de las casitas de campo vivían extranjeros, con sus huertos abarrotados de repollos y de coles de Bruselas, diseminadas y con los troncos cercenados, que indicaban que se habían recolectado hacía poco, y con las ventanas bien cerradas para defenderse contra el traicionero otoño inglés. Dalgliesh pasó por delante de la iglesia, con su campanario de piedra picada y sus vidrieras apenas visibles entre los castaños que la rodeaban. El cementerio estaba algo descuidado, aunque no en exceso. Se habían segado los hierbajos entre las tumbas y se había intentado de algún modo arrancar las malas hierbas de los caminitos de grava. Separada del cementerio por un alto seto de laurel estaba la vicaría, una tenebrosa casa victoriana construida para albergar a una familia de dimensiones victorianas, así como todas sus pertenencias. Luego venía la zona de césped, un pequeño cuadrado de hierba rodeado por una hilera de casas de campo de tablones solapados, con un pub moderno enfrente, más espantoso que lo habitual, y una gasolinera. Delante del King's Head había una parada de autobús, con su tejadillo de hormigón, donde un grupo de señoras, que esperaban con evidente desgana, lanzaron una mirada fugaz e indiferente a Dalgliesh al pasar éste. En primavera, posiblemente, las huertas con sus cerezos debían enriquecer Sprigg's Green con sus encantos. Sin embargo, en aquellos momentos el aire era frío y húmedo, los campos parecían perpetuamente empantanados y una lenta y lastimera procesión de vacas, listas para el ordeño de la tarde, convertía los márgenes en barrizales. Al adelantarlas, Dalgliesh aminoró la marcha sin dejar de buscar Sprigg's Acre, pues no quería preguntar el camino.

No le costó mucho encontrar la casa: se levantaba a poca distancia de la carretera y se escondía en ella detrás de una hilera de hayas de casi dos metros de altura que resplandecían con reflejos de oro bajo la luz del atardecer. No parecía haber ningún camino particular de modo que Dalgliesh dejó su Cooper Bristol cuidadosamente aparcado junto al margen de hierba antes de atravesar el portalón blanco del jardín. La casa se levantaba ante sus ojos, con su construcción irregular, baja, y su techumbre de paja, con su aire de comodidad y simplicidad. Al volverse después de cerrar el portalón tras de sí, vio a una mujer que doblaba una de las esquinas de la casa y se acercaba por el caminito. Era muy bajita, hecho que, por alguna razón, sorprendió a Dalgliesh. Se había imaginado a la esposa de un coronel como una mujer robusta y encorsetada, que aunque se dignaba recibirle, era a una hora y en un lugar elegidos por ella. La realidad resultó menos intimidatoria y más interesante. Había algo elegante y un tanto patético en su manera de acercarse a él a través del camino. Llevaba una gruesa falda y una chaqueta de *tweed*, pero iba sin sombrero y su pelo blanco revoloteaba con la brisa del atardecer. Llevaba puestos unos guantes de jardinería excesivamente grandes y que hacían que el desplantador que llevaba en la mano pareciera el juguete de un niño. Al llegar junto a él se quitó el guante derecho y le tendió la mano, levantando unos ojos ansiosos, iluminados por un brillo casi imperceptible de alivio. Su voz, sin embargo, sonó con inesperada firmeza.

—Buenas tardes. Usted debe de ser el superintendente Dalgliesh. Yo me llamo Louise Fenton. ¿Ha venido en coche? Me ha parecido oír uno.

Dalgliesh le explicó dónde lo había dejado y le dijo que esperaba que allí no molestara a nadie.

—No, no. No se preocupe. El viaje hasta aquí es sumamente incómodo. Podía haber venido cómodamente en tren hasta Marden y yo lo habría mandado recoger con nuestro coche de caballos. No tenemos coche, ¿sabe? No nos gustan nada, ni a mi marido ni a mí. Siento que haya tenido que venir desde Londres metido en uno.

—Era el modo más rápido de llegar —dijo Dalgliesh, preguntándose si tendría que disculparse por estar viviendo en el siglo veinte— y me interesaba hablar con usted cuanto antes.

Tuvo buen cuidado de ocultar cualquier matiz de urgencia en su voz, pero advirtió en seguida una súbita tensión en los hombros de la mujer.

—Sí, sí, claro. ¿Le gustaría ver el jardín antes de entrar? Está anocheciendo, pero creo que nos queda el tiempo justo para echarle una ojeada.

Al parecer esperaba que a Dalgliesh le interesara el jardín, por lo que éste accedió. Un ligero viento del este, que empezaba a soplar al morir el día, le azotaba desagradablemente el cuello y tobillos. Pero no quería forzar la entrevista. Y aquélla se anunciaba difícil para la señora Fenton, por lo que tenía derecho a tomarse todo el tiempo que quisiera. A pesar de disimularlo, a Dalgliesh le preocupaba su propia impaciencia. Durante los últimos días había sentido un presentimiento de tragedia y de fracaso que resultaba tanto más molesto cuanto era del todo irracional. El caso todavía estaba en sus inicios. Su inteligencia le decía que estaba progresando. Precisamente en aquel momento estaba a punto de averiguar el móvil del asesinato y él sabía muy bien que el móvil era fundamental para aquel caso. Todavía no había conocido el fracaso en su carrera como policía y aquel asesinato, cuidadosamente planeado y con un número limitado de sospechosos, no había de ser el que lo forzara a estrellarse en un primer desastre. Sin embargo, seguía preocupado, angustiado ante el temor irracional de que el tiempo iba pasando. Quizás la culpa era del otoño. O quizás estaba cansado. Se subió el cuello del abrigo y se preparó a adoptar una expresión de interés y agradecimiento.

Atravesaron juntos la puerta de hierro forjado en la parte lateral de la casa y entraron en el jardín principal.

–Me encanta este jardín –iba diciendo la señora Fenton–, pero no soy muy buena jardinera. Mi marido es el que tiene buena mano para las plantas, pero actualmente se encuentra en el hospital de Maidstone a causa de una operación de hernia. Me alegra decir que la operación ha sido un éxito. ¿Le gusta la jardinería, superintendente?

Dalgliesh le contó que vivía en un piso de la City desde el que se veía el Támesis y que hacía poco había vendido una casita que tenía en Essex.

–En realidad, no sé mucho de jardinería –dijo.

–Entonces nuestro jardín le gustará –respondió la señora Fenton con amable, por no decir ilógica, insistencia.

En efecto, había mucho que ver, incluso bajo la tenue luz de un día de otoño. El coronel había dado rienda suelta a su imaginación, quizá para compensar la rigidez del cuartel donde había pasado la mayor parte de su vida con una especie de complacencia en una exuberancia pintoresca e indisciplinada. Había un poco de césped alrededor de un estanque lleno de peces, bordeado de un pavimento absurdo, al que seguía toda una sucesión de setos en forma de arco que conducían de una parcela cuidadosamente atendida a otra. Había también un jardín de rosas con su reloj de sol, donde todavía podían contemplarse las últimas rosas blancas en el ápice de unos tallos sin hojas. Había hileras de hayas, tejos y espinos que formaban un telón de fondo dorado y verde detrás de hileras de crisantemos. Al fondo del jardín corría un riachuelo, atravesado por puentes de madera cada nueve metros, que eran un monumento a la laboriosidad del coronel, aunque no a su buen gusto. Pero su apetito había crecido con el alimento que había tomado y, después de haber conseguido con éxito tender unos puentes sobre el arroyo, el coronel había sido incapaz de resistir nuevos esfuerzos. Mientras permanecían de pie un momento en uno de los puentes, Dalgliesh observó las iniciales del coronel talladas en la madera de la barandilla. A sus pies, el arroyuelo, medio estancado por culpa de las primeras hojas caídas, entonaba una triste melodía.

—De modo que alguien la ha matado —dijo de pronto la señora Fenton—. Ya sé que tendría que sentir piedad por ella, independientemente de lo que hubiera podido hacer, pero no puedo. Todavía no. Tenía que haberme dado cuenta de que Matthew no podía ser la única víctima, porque esa gente nunca se conforma con una víctima, ¿verdad? Supongo que alguien que ya no podía aguantar más optó por esa solución. Es una cosa terrible, pero lo comprendo. Acababa de leerlo en el periódico cuando me ha llamado el director. ¿Sabe que por un momento me he sentido contenta, superintendente? Y sé que es terrible decir una cosa así, pero es la verdad. Me he alegrado de que estuviera muerta, porque he pensado que Matthew ya no tendría más preocupaciones.

—No creemos que fuera la señorita Bolam la que chantajeaba a su marido —dijo Dalgliesh amablemente—. Quizá lo fuera, pero no es probable. Lo que creemos es que la mataron precisamente porque ella había descubierto lo que estaba pasando y porque estaba decidida a que terminara. Por eso es tan importante que hable con usted.

Los nudillos de la señora Fenton palidecieron y las manos que se agarraban a la barandilla empezaron a temblar.

—Me temo que me he comportado como una estúpida —dijo—. No puedo hacerle perder más tiempo. Está empezando a refrescar ¿no le parece? ¿Entramos dentro?

Se encaminaron hacia la casa en silencio. Dalgliesh acortó sus zancadas y las adecuó al paso lento de aquella figura delgada y erguida que caminaba a su lado. La miró con ansiedad. Estaba muy pálida y le pareció advertir que sus labios se movían sin articular sonido alguno. Con todo, su paso era firme. Pensó que en seguida se tranquilizaría, y se dijo que no debía acelerar las cosas. Al cabo de un hora, o incluso menos, era seguro que ya estaría en posesión del móvil: una bomba que haría estallar el caso y que lo dejaría abierto de par en par. Pero debía tener paciencia. Una vez más le invadió aquella sensación de inquietud indefinible, como si, incluso en aquel momento en que el triunfo era inminente, su corazón estuviera convencido de la derrota. La oscuridad se cernió sobre ellos. En algún lugar estaba ardiendo una fogata que llenaba su nariz de aquel olor acre a humo, mientras el césped parecía una esponja empapada bajo sus pies.

La casa les acogió gloriosamente cálida y con un ligero aroma de pan casero. La señora Fenton se marchó para asomarse a la puerta de una habitación situada al fondo del vestíbulo. Dalgliesh pensó que había ido a ordenar que les sirvieran el té. Luego lo guió hasta el salón, donde una cálida fogata de leña proyectaba sombras inmensas sobre los sillones y el sofá, tapizados de calicó, y sobre la descolorida alfombra. La mujer encendió una enorme lámpara de pie colocada junto al hogar y corrió las cortinas de las ventanas para dejar fuera la desolación y el decaimiento. Llegó el té, servido en una bandeja sobre una mesilla baja por una impasible criada con delantal, casi tan vieja como su señora, la cual se guardó muy bien de mirar a Dalgliesh. El té era bueno. Dalgliesh advirtió, con una emoción que se parecía demasiado a la satisfacción de sentirse cómodo, que se habían tomado muchas molestias por su causa. Había pastas de té recién sacadas del horno, dos tipos distintos de sandwiches, pastelillos caseros y bizcocho bañado en azúcar. Había demasiado de todo: era como un té para que merendara un colegial. Como si aquellas dos mujeres, enfrentadas con un visitante desconocido y de lo más inoportuno, hubieran buscado ayuda frente a la incertidumbre preparando un festín insólitamente copioso. Hasta la misma señora Fenton parecía sorprendida ante la variedad que tenía ante sus ojos y se puso a mover las tazas en la bandeja como una anfitriona nerviosa y novata. Hasta que Dalgliesh no tuvo ante él su té y su sandwich, no volvió a hablar del asesinato.

—Mi marido estuvo tratándose en la Clínica Steen durante unos cuatro meses, hace casi diez años, poco después de retirarse del ejército. En aquella época vivía en Londres y yo estaba en Nairobi con mi nuera, la cual estaba encinta de su primer hijo. No me enteré nunca del tratamiento de mi marido hasta que me lo dijo hace cosa de una semana.

—Tengo que decirle —dijo Dalgliesh, aprovechando que la señora Fenton se callaba— que, como es natural, no nos interesa saber en absoluto qué problemas tenía el coronel Fenton. Este aspecto es un asunto médico confidencial que en nada concierne a la policía. Al doctor Etherege tampoco le he preguntado nada al respecto y, aunque lo hubiera hecho, él tampoco me lo hubiera dicho. Es posible que el hecho de que estuvieran chantajeando a su marido salga a la luz pública... no creo que podamos evitarlo... pero la razón por la cual acudía a la clínica y los detalles acerca de su tratamiento sólo les conciernen a usted y a él.

La señora Fenton volvió a dejar la taza encima de la bandeja con precaución infinita.

—En realidad —dijo mirando al fuego—, no creo que sea asunto mío. La cosa no me apenó por el hecho de que no me la hubiera contado. Ahora es muy fácil decir que lo habría comprendido y que habría procurado ayudarle, pero lo dudo. Creo que hizo bien al no contármelo. La gente da mucha importancia a la sinceridad absoluta dentro del matrimonio, pero no creo que sea muy sensato confesar cosas que pueden ser dolorosas, a no ser que lo que se pretenda sea herir al otro. Sin embargo, me habría gustado que Matthew me hubiera contado lo del chantaje. En eso sí que necesitaba ayuda y, además, estoy segura de que, entre los dos, habríamos planeado algo.

Dalgliesh le preguntó cómo había empezado todo.

—Según Matthew la cosa comenzó hace apenas dos años. Recibió una llamada telefónica y una voz le recordó su tratamiento en la clínica y, de hecho, mencionó algunos detalles muy íntimos que Matthew había contado a su psiquiatra. Luego la voz sugirió que a él le gustaría ayudar a otros pacientes que estaban tratando de superar unos problemas muy parecidos a los que mi marido había pasado. Habló mucho de las terribles consecuencias sociales que podía suponer el hecho de no curarse. Fue muy sutil y muy inteligente, pero no había la menor duda con respecto a lo que quería aquella voz. Matthew le preguntó qué quería que hiciera y entonces la voz le dijo que debía mandar quince libras en billetes el uno de cada mes con el primer correo de la mañana. Si el día uno caía en sábado o en domingo, la carta tenía que llegar el lunes. El sobre tenía que ir dirigido a la secretaria administrativa, escrito en tinta verde, y debía adjuntar una nota con el dinero en la que se dijera que se trataba de una donación de un paciente agradecido. La voz le dijo también que podía tener la seguridad de que el dinero iría a parar a manos de aquellos que más lo necesitaban.

—El plan parece bastante inteligente —dijo Dalgliesh—. El chantaje era difícil de demostrar y la cantidad estaba bien calculada. Me imagino que su marido se habría visto obligado a actuar de modo muy distinto si la cantidad hubiera sido mayor.

—¡Por supuesto! Matthew no habría permitido nunca que nos quedásemos en la ruina. Pero como era una cantidad tan pequeña... Y no quiero decir que pudiéramos permitirnos regalar quince libras todos los meses, pero era una cantidad que Matthew podía conseguir de sus ahorros personales sin que yo sospechara. Y, por otra parte, nunca fue en aumento. Eso era lo más sorprendente de todo. Matthew dijo que siempre había pensado que los chantajistas no estaban nunca contentos y que iban aumentando la cantidad hasta que la víctima ya no podía pagar ni un solo penique más. Pero en este caso no fue así en modo alguno. Matthew envió el dinero de modo que llegara el uno del mes siguiente y recibió otra llamada. La voz le dio las gracias por su donación y dejó bien claro que no iba a pedirle más de quince libras. Y, efectivamente, nunca le pidió más que esto. La voz comentó algo acerca de compartir el sacrificio entre todos. Matthew me dijo que casi llegó a convencerse de que era verdad. Pero hace unos seis meses decidió no enviar el dinero un mes para ver qué ocurría. El resultado no fue nada agradable: recibió una nueva llamada y la amenaza fue clarísima. La voz habló de la necesidad de salvar a los pacientes del ostracismo social y dijo que la gente de Sprigg's Green se sentiría muy apenada cuando se enterara de su falta de generosidad... de modo que mi marido decidió seguir pagando. Si en el pueblo llegaban a enterarse, habríamos tenido que marcharnos de esta casa. Mi familia ha estado viviendo aquí desde hace doscientos años y tanto a mi marido como a mí nos encanta. A Matthew se le rompería el corazón si tuviera que abandonar su jardín. Y luego estaba el pueblo. Claro que usted no lo ha visto en su mejor momento, pero a los dos nos gusta mucho. Mi marido tiene un cargo en la parroquia y nuestro hijo menor, que murió en un accidente de automóvil, está enterrado aquí. No resulta nada fácil arrancar de cuajo las raíces cuando se tienen setenta años.

No, no podía ser nada fácil. Dalgliesh no le preguntó por qué daba por supuesto que, al descubrirse todo, tendrían que marcharse. Una pareja más joven, más decidida y más mundana no habría hecho caso de la publicidad, habría ignorado las indirectas y habría aceptado la más o menos sincera comprensión de sus amigos, con el convencimiento de que no hay mal que cien años dure y de que pocas cosas hay más muertas en un pueblo que el escándalo del año pasado. La piedad era más difícil de aceptar. Probablemente era el miedo a esa piedad lo que hacía que la mayor parte de las víctimas acabaran cediendo. Dalgliesh le preguntó qué había sido lo que había forzado el desenlace.

—En realidad, fueron dos cosas —respondió la señora Fenton—. En primer lugar necesitábamos más dinero. El hermano menor de mi marido murió repentinamente hace un mes y dejó a su viuda bastante desamparada. Es inválida y es poco probable que viva más de un año o dos, pero está bien instalada en una residencia para ancianos cerca de Norwich y le gustaría quedarse en ella. Se trataba de ayudarla con los gastos. Sólo necesitaba cinco libras por semana y yo no podía entender por qué a mi Matthew le preocupaba tanto dárselas. Significaba que teníamos que ser más cuidadosos con nuestros gastos, pero yo creía que podíamos permitírnoslo. Sin embargo, él sabía que no podíamos pagárselos si teníamos que seguir enviando aquellas quince libras a la clínica. Luego vino lo de su operación. Ya sé que no era nada serio, pero cualquier operación es un riesgo a los setenta años y fue entonces cuando le entró el miedo de morir y de que toda la historia saliera a la luz sin habérmela contado antes. De modo que me lo contó todo. Y a mí me alegró mucho que lo hiciera. Gracias a eso pudo marcharse al hospital contentísimo y la operación ha resultado un éxito, realmente un éxito. ¿Quiere que le sirva un poco más de té, superintendente?

Dalgliesh le acercó su taza y le preguntó qué medidas había decidido adoptar. Estaban acercándose al meollo de la cuestión, pero tuvo buen cuidado de no precipitar las cosas ni demostrarse excesivamente ansioso. Sus comentarios y sus preguntas podían haber sido las de cualquier invitado que hubiera ido a pasar la tarde, es decir, de alguien que participaba en la conversación de su anfitriona de forma educada y como era su deber. Se trataba de una mujer anciana que se había visto sometida a una presión tremenda y que ahora tenía que enfrentarse con otra todavía mayor. Trató de imaginarse lo mucho que le debía de estar costando aquella confesión a un desconocido. Cualquier expresión convencional de compasión habría sido un atrevimiento pero, por lo menos, podía ayudarla mostrándose paciente y comprensivo.

—¿Qué decidí hacer? Pues bien, ése era el problema, claro. Estaba decidida a acabar con el chantaje, pero si era posible quería ahorrarnos cualquier sufrimiento. No soy una mujer demasiado inteligente, y de nada sirve que lo niegue usted ahora con la cabeza pues, de haberlo sido, este asesinato no habría ocurrido... pero lo planeé todo muy bien. Me pareció que lo mejor que podía hacer era presentarme en la clínica y hablar con alguien que tuviera una cierta autoridad. Le explicaría lo que estaba pasando, a lo mejor ni siquiera sería necesario que diera mi nombre y les pediría que se hicieran los trámites pertinentes para poner fin al chantaje. Al fin y al cabo, ellos ya sabían lo de mi marido, de modo que no estaría revelando ningún secreto a nadie y ellos, en realidad, estarían tan interesados como yo misma en evitar cualquier tipo de publicidad. Para la clínica no sería nada bueno que el asunto se divulgara, ¿no le parece?, y seguramente podrían descubrir quién era el responsable sin demasiada dificultad. Al fin y al cabo, se supone que los psiquiatras entienden el carácter de las gentes, y la persona en cuestión debía ser alguien que estaba en la clínica cuando mi marido iba a visitarse. Además, tratándose de una mujer, el campo era más limitado.

—¿Quiere decir que el chantajista era una mujer? —preguntó Dalgliesh sorprendido.

—Sí, sí, claro. Por lo menos mi marido me dijo que la voz que le hablaba por teléfono era de mujer.

—¿Estaba seguro de eso?

—No me pareció que dudara y, además, no era sólo la voz, ¿sabe usted? Había algo en el modo de decir las cosas... como que no eran sólo los miembros del sexo de mi marido los que padecían estas enfermedades, que si había pensado alguna vez en la desgracia que podía representar aquello para las mujeres... y otras cosas por el estilo. Había alusiones muy concretas que demostraban que se trataba de una mujer. Mi marido recuerda muy bien todas esas conversaciones telefónicas y le podrá decir qué comentarios fueron exactamente los que hizo. Supongo que querrá usted hablar con él tan pronto como le sea posible ¿verdad?

–Si su médico opina que el coronel Fenton se encuentra lo suficientemente bien para mantener una breve charla conmigo –respondió Dalgliesh, conmovido por la ansiedad que había advertido en su voz–, me gustaría hablar con él esta noche, de regreso a Londres. Hay un par de cosas, y la cuestión del sexo del chantajista es una de ellas, en las que sólo él es capaz de ayudarme. No le molestaré más de lo necesario.

–Estoy convencida de que podrá hablar con él. Tiene una habitación pequeña exclusivamente para él. Está en una cama de recuperación... creo que es así como la llaman... y se encuentra perfectamente. Yo le he dicho ya que usted vendría hoy a verme, de modo que no le sorprenderá su visita. Si no le importa, no iré con usted. Me parece que él preferirá verlo a solas. Le escribiré una nota para que se la lleve.

–Es interesante que su marido dijera que era una mujer –dijo Dalgliesh, después de darle las gracias–. Puede que tenga razón, claro está, pero podría tratarse también de una inteligente estratagema del chantajista para dificultar las cosas. Hay hombres capaces de imitar la voz de una mujer de manera perfecta y, además, las alusiones normales que indican el sexo son todavía más efectivas que una voz disfrazada. Si el coronel hubiera decidido poner una denuncia y el asunto hubiera llegado a los tribunales, habría sido muy difícil condenar a un hombre sólo por este delito, a no ser que las pruebas fueran muy sólidas. Y tal como yo lo veo, las pruebas habrían sido prácticamente nulas. Creo que es mejor que dejemos abierta la cuestión del sexo del chantajista. Pero, lo siento, la he interrumpido.

–De hecho era un punto importante que hay que establecer y espero que mi marido pueda ayudarle en esa cuestión. Pues bien, como le iba diciendo, pensé que lo mejor era presentarse en la clínica, de modo que, el viernes por la mañana, muy temprano, cogí un tren para Londres. Tenía que ir a ver al callista y Matthew necesitaba un par de cosas que había que llevarle al hospital. Primero decidí ir de compras. Ya sé que habría tenido que ir directamente a la clínica, pero eso fue otra equivocación. En realidad, una cobardía. No me hacía demasiada gracia aquella visita, pero traté de actuar como si la cosa no tuviera importancia, como si fuera una visita normal que podía intercalar entre las compras y el callista. Al final, acabé por no ir y llamé por teléfono. ¿Se da usted cuenta? Ya le he dicho que no soy muy inteligente.

Dalgliesh le preguntó qué le había hecho cambiar de planes.

–Estaba en Oxford Street. Ya sé que le parecerá una tontería todo lo que voy a contarle, pero así fue como ocurrió. Hacía muchísimo tiempo que no iba a Londres sola y había olvidado lo horrible que se ha vuelto esa ciudad. Cuando era joven, me encantaba, porque entonces me parecía bonita, pero ahora ha cambiado y las calles están llenas de gente excéntrica, de extranjeros... Ya sé que no debería sentirme molesta por su culpa... por culpa de los extranjeros, quiero decir... pero es que me hacen sentir de lo más extraño. Y luego estaban los coches. Intenté cruzar Oxford Street y me encontré atrapada, rodeada de coches en una de las islas para peatones. Por supuesto que no mataban ni atropellaban a nadie, pero es que, en realidad, no podían. La gente no podía moverse siquiera, y despedía un olor tan espantoso que tuve que taparme la nariz con un pañuelo de lo mareada y de lo mal que me encontraba. Cuando llegué a la otra acera, entré en unos grandes almacenes y busqué el lavabo de señoras, me dijeron que estaba en el quinto piso y tardé un montón de tiempo en encontrar el ascensor que tenía que coger. Había una cantidad de gente espantosa y estábamos todos metidos allí dentro y apretujados. Cuando por fin entré en el tocador, todas las sillas estaban ocupadas, de modo que tuve que quedarme de pie, apoyada contra la pared, preguntándome si podría reunir energía suficiente para hacer cola y poder almorzar. Entonces fue cuando vi la hilera de cabinas telefónicas y de pronto pensé que podía llamar a la clínica y ahorrarme el viaje y la terrible experiencia de tener que contar toda aquella historia cara a cara. Ahora me doy cuenta de que fui una estúpida, pero en aquel momento me pareció una buena idea. Por teléfono sería más fácil esconder mi identidad y me sentía con más ánimos de contarlo todo. Además, me tranquilizó mucho pensar que, si la conversación se ponía difícil, siempre podía colgar. Ya ve usted, me comporté como una cobarde, y mi única excusa es que estaba muy cansada, mucho más cansada de lo que habría podido imaginar. Supongo que ahora me dirá que tenía que haber ido directamente a la policía, a Scotland Yard. Pero Scotland Yard es un lugar que asocio siempre con las novelas policíacas y con los asesinatos. Parece casi imposible que exista de verdad y que una pueda presentarse allí y contar lo que ocurre. Y además, estaba muy preocupada por la publicidad. No me pareció que a la policía pudiera gustarle enfrentarse con una persona que pedía ayuda, pero que no estaba dispuesta a colaborar contando toda la historia ni a poner una denuncia. Como ve usted, lo único que yo quería era poner fin al chantaje. No me comporté de un modo demasiado cívico, ¿verdad?

—Era comprensible —respondió Dalgliesh—. Yo ya había pensado que era muy posible que la señorita Bolam hubiera recibido el aviso por teléfono. ¿Recuerda usted lo que le dijo?

—Me temo que no muy bien. Una vez hube encontrado los cuatro peniques necesarios para la llamada y localizado el número en el listín, me quedé unos minutos pensando qué diría. Me contestó la voz de un hombre y le dije que quería hablar con la secretaria administrativa. Luego oí la voz de una mujer que decía: «Oficial administrativa al habla». No esperaba que me contestara una mujer y de pronto se me ocurrió que estaba hablando con la chantajista. Al fin y al cabo era posible, ¿no? De modo que le dije que había alguien en la clínica, probablemente ella, que había estado chantajeando a mi marido y que llamaba para decir que no iba a sacarnos ni un penique más a partir de aquel día y que, si volvíamos a recibir más llamadas telefónicas, iríamos directamente a la policía. Me salió todo de un tirón y me puse a temblar de un modo tan espantoso que tuve que apoyarme contra la pared de la cabina para no desplomarme en el suelo. Supongo que debí de parecerle una histérica. En cuanto tuvo ocasión de hablar, me preguntó si era una paciente y quién me estaba tratando y dijo algo acerca de pedir a uno de los médicos que hablara conmigo. Supongo que pensó que me había vuelto loca. Yo le dije que nunca había estado en aquella clínica y que si algún día, Dios no lo quisiera, necesitaba someterme a tratamiento, no sería tan tonta como para ir a un sitio donde las intimidades personales y las desgracias de los pacientes se convertían en una oportunidad para el chantaje. Creo que terminé diciendo que había una mujer involucrada, que tenía que haber estado trabajando en la clínica casi diez años y que, si la oficial administrativa no era la persona responsable, esperaba que por lo menos se tomaría como un deber el trabajo de descubrir al culpable. Ella intentó que le dijera mi nombre o que fuera a verla, pero yo colgué.

—¿Y le dio usted algún detalle acerca de cómo funcionaba el chantaje?

—Le dije que mi marido había enviado quince libras hacía un mes dentro de un sobre escrito en tinta verde. Entonces fue cuando se puso muy nerviosa y me dijo que fuera a la clínica inmediatamente o, por lo menos, que le dejase mi nombre. Fue muy grosero por mi parte colgar a media conversación, pero de repente me asusté, no sé por qué, y le dije que ya había dicho todo cuanto tenía que decir. Después vi que una de las sillas del tocador ya no estaba ocupada y permanecí sentada durante media hora hasta que me encontré mejor. Luego me fui directamente a Charing Cross, pedí un café y unos bocadillos en el restaurante y esperé el tren de vuelta a casa. El sábado leí lo del asesinato en el periódico y di por sentado que otra de las víctimas, porque seguro que tiene que haber más, se había decidido por aquella solución. No relacioné el crimen con mi llamada, por lo menos al principio, pero al poco rato empecé a preguntarme si no sería mi deber contarle a la policía todo lo que estaba pasando en aquel horrible lugar. Ayer hablé de todo esto con mi marido y decidimos tomarnos las cosas con calma. Pensamos que era mejor esperar a ver si recibíamos más llamadas del chantajista. A mí no me gustaba mucho quedarme callada pero, como los periódicos no han publicado demasiados detalles del asesinato, no sé muy bien lo que ocurrió realmente. De todos modos, pensé que el chantajista podía estar relacionado de algún modo con el crimen y que a la policía le gustaría saberlo. Cuando todavía estaba pensando qué podía hacer, llamó el doctor Etherege. Y ya conoce el resto. Todavía me pregunto cómo han conseguido dar conmigo.

—Dimos con usted del mismo modo que el chantajista dio con el coronel Fenton: gracias al índice de los diagnósticos de la clínica y a los archivos médicos. No vaya a figurarse que en la Clínica Steen no custodian como es debido la información confidencial, porque no es cierto. El doctor Etherege está muy afectado por lo del chantaje, pero la verdad es que no hay ningún sistema que esté totalmente protegido contra la maldad cuando se ejerce de manera inteligente y encaminada a un objetivo concreto.

—Descubrirán quién es, ¿verdad? —preguntó—. ¿Lo descubrirán?

—Gracias a usted, creo que estamos en camino —respondió Dalgliesh, tendiéndole la mano antes de despedirse.

–¿Cómo era, superintendente? –preguntó la señora Fenton de pronto–. Me refiero a esa mujer que han asesinado. Hábleme de la señorita Bolam.

–Tenía cuarenta y un años –dijo Dalgliesh–. Era soltera. Yo no la conocía personalmente y sólo he visto el cadáver pero tenía el pelo castaño claro y los ojos de un azul grisáceo. Era bastante robusta, con las cejas anchas y los labios finos. Era hija única y sus padres habían muerto. Llevaba una vida bastante solitaria, pero la iglesia llenaba gran parte de su vida y era capitana de Guías. Le gustaban los niños y las flores, era meticulosa y eficiente, pero no tenía dotes de psicóloga. Ayudaba a todos cuantos se encontraban en apuros, pero todos la tenían por una persona rígida, sin sentido del humor y sometida a un código sumamente estricto, y a mí me parece que estaban en lo cierto. Tenía un gran sentido del deber.

–Yo tengo la culpa de que esté muerta y debo aceptar esta verdad.

–Eso no son más que tonterías –dijo Dalgliesh amablemente–. Sólo hay una persona responsable y, gracias a usted, la atraparemos.

–Si yo, antes que nada, hubiera ido a verle a usted o si hubiera tenido el valor de presentarme en la clínica en lugar de llamar por teléfono... ahora la señorita Bolam estaría viva –dijo moviendo la cabeza.

Dalgliesh pensó que Louise Fenton se merecía algo más que el consuelo de una sarta de mentiras tontas, que por otra parte tampoco la habían consolado.

–Quizá tenga usted razón –optó por decir Dalgliesh–. ¡Son tantas las posibilidades! Estaría viva si el secretario hubiese cancelado la reunión a la que debía asistir y hubiese ido a la clínica sin pérdida de tiempo, si ella hubiese ido a verlo inmediatamente, si el vigilante de la puerta no hubiese tenido dolor de estómago... Usted hizo lo que consideró mejor en aquel momento y nadie pudo haber hecho más.

—Como ella, ¡pobre mujer! —respondió la señora Fenton—, y ya ve usted lo que le pasó...

La señora Fenton dio unos golpecitos en el hombro a Dalgliesh, como si fuera él quien estaba necesitado de consuelo y confianza.

—No tenía la intención de aburrirle con mis cosas, pero espero que sabrá perdonarme. Ha sido usted muy paciente y muy amable conmigo. ¿Puedo hacerle otra pregunta? Acaba de decir que, gracias a mí, quizá atraparán al asesino. ¿Acaso sabe quién es?

—Sí —dijo Dalgliesh—. Creo que ahora ya sé quién es.

7

De vuelta a su despacho de la jefatura de policía al cabo de dos horas, Dalgliesh comentó el caso con el sargento Martin. El informe estaba abierto sobre el escritorio.

—¿Le han confirmado la historia de la señora Fenton, señor?

—¡Oh, sí! El coronel ha sido muy amable. Ahora que ya se ha recuperado del doble problema, su operación y la confesión a su mujer, está dispuesto a tomarse las dos cosas con absoluta tranquilidad. Llegó a decirme incluso que la petición de dinero podía ser totalmente inocente y que esta posibilidad era totalmente plausible. Tuve que recordarle que había una mujer asesinada por medio para obligarlo a ponerse frente a la realidad de la situación. Entonces me lo contó todo. Su historia concuerda exactamente con lo que me ha dicho la señora Fenton, excepto en una cosa muy interesante. Le doy tres oportunidades para adivinarlo.

—¿Se trata del robo? Supongo que fue el señor Fenton.

—¡Maldita sea, Martin! De vez en cuando, o aunque sólo fuera por una vez, podría hacer como que se sorprende. Pues sí, fue nuestro coronel. Pero no cogió las quince libras, cosa que no le echaría en cara si lo hubiera hecho, porque al fin y al cabo el dinero era suyo. Él admite que, de haberlo visto, lo habría cogido, pero no lo vio. En realidad estaba allí para una cosa muy distinta: quería llevarse su informe médico. En muchas cosas metía la pata, pero sabía que el informe médico era la única prueba fehaciente de su paso como paciente por la clínica. Naturalmente, su intento de robo se frustró, a pesar de que había estado haciendo prácticas de cortar vidrio en el invernadero de su casa y de que emprendió una huida muy poco digna al oír llegar a Nagle y a Cully. Ni siquiera consiguió acercarse al informe que buscaba. Dio por sentado que estaba en uno de los archivadores de la oficina central y consiguió forzarlos, pero cuando vio que los informes estaban archivados numéricamente, comprendió que no lo encontraría. Hacía ya mucho tiempo que había olvidado el número que le había correspondido en la clínica. Supongo que debió de borrárselo de la cabeza cuando comprobó que se había curado.

–Bueno, por lo menos la clínica le hizo ese favor.

–Pues le aseguro que no quiere admitirlo. Supongo que eso debe de ser muy normal entre los pacientes de los psiquiatras, cosa bastante desalentadora para éstos. Al fin y al cabo, los pacientes de cirugía no van diciendo por ahí que, de haber tenido la oportunidad, ellos mismos se habrían operado. No, el coronel no se siente deudor de la Clínica Steen, ni tampoco parece muy dispuesto a mostrarse muy reconocido a la clínica por haberlo librado del problema. Supongo que debe de tener razón. No me imagino al doctor Etherege diciendo lo mucho que se puede hacer por un paciente de psiquiatría en sólo cuatro meses, que fue el tiempo que Fenton estuvo visitándose. Seguramente su curación, si es que podemos llamarla así, tiene mucho que ver con su retirada del ejército. Es difícil saber si lo estaba deseando o si le aterrorizaba. Pero, de todos modos, mejor será que resistamos la tentación y no queramos hacer de psicólogos aficionados.

–¿Cómo es el coronel, señor?

–Bajito. Seguramente parece más bajito a causa de su dolencia. Tiene el pelo color arena y las cejas despeinadas y parece una especie de fierecilla asomada a su madriguera. Yo diría que tiene una personalidad mucho más débil que su esposa, a pesar de la aparente fragilidad de la señora Fenton.

Ya sé que es difícil causar buena impresión cuando uno está convaleciente en un hospital, vestido con una bata a rayas y tiene al lado una hermana estupenda que no deja un momento de aconsejarle que sea buen chico y que no hable demasiado. No me ayudó demasiado con lo de la voz y lo único que me dijo es que le había parecido de mujer y que ni se le había ocurrido pensar siquiera que pudiera no serlo. Por otro lado, no pareció sorprenderle que le dijera que la voz podía ser fingida. Pero es sincero y no puede decir más de lo que ha dicho. No sabe más. Por lo menos, ya tenemos el móvil. Éste es uno de los pocos casos en los que conocer el porqué significa saber quién es el autor.

—¿Va a pedir una orden de detención?

—Todavía no. No estamos preparados aún. Si no nos andamos con cuidado, el caso podría escapársenos de las manos.

Una vez más volvió a asaltarle aquel inoportuno presentimiento de desastre y se encontró analizando el caso como si ya se hubiera estrellado en él. ¿Dónde se había equivocado? Al recoger el índice de los diagnósticos de la clínica en el despacho del director, había descubierto el juego al asesino. La noticia se divulgaría a través de la clínica con rapidez. Pero, en realidad, era lo que pretendía. A veces se llegaba a un punto en el que resultaba útil asustar al sospechoso. ¿Acaso el asesino pertenecía a ese tipo de hombres que se asustan hasta el punto de traicionarse a sí mismos? ¿Había sido una decisión equivocada actuar tan abiertamente? De pronto, la cara adocenada y de expresión sincera de Martin le pareció molestamente bovina, allí de pie, sin saber qué hacer esperando sus instrucciones.

—Supongo que habrá ido a ver a los Priddy —dijo Dalgliesh—. Vamos a ver qué hay de eso. La chica está casada, ¿no es así?

—No cabe ninguna duda señor. He estado allí esta tarde, temprano, y he tenido una charla con sus padres. Afortunadamente, la señorita Priddy había salido a comprar pescado y patatas fritas para cenar. Viven en una situación de bastante indigencia.

—Eso no viene al caso. De todos modos, siga.

—No hay mucho que decir. Viven en uno de esos suburbios que bajan hasta la línea ferroviaria de Clapham. Todo muy confortable y muy cuidado, pero sin televisión ni nada que se le parezca. Supongo que lo debe de prohibir su religión. Calculo que los Priddy deben de tener más de sesenta años. Jennifer es hija única y su madre seguramente tenía más de cuarenta años cuando ella nació. Lo de la boda de la chica es la típica historia. Me sorprendió que me la contaran, pero el caso es que lo han hecho. El marido era un mozo de un almacén y trabajaba con ella en el último empleo que ésta tuvo. Surgió lo del hijo de por medio y tuvieron que casarse.

—Es cosa lamentable, pero corriente. Uno se figura que esta generación, que cree saberlo todo acerca del sexo, debería estar familiarizada con algunos puntos básicos. Pero parece que estos pequeños percances ya no preocupan a nadie hoy en día.

A Dalgliesh le sorprendió la amargura que había en su propia voz. ¿Acaso valía realmente la pena protestar de modo tan vehemente por una pequeña tragedia tan corriente como aquélla? No pudo evitar preguntarse qué le estaba pasando.

—A la gente como los Priddy sí les preocupa —dijo Martin, impertérrito—. Esos chicos siempre se meten en problemas y luego corresponde casi siempre a esa generación mayor, tan criticada, resolverlos. Los Priddy hicieron todo lo que pudieron: obligaron a los chicos a casarse, por supuesto y, aunque en la casa no sobra el espacio, desalojaron el primer piso e hicieron de él un pequeño pisito para la joven pareja. Y les quedó la mar de bien. Incluso me lo han enseñado.

Dalgliesh consideró un momento lo mucho que le disgustaba la expresión «joven pareja», con todas sus connotaciones domésticas y sentimentaloides y sus ecos de desilusión.

—Parece que, pese a lo breve de la visita, le han caído en gracia —dijo.

–Me han gustado, señor. Son buena gente. Como era de esperar el matrimonio no duró demasiado y me ha dado la impresión de que ahora los viejos se están preguntando si hicieron bien obligándoles a casarse. El tipo se marchó de Clapham hace dos años y no saben dónde está. Me han dado su nombre y me han enseñado su fotografía. No tiene nada que ver con la Clínica Steen, señor.

–Esperaba que no tuviera nada que ver. No esperaba descubrir que Jennifer Priddy era la esposa de Henry Etherege, ni que sus padres o su marido tuvieran nada que ver con el crimen.

Sí, así era, pese a que sus vidas, escapándose por la tangente, habían tenido un contacto fugaz con el círculo de la muerte. En todos los casos de asesinato surgía gente como aquélla. Dalgliesh había estado sentado, tantas veces que ni siquiera recordaba cuántas, en salas de estar, dormitorios, pubs y comisarías de policía hablando con gente que, sólo un instante, habían estado en contacto con un asesinato. Las muertes violentas eran grandes liberadoras de inhibiciones, una especie de sacudida que dejaba al descubierto gran cantidad de hormigueros. Su trabajo, en el que podía engañarse a sí mismo diciéndose que no inmiscuirse era su deber, le había permitido entrever las vidas secretas de hombres y mujeres a los que quizás no vería nunca más, a no ser como rostros conocidos a medias confundidos entre la muchedumbre de Londres. Algunas veces despreciaba su propia imagen de inquisidor paciente, ni partícipe ni juez de las miserias y culpas de los demás. Se preguntaba cuánto tiempo se podía uno mantener al margen sin perder el alma.

–¿Y qué pasó con el bebé? –preguntó de pronto.

–Pues que la chica abortó, señor –contestó Martin.

«Claro –pensó Dalgliesh–, era de esperar.» A la gente como los Priddy no podía salirles nada bien. Aquella noche tenía la impresión de que se le había contagiado la mala suerte de aquella familia. Preguntó a Martin qué le habían dicho de la señorita Bolam.

—No mucho que no supiéramos ya. Iban a la misma iglesia y Jennifer Priddy fue una de las chicas Guía de la compañía de la señorita Bolam. Los viejos han hablado de ella con mucho respeto. Les ayudó mucho cuando la chica se quedó embarazada y, cuando el matrimonio fracasó, les propuso que Priddy trabajara en la Clínica Steen. Creo que a los pobres les gustaba creer que allí había alguien que vigilaba a Jenny. No han sabido decirme mucho acerca de la vida privada de la señorita Bolam, por lo menos nada que no supiéramos ya. Sin embargo, ha ocurrido algo que me ha extrañado. Justo cuando la chica volvía con la cena la señora Priddy insistía en que yo me quedara a cenar con ellos, pero yo le he dicho que era mejor que me marchase. Ya sabe lo que ocurre con el pescado y las patatas fritas: se compra el número justo de trozos y no resulta nada fácil repartirlos cuando hay alguien de más. Bueno, el caso es que han llamado a la chica para que se despidiera de mí y, al volver de la cocina, me ha mirado como si hubiera visto al mismísimo diablo. Sólo ha sido un segundo o dos y sus padres no creo que hayan advertido nada raro. Pero yo me he dado cuenta al momento: algo ha asustado a la chica.

—A lo mejor ha sido el solo hecho de verle a usted. Quizás ha pensado que hablaría de su amistad con Nagle.

—No creo que fuera eso, señor. Cuando ha vuelto de la tienda se ha asomado al salón, ha dicho «buenas tardes» y no se ha inmutado. Yo le he dicho que acababa de hablar con sus padres porque eran amigos de la señorita Bolam y podían saber algo útil para nosotros acerca de su vida privada, pero el hecho no parecía preocuparle lo más mínimo. Sin embargo al cabo de cinco minutos ha vuelto con aquella mirada tan rara...

—¿Y está seguro de que no han llamado ni se ha presentado nadie en la casa durante todo ese rato?

—No, por lo menos yo no he oído nada y, además, no tienen teléfono. Supongo que ha debido de ser algo que le ha ocurrido mientras estaba sola en la cocina. No he tenido ocasión de preguntárselo porque ya estaba a punto de salir y, además, no tenía nada más que comentar. Lo que sí les he dicho es que, si recordaban algo que pudiera sernos de utilidad, nos lo comunicaran inmediatamente.

—Está claro que tendremos que interrogarla otra vez, y cuanto antes mejor. Hay que desmontar esa coartada como sea y ella es la única que puede hacerlo. No creo que la chica mintiera a sabiendas, ni que ocultara pruebas deliberadamente; lo que ocurrió sencillamente es que la verdad nunca le vino a las mientes.

—Ni a mí, señor, hasta que hemos descubierto el móvil. ¿Qué quiere que hagamos ahora? ¿Que le hagamos sudar un poquito?

—No me atrevo, Martin. Es demasiado peligroso. Hay que darse prisa... Lo que podríamos hacer es ir a charlar con Nagle un ratito.

Sin embargo, cuando llegaron a la casa de Pimlico, al cabo de veinte minutos, encontraron la puerta del piso cerrada con llave y un trozo de papel doblado debajo de la aldaba. Dalgliesh lo retiró con cuidado y leyó la nota en voz alta: «Cariño, siento no haberte encontrado. Tengo que hablar contigo. Si no nos vemos esta noche, mañana iré a la clínica temprano. Besos, Jenny».

—¿Vale la pena esperarle, señor?

—No creo y, además, me parece que sé dónde está. Cully estaba en la centralita cuando hemos estado haciendo las llamadas esta mañana, pero me he asegurado bien de que tanto Nagle como todo el personal de la clínica supieran que yo estaba interesado en los informes médicos. Le he pedido al doctor Etherege que, cuando me marchara, volviera a dejarlos en su sitio. Nagle va a la Clínica Steen una o dos tardes por semana para ocuparse de la caldera y apagar la estufa del departamento de terapia artística. Supongo que esta noche debe de estar allí y que aprovecha la oportunidad para ver qué historiales hemos estado mirando. De todos modos, iremos para allá.

—Es fácil entender para qué necesitaba el dinero —dijo Martin mientras el coche avanzaba hacia el río, en la dirección norte—. Nadie puede alquilar un piso así con el sueldo de un vigilante. Sin contar sus utensilios de pintura.

—Sí. El estudio es francamente impresionante. Me habría gustado que lo hubiera visto. Y luego las clases de Sugg. Puede que a Nagle le salieran más baratas pero, de todos modos, Sugg no da clases gratis. No creo que el chantaje fuera especialmente lucrativo, y ahí es donde fue inteligente. Seguramente tenía más de una víctima y había calculado cuidadosamente las cantidades. Pero aunque sólo hubiera sacado quince o treinta libras al mes, libres de impuestos, le bastarían para ir tirando hasta obtener la Bollinger o hacerse famoso.

—¿Es bueno como pintor? —preguntó el sargento Martin. Había temas sobre los cuales el sargento nunca opinaba, si bien daba siempre por sentado que el superintendente era un experto en ellos.

—Al parecer los fiduciarios de la Bollinger opinan que sí.

—Todo está bastante claro, ¿no le parece, señor? —dijo Martin, dejando de lado el tema del talento de Nagle como pintor.

—Por supuesto que no lo está —dijo Dalgliesh, irritado—. Nunca está bastante claro a estas alturas de la investigación. Pero echemos una ojeada a lo que sabemos. El chantajista daba instrucciones a sus víctimas para que mandaran el dinero dentró de un sobre dirigido de un modo muy particular, seguramente para poder hacerse con él antes de que se abriera el correo. Nagle es el primero en llegar a la clínica y es el responsable de clasificar y distribuir la correspondencia. Al coronel Fenton le ordenaron que enviara el dinero de modo que éste llegara a la clínica el primero de mes. Nagle fue a la clínica el uno de mayo, a pesar de encontrarse mal y de tener que ser trasladado a su casa más tarde. No creo que fueran las ganas de ver al duque las que le hicieron acudir al trabajo. El único día que no pudo llegar primero al trabajo, porque se quedó atrapado en el metro, fue precisamente aquel en que la señorita Bolam recibió quince libras de un paciente desconocido agradecido. Y ahora pasemos al asesinato y a la reconstrucción de los hechos. La mañana de autos Nagle estaba ayudando en la centralita, porque Cully tenía dolor de estómago. Escucha la llamada de la señora Fenton, sabe cómo va a reaccionar la señorita Bolam y, efectivamente, ésta se lo confirma pidiéndole que la comunique con las oficinas centrales del grupo. Vuelve a escuchar la conversación y se entera de que el señor Lauder va a pasar por la clínica después de la reunión con la junta. Tiene que quitar de en medio a la señorita Bolam antes de que llegue. Pero ¿cómo? Es imposible pretender hacerla salir de la clínica. ¿Qué excusa podría darle? Y además, ¿cómo se las arreglaría después para tener una coartada? No, tiene que hacerlo en la clínica. Quizá no sea un plan tan malo, después de todo. Al fin y al cabo, la oficial administrativa no cae simpática a nadie. Con un poco de suerte, habrá un montón de sospechosos que mantendrán ocupada a la policía y, algunos de ellos, con motivos más que justificados para desear la muerte de la señorita Bolam. De modo que lo planea todo. Naturalmente, es evidente que la llamada que recibe la señorita Bolam no tenía que haberse hecho necesariamente desde el sótano. Casi todas las salas tienen teléfono. Pero si el asesino no la esperaba en la sala de historiales, ¿cómo podía estar seguro de que todavía estaría en ella cuando él llegara? Por eso Nagle esparció los historiales por el suelo. Conocía a la señorita Bolam lo suficientemente bien para estar seguro de que era incapaz de dejarlos en el suelo y de no recogerlos. El doctor Baguley pensó que la primera reacción de la señorita Bolam sería llamar a Nagle para que la ayudara. Pero como estaba esperando que éste bajara de un momento a otro, no lo hizo. En lugar de llamarlo, empezó a recoger los historiales y, de ese modo, le proporcionó los dos o tres minutos que Nagle necesitaba. Eso es lo que creo que ocurrió. Hacia las seis y diez Nagle baja al cuarto de descanso de los vigilantes para ponerse la chaqueta y aprovecha el momento para dejar abierta la puerta de la sala de historiales y esparcir los informes por el suelo. Deja las luces encendidas y cierra la puerta, pero no corre el cerrojo. Luego deja abierta la puerta del fondo e, inmediatamente después, va a la oficina general para recoger el correo que hay que mandar. La señorita Priddy está allí pero, de vez en cuando, entra en la sala de archivos que hay junto a la oficina. Nagle sólo necesita medio minuto para telefonear a la señorita Bolam y pedirle que baje a la sala de archivos, porque ha ocurrido algo muy serio que quiere enseñarle. Sabemos cómo reacciona ella ante la noticia. Sin embargo, antes de que haya tenido tiempo de colgar entra Jennifer Priddy. Pero él no pierde su sangre fría: desconecta el teléfono con la mano y hace ver que está hablando con la enfermera Bolam sobre la ropa limpia. Luego, sin perder un minuto, se marcha con el correo. Sólo tiene que ir hasta la estafeta que está al otro lado de la calle. Seguidamente, echa a correr hasta el callejón, entra en el sótano por la puerta trasera, que ha dejado abierta, se mete el escoplo en el bolsillo, coge el fetiche de Tippett y entra en la sala de historiales. Tal como esperaba, la señorita Bolam está arrodillada en el suelo recogiendo los historiales rotos y esparcidos de cualquier manera. Ella levanta los ojos y, cuando está a punto de preguntarle dónde se había metido, antes de que tenga tiempo de hablar Nagle le asesta un golpe. Una vez inconsciente, Nagle puede tomarse el tiempo que quiera para apuñalarla. No puede permitirse ningún error y, de hecho, no comete ninguno. Nagle pinta desnudos y es probable que sus conocimientos de anatomía sean tan buenos como los de la mayoría de los psiquiatras. Y además, tiene buena mano con el escoplo. Para esa obra tan importante en su vida elige una herramienta con la que se siente cómodo y que sabe manejar.

—No habría llegado al sótano a tiempo —dijo Martin— si hubiera ido a la esquina de Beefsteak Street a comprar el *Standard,* como tenía costumbre. Con todo, el chico de los periódicos no podía jurar si lo vio o no. Cuando regresó a la clínica llevaba un periódico, pero pudo haberlo comprado durante el almuerzo y habérselo guardado en el bolsillo.

—Yo creo que eso fue lo que hizo —dijo Dalgliesh—. Por eso no dejó que Cully comprobara los resultados de las carreras. Cully se habría dado cuenta en seguida de que era la edición del mediodía. Nagle se la lleva al sótano y luego lo utiliza para envolver la comida del gato antes de echarlo a la caldera. Naturalmente, no se queda solo en el sótano mucho rato. Jenny Priddy anda pisándole los talones. Sin embargo, aún tiene tiempo de volver a echar el cerrojo en la puerta trasera y de ir a preguntar a la enfermera Bolam si puede subir arriba la ropa limpia. Si Priddy no hubiera bajado, Nagle habría ido a reunirse con ella en la oficina general. Tenía que andar con cuidado y no quedarse solo en el sótano más de un minuto, pues el asesinato tenía que situarse en el rato durante el cual él estuvo fuera con el correo.

—Me pregunto por qué no descorrió el cerrojo de la puerta del sótano después del asesinato, aunque tampoco podía llamar la atención sobre esa puerta. Al fin y al cabo, si alguien de fuera podía entrar de ese modo, la gente no habría tardado mucho en pensar que Nagle también podía haber estado allí. Después de haber entrado el coronel Fenton, cogió las quince libras, de eso no cabe duda. A las autoridades locales les pareció siempre muy raro que el ladrón supiera dónde estaban. Supongo que Nagle pensó que tenía derecho a cogerlas.

—Lo más probable es que quisiera oscurecer el verdadero motivo de aquel allanamiento y hacer que pareciera un vulgar robo. No le habría gustado que la policía empezara a preguntarse por qué un intruso desconocido quería meter las narices en los historiales médicos. Al robar aquellas quince libras, cosa que sólo Nagle tuvo la oportunidad de hacer, confundió todo el caso. Lo mismo pasó con el asunto del ascensor. Ése sí que fue un buen golpe. Sólo tardaría un minuto en hacerlo subir hasta el segundo piso antes de salir del sótano sin ser visto y había bastantes probabilidades de que alguien lo oyera y lo recordara.

El sargento Martin pensó que todo encajaba perfectamente, pero que iba a costar lo suyo probarlo, y así se lo dijo.

—Por eso ayer en la clínica descubrí cuál era mi juego. Hay que ponerle nervioso. Y por eso es tan importante que vayamos a la clínica esta noche. Si está allí, lo presionaremos un poquito. Por lo menos sabemos dónde vamos.

Media hora antes de que Dalgliesh y Martin llamaran a la puerta del piso de Pimlico, Peter Nagle entraba en la clínica por la puerta principal y a continuación la cerraba con llave. Sin encender las luces, se encaminó hacia el sótano con la ayuda de su pesada linterna. No tenía demasiadas cosas que hacer. Sólo había que apagar la estufa e inspeccionar la caldera. Luego tendría que arreglar un pequeño asuntillo personal, para lo cual tendría que entrar en la sala de archivos, si bien aquel lugar todavía caliente y lleno de imágenes de muerte, no le aterrorizaba lo más mínimo. Los muertos estaban muertos, acabados, impotentes, callados para siempre. En un mundo cada vez más incierto, aquel hecho no tenía vuelta de hoja. Un hombre con nervio suficiente para matar tenía motivos evidentes para tener miedo, aunque nunca de los muertos.

Fue entonces cuando oyó el timbre de la puerta principal. Era una llamada vacilante, indecisa, pero resonó extrañamente poderosa en medio del silencio de la clínica. Cuando abrió la puerta, la figura de Jenny se coló con tal rapidez que pareció pasar por su lado como un espectro, como un tenue fantasma nacido de la oscuridad y de la niebla de la noche.

—Lo siento cariño, tenía que verte —dijo, casi sin aliento—. Como no estabas en el estudio, he pensado que probablemente estabas aquí.

—¿Te ha visto alguien en el estudio? —le preguntó.

Sin saber exactamente por qué, a Nagle aquella pregunta le parecía importante.

—No —dijo mirándole sorprendida—. La casa parecía vacía. No he visto a nadie. ¿Por qué?

—Por nada. Da igual. Ven abajo, encenderé la estufa. Estás temblando.

Bajaron al sótano juntos mientras sus pasos resonaban en aquel edificio tranquilo, misterioso y lleno de presagios que, a la mañana siguiente, se despertaría con las voces, la actividad y el zumbido que genera el trabajo productivo. Jenny andaba de puntillas y, cuando hablaba, lo hacía con un hilo de voz. Al llegar a las escaleras, le cogió de la mano y Peter notó que temblaba. De pronto, cuando estaban a medio camino, se oyó un ruido apagado.

—¿Qué ha sido eso? —dijo ella—. ¿Qué era ese ruido?

—Nada. *Tigger* y su cubeta, supongo.

Una vez en el cuarto de descanso, después de encender la estufa, Nagle se dejó caer en una de las butacas y la miró sonriendo. Era realmente un inconveniente que se hubiera presentado en aquel momento, pero tenía que disimular que el hecho le contrariaba. Con un poco de suerte, se libraría de ella en un momento y antes de las diez habría abandonado la clínica.

—¿Y bien? —le preguntó.

De pronto Jenny se desplomó en la alfombra, a sus pies, y se agarró con fuerza a las piernas de Nagle. Sus claros ojos buscaron los suyos en una súplica apasionada.

—¡Cariño, tengo que saberlo! No me importa lo que hayas hecho siempre que me lo digas. Te quiero y quiero ayudarte. Si tienes algún problema, cariño, tienes que decírmelo.

Era peor de lo que se temía. De algún modo, se había enterado de algo. Pero, ¿cómo?, ¿de qué?

—¿De qué problemas me estás hablando, si puede saberse? —dijo en un tono de voz aparentemente frívolo—. ¡Dentro de poco vas a decirme que fui yo quien la mató!

—¡Oh, Peter, no te burles, por favor! Estoy muy preocupada. Algo anda mal, lo sé. Es el dinero, ¿no? ¿Fuiste tú quien cogió las quince libras?

Le habría gustado reírse a carcajadas ante el peso que se había quitado de encima. En un arranque sentimental, la rodeó con sus brazos y la atrajo hacia sí mientras le susurraba unas palabras a través del cabello.

—¡Qué tonta eres! Si hubiese querido, habría cogido el dichoso dinero cuando hubiera querido. ¿Cómo has metido en tu cabeza todas esas tonterías?

—Eso mismo me digo yo. ¿Por qué habrías de cogerlo? ¡Ay, cariño, no te enfades conmigo! Estaba tan preocupada... ¿Sabes?, fue por el periódico.

—¿Qué periódico? ¡Por el amor de Dios!

Era lo único que podía decirle para impedir que se apercibiera de todo. Con tal de no tener que enfrentarse con la mirada de Jenny, se veía capaz de luchar contra aquella irritación y aquel pánico fatal tan insidiosos que sentía crecer en él. ¿Qué estaría tratando de decirle?

—El *Standard*. El sargento ha venido a vernos esta tarde. Yo había salido a comprar pescado con patatas y, cuando estaba desenvolviéndolo en la cocina, me he fijado en el periódico en que estaba envuelto. Era el *Standard* del viernes y en primera página venía una fotografía enorme de ese accidente aéreo que ha habido. Y entonces me he acordado de que habíamos utilizado tu *Standard* para envolver la comida de *Tigger* y de que la primera página era distinta. Aquélla era una fotografía que yo no había visto en mi vida.

—¿Has contado algo de eso a la policía? —le preguntó Nagle con voz muy pausada, abrazándola con más fuerza.

—¡Pues claro que no, cariño! ¡Supón que sospecharan de ti! No se lo he comentado a nadie, pero tenía que decírtelo. Me da igual lo de esas quince libras, me da igual si te la encontraste en el sótano, porque yo sé que tú no la mataste. Todo cuanto quiero es que confíes en mí. Te quiero y quiero ayudarte. No puedo soportar que me ocultes nada.

Eso es lo que decían todas, pero no había ni una entre un millón que quisiera saber realmente qué verdad hay en un hombre. Por un momento sintió la tentación de contárselo todo, de escupir aquella sórdida historia en aquella carita bobalicona y suplicante y observar cómo se iba borrando de ella toda aquella comprensión, todo aquel amor. Seguramente podría soportar que le contara lo de la Bolam. Lo que no podría soportar, en cambio sería saber que no había estado chantajeando a nadie por ella, que no había actuado así para proteger su amor, porque en realidad no había ningún amor que proteger y nunca lo había habido. Tendría que casarse con ella, por supuesto. Siempre había pensado que a lo mejor sería necesario. Sólo ella podía testificar contra él y sólo había un modo seguro de evitar que se fuera de la lengua. Pero el tiempo se le echaba encima. Tenía planeado marcharse a París a finales de semana y ahora, tal como estaban las cosas, veía que no viajaría solo. Se puso a pensar a toda prisa. Trasladando su cuerpo al brazo de la butaca, sin dejar de rodearla con sus brazos con la cara reposando sobre su mejilla, dijo suavemente:

—Escúchame, cariño. Hay algo que quiero que sepas. Si no te lo he dicho antes es porque no quería que te preocuparas. Sí, yo cogí las quince libras. Ya sé que fue una tontería, pero no tiene ningún sentido que ahora te preocupes por esa tontería. Supongo que la señorita Bolam lo adivinó. No lo sé. Nunca me dijo nada y no fui yo quien la llamó. Pero la verdad es que estuve en el sótano después de que la asesinaran. Yo había dejado la puerta de atrás abierta y entré por ella. Ese imbécil de Cully me pone enfermo con su manía de registrar todas mis entradas y salidas como si yo estuviera tan chiflado como un paciente más y también de pedirme el periódico tan pronto como asomo la cabeza. ¿Por qué no se lo compra, el viejo avaro? Pensé que, por una vez, le gastaría una broma. Cuando entré por la puerta del sótano, vi que la luz de la sala de archivos estaba encendida y, como la puerta estaba entreabierta, quise echar una ojeada. Y allí vi el cadáver. Sabía que no podían encontrame allí, especialmente si descubrían lo de las quince libras, de modo que no dije nada, salí por la puerta trasera y volví a entrar por la principal, como siempre. Desde entonces no lo he comentado a nadie. No puedo hacerlo, cariño, porque a finales de semana tengo que marcharme por lo de la Bollinger y la policía no me dejaría salir si les diera por sospechar de mí. Si no me marcho ahora, nunca en la vida volveré a tener esta oportunidad.

Por lo menos eso era verdad: tenía que marcharse en seguida. Aquello se había convertido en una obsesión. No era sólo el dinero, la libertad, el sol y los colores, sino que era la compensación final después de aquellos años de penuria, de monotonía, de lucha y de humillación. Tenía que marcharse con la Bollinger en el bolsillo. Quizás otros pintores no la habían conseguido pero habían acabado por triunfar. No él.

Y ahora podía perderlo todo. Aquella historia era poco convincente. Mientras hablaba, le había sorprendido su falta de coherencia, de verosimilitud. Pero se sostenía... por los pelos. No podía imaginar que ella descubriera que era falsa y, además, sabía que ni siquiera trataría de descubrirlo. Pero su reacción le sorprendió.

—¡A finales de semana! Quieres decir que te marchas a París casi dentro de nada... ¿Y la clínica? ¿Y tu trabajo?

—Por el amor de Dios, Jenny, ¿qué importancia tiene eso? Me marcharé sin avisarles... ya encontrarán a otro. Tendrán que arreglárselas sin mí.

—¿Y yo qué?

—Tú te vienes conmigo, naturalmente. Siempre he tenido la intención de llevarte conmigo. Seguro que tú lo sabías.

—No... —dijo ella y a él le pareció que su voz sonaba muy triste— no lo sabía.

Nagle trató de adoptar un tono confidencial, ligeramente teñido de reproche.

—Nunca te he dicho nada porque siempre he pensado que hay cosas que no es preciso decir. Ya sé que queda poco tiempo, pero así será más fácil y no tendrás que andar paseándote por tu casa, esperando que llegue el momento. Sólo conseguirías que sospecharan. Tienes pasaporte, ¿no? ¿No fuiste a Francia con las Guías en Semana Santa? Lo que yo propongo es que nos casemos cuanto antes con una licencia especial... al fin y al cabo ahora tenemos el dinero... y que escribas a tus padres desde París. Quieres venir, ¿verdad, Jenny?

De pronto ella se puso a temblar en sus brazos y Nagle sintió la cálida humedad de las lágrimas que le mojaban la cara.

—Creía que te ibas a marchar sin mí. Los días pasaban y nunca me has dado explicaciones. Por supuesto que quiero ir contigo. No me importa lo que pase con tal de que estemos juntos. Pero no podemos casarnos. Nunca te he dicho nada porque tenía miedo de que te enfadaras y que no quisieras saber nada de mí. No puedo casarme porque estoy casada.

El coche giró en dirección a Vauxhall Bridge Road, pero había mucho tráfico y circulaban despacio. Dalgliesh se recostó en su asiento como si tuviera todo el día por delante, aunque por dentro estaba muy inquieto. No encontraba ningún motivo lógico para aquella inquietud. Aquella visita a la clínica era pura especulación. Lo más probable es que Nagle, aunque hubiera pasado por la clínica, se hubiera marchado antes de que llegaran. Seguramente estaría apurando su pinta de la noche en algún pub de Pimlico. Al llegar a la esquina siguiente, el semáforo se puso rojo y el coche aminoró la marcha hasta detenerse por tercera vez en cien metros.

—No habría podido seguir con sus juegos durante mucho tiempo —dijo Martin de pronto—, ni siquiera matando a la señorita Bolam. Tarde o temprano, la señorita Fenton, u otra de las víctimas, habría acabado por presentarse en la clínica.

—Pero podría haber seguido el tiempo suficiente hasta conseguir la Bollinger —respondió Dalgliesh—. Y aunque el chantaje se hubiera descubierto antes de tener oportunidad de marcharse, ¿qué habríamos de probar?, ¿qué podemos probar ahora? Con Bolam muerta, ¿qué jurado podría descartar de manera segura que no era ella la chantajista? Nagle sólo habría tenido que decir que recordaba haber visto aquel sobre tan raro, escrito en tinta verde, y que él solía ponerlo con el correo de la oficial administrativa. Fenton confirmaría que, en su opinión, la autora de las llamadas era una mujer. Y por otra parte, no es raro que los chantajistas mueran de muerte violenta. Nagle no habría continuado el juego después de la llamada de la señora Fenton. Incluso esto le habría ayudado: la señorita Bolam muere y termina el chantaje. ¡Oh, conozco todos los argumentos en contra de esta teoría! Pero, ¿qué se puede probar?

—Querrá pasarse de listo —dijo Martin sin inmutarse—; siempre lo hacen. Claro que tiene a la chica bien cogida, pobre chiquilla. Si Jenny sigue aferrándose a esa historia según la cual no estuvo solo el tiempo suficiente para hacer esa llamada...

—Se aferrará a ella, pierda cuidado, sargento.

—Estoy seguro de que él no sabe lo de su marido. Si la considera peligrosa, seguramente querrá impedir que se vaya de la lengua casándose con ella.

—Lo que tenemos que hacer es detenerlo antes de que descubra que no puede casarse con ella —dijo Dalgliesh.

Nagle estaba escribiendo una carta en el cuarto de descanso de la Clínica Steen. Escribía con soltura. Las frases, fáciles y plagadas de mentiras, afloraban con naturalidad sorprendente. Mejor morirse que escribir aquella carta. Le habría resultado insoportable que otros ojos que no fueran los suyos hubieran leído aquel torrente de palabrería sentimentaloide y se lo hubieran atribuido a él. Pero aquella carta sólo la leería Jenny. Dentro de media hora, una vez hubiera servido a sus propósitos, la echaría a la caldera y aquellas frases zalameras no serían más que un recuerdo desagradable. Entretanto debía procurar que sonara convincente. Era facilísimo imaginar lo que Jenny esperaba que dijera, de modo que dio la vuelta al papel y escribió:

«Cuando leáis estas líneas, estaremos en Francia, juntos. Ya sé que esto os entristecerá mucho, pero tenéis que creerme si os digo que no podemos vivir separados. Sé que llegará un día en que podremos casarnos pero, mientras esperamos ese momento, Jenny estará a salvo conmigo y haré todo cuanto pueda para hacerla feliz. Procurad entendernos y perdonarnos, por favor.»

—¿Te parece bien?

—Supongo que sí —dijo, después de leerlo en silencio.

—Por el amor de Dios, nena, ¿es que hay algo que no te gusta?

Sintió una sombra de ira al ver que todo aquel estudiado esfuerzo podía parecerle insuficiente. Él esperaba y creía merecer su sorprendida gratitud.

—No, nada —dijo ella quedamente.

—Entonces será mejor que escribas tu parte. No escribas a continuación. Coge otra hoja de papel.

Le deslizó otra hoja, procurando no mirarla a los ojos. Aquello se estaba haciendo muy largo y no estaba demasiado seguro del tiempo que le quedaba.

—Es mejor que seas breve —le dijo.

Ella cogió el bolígrafo, pero no hizo ningún intento de escribir.

—Es que no sé qué decir...

—No tienes que decir mucho, porque yo ya lo he dicho todo.

—Sí —dijo con profunda tristeza—, tú ya lo has dicho todo.

—Diles sólo que sientes causarles tristeza, pero que no puedes evitarlo. Algo así. ¡Por el amor de Dios, no te vas al fin del mundo! —dijo tratando de disimular el enfado creciente que dejaba traslucir su voz—. Todo está en tus manos, si quieren ir a verte, no se lo impediré. No exageres demasiado la nota. Ahora voy arriba a arreglar la cerradura del despacho de la señorita Saxon, pero cuando baje lo celebraremos. Sólo hay cerveza, pero esta noche, cariño, vas a beber cerveza y te va a gustar.

Cogió un destornillador de la caja de herramientas y se marchó a toda prisa antes de que ella tuviera tiempo de protestar. Lo último que vio fue su carita asustada siguiéndolo con la mirada, pero ella no le pidió que se quedara.

Una vez arriba, se puso un par de guantes de goma en un momento y forzó la puerta del botiquín de medicamentos peligrosos. Ésta cedió con un crujido tremendo, de modo que se quedó quieto un momento, esperando que ella lo llamase. Pero no oyó nada. Recordaba con toda claridad que, hacía unos seis meses, uno de los pacientes del doctor Baguley se había puesto violento y había perdido la cabeza. Nagle lo había vigilado mientras el doctor Baguley iba a llamar a la hermana para que trajera paraldehído. Nagle recordaba sus palabras perfectamente:

«Se lo diluiremos en cerveza. Sabe a rayos pero, mezclado con cerveza, apenas se nota. ¡Es curioso! Sólo una pizca, hermana lo máximo son dos centímetros cúbicos.»

Jenny, que no tenía costumbre de tomar cerveza, todavía lo notaría menos.

Se guardó el destornillador y la botellita azul de paraldehído en el bolsillo de la chaqueta sin más pérdida de tiempo y salió, iluminando el camino con la linterna. Todas las cortinas de la clínica estaban corridas, pero era importante que hubiera la mínima luz posible. Necesitaba disponer por lo menos de otra media hora sin ser molestado.

Jenny le miró sorprendida al ver que estaba de vuelta tan aprisa. Nagle se le acercó y la besó en la nuca.

—Lo siento, cariño, no tenía que haberte dejado sola. Había olvidado que podías ponerte nerviosa. De todos modos, esa cerradura puede esperar. ¿Cómo va la carta?

Ella se la pasó. Nagle le dio la espalda y se puso a leer aquellas pocas líneas, escritas a mano con sumo cuidado, tomándoselo a propósito con mucha calma. Pero estaba de suerte. Era una nota de suicidio tan clara y convincente como nunca se había leído en una investigación por fallecimiento. Si se la hubiera dictado, no habría salido mejor. Sintió una oleada de confianza y entusiasmo, como cuando un cuadro le estaba saliendo bien. Ahora ya nada podía interponerse en su camino.

Jenny había escrito:

«No puedo decir que sienta lo que voy a hacer. No tengo otra elección. ¡Estoy contenta! Todo sería perfecto si no supiera que lo que hago os entristece. Pero es lo único, lo mejor para mí. Por favor tratad de comprenderlo. Os quiero mucho, Jenny.»

Nagle dejó la carta sobre la mesa y se dispuso a servir la cerveza, escondiéndose para ello detrás de la puerta abierta del armario. ¡Cómo apestaba aquello! ¡Lo diluyó a toda prisa en la cerveza clara y espumosa y le gritó:

—¿Estás contenta?

—Ya sabes que sí.

—Entonces, bebamos. ¡Por nosotros, cariño!

—Por nosotros.

Al humedecer los labios en el líquido, la chica esbozó una mueca. Él se echó a reír.

—Pones una cara... Como si estuvieras bebiendo veneno. Trágatelo de una vez, mujer. ¡Así!

Nagle abrió la boca y vació el vaso de un trago. Ella se rió un poco y se tragó de golpe la cerveza. Entonces él tomó de sus manos el vaso vacío y la rodeó con sus brazos. Jenny se agarró a él, mientras éste notaba sus manos como compresas frías en la nuca. Liberándose del abrazo, Nagle la atrajo hacia la butaca. Luego, unidos uno contra el otro, se deslizaron al suelo y, se tumbaron sobre la alfombra, delante de la estufa. Él había apagado las luces y la cara de Jenny brillaba con el violento resplandor rojo del fuego, como si estuviera tumbada al sol. Lo único que se oía en medio de aquel silencio era el silbido del gas.

Nagle cogió uno de los cojines de una butaca y lo puso debajo de la cabeza de Jenny. Sólo uno porque para el otro tenía pensado otro fin: lo dejaría al pie de la estufa. Si Jenny se sentía cómoda en ese breve lapso de tiempo que va de la inconsciencia a la muerte era menos probable que se despertara. La rodeó con el brazo izquierdo y permanecieron callados muy juntos. De pronto, ella volvió su rostro hacia él y Nagle notó su lengua, húmeda y escurridiza como un pez, que se introducía entre sus dientes. Los ojos de la muchacha, negras pupilas bajo la luz de la estufa, ardían de deseo.

–Cariño –susurró–, cariño...

¡Dios santo, aquello era imposible! No podía hacer el amor con ella ahora. Seguro que cualquier patólogo de la policía podía averiguar cuándo había sido la última vez que una mujer había tenido relaciones sexuales. Por primera vez recurriendo a la obsesión de Jenny por la seguridad, murmuró:

–No podemos, cariño. No llevo nada encima y ahora no podemos arriesgarnos.

Jenny profirió un murmullo de resignación y se acurrucó contra él, con la pierna izquierda contra los muslos de Nagle. Allí estaba, tumbada, pesada e inerte, pese a lo cual él no se atrevía a moverse ni a hablar por miedo a entorpecer aquel fastidioso paso hacia la inconsciencia. Ya respiraba más profundamente, ya le echaba su aliento cálido y molesto en la oreja izquierda. ¡Dios mío!, ¿cuánto rato tendría que esperar todavía? Reprimiendo la respiración, aguzó el oído. De pronto, Jenny soltó un pequeño ronquido, como un animal satisfecho, y en seguida él notó bajo el brazo que el ritmo de su respiración cambiaba. Se produjo una especie de liberación física de la tensión y el cuerpo de la muchacha quedó relajado: estaba dormida.

Pensó que era mejor esperar unos minutos. No le sobraba mucho tiempo, pero tampoco se atrevía a correr demasiado. Era muy importante que no encontraran señales en su cuerpo y sabía que no podía soportar una pelea. Pero ahora ya no podía hacerse atrás. Si se despertaba y trataba de resistírsele, tendría que llevar a cabo su plan fuera como fuera.

De modo que esperó, tumbado como ella y tan quieto que parecían dos cadáveres que fueran quedándose yertos en un último y estilizado abrazo. Al cabo de un rato se levantó con cuidado, se apoyó en el codo derecho y la miró. Tenía el rostro sonrojado, la boca entreabierta, el breve labio superior medio curvado, mostrando sus dientecillos de niña. Se podía oler el paraldehído en su aliento. Estuvo contemplándola un momento, observando la longitud de aquellas pestañas claras sobre las mejillas, la línea ascendente de las cejas y las sombras que proyectaban los anchos pómulos. Era curioso que nunca hubiera pintado aquel rostro... pero ya era demasiado tarde para pensar en aquella posibilidad.

Murmuró unas palabras mientras la llevaba en brazos hasta la boca de la estufa de gas.

—Todo va bien, Jenny, cariño. Soy yo. Te estoy poniendo cómoda. Todo va bien, cariño.

Pero de hecho era a sí mismo a quien estaba tranquilizando.

Había espacio de sobra junto a aquella estufa inmensa y pasada de moda, incluso con el cojín. El suelo de la estufa quedaba a pocos centímetros del suelo. Agarrándola por las paletillas, la fue empujando hacia adelante con suavidad. Después de afianzar el peso de su cabeza sobre la almohada, se aseguró de que las espitas del gas todavía estaban abiertas. La cabeza de Jenny giró ligeramente hacia un lado, de modo que la boca entreabierta, húmeda y vulnerable como la de un niño, quedó justo sobre ellas, preparada para engullir la muerte. Cuando él retiró sus manos de debajo de su cuerpo, Jenny lanzó un pequeño suspiro, como si finalmente se sintiera cómoda.

Volvió a mirarla de nuevo, satisfecho de su trabajo.

Y ahora había que darse prisa. Buscando unos guantes de goma en su bolsillo, actuó con extraordinaria rapidez, caminando sin hacer ruido, aspirando el aire a sorbos cortos, como si ya no pudiera soportar el sonido de su propia respiración. La nota de suicidio estaba encima de la mesa. Cogió el destornillador y lo envolvió con la mano derecha de la muchacha apretando su palma contra el mango resplandeciente y las yemas de los dedos alrededor de la base de la hoja. ¿Era así como habría cogido la herramienta? Más o menos. Dejó el destornillador sobre la nota de suicidio.

Luego lavó el vaso en que había bebido él y volvió a dejarlo en el armario y a continuación sostuvo el trapo de los platos delante del fuego de la estufa durante un buen rato hasta que la mancha de humedad se evaporó. Apagó el fuego. Allí no tenía que preocuparse por las huellas. Nada podía demostrar cuándo había sido encendida por última vez. Dudó un poco acerca de lo que debía hacer con la botella de paraldehído y el vaso de Jenny, pero finalmente decidió dejarlos sobre la mesa, junto con la nota y el destornillador. Lo más natural era que hubiera bebido sentada en la mesa y que luego se hubiera tumbado junto a la estufa al sentir los primeros síntomas de somnolencia. Borró sus propias huellas de la botella, presionó la mano izquierda de la chica contra ella y luego el tapón con el índice y el pulgar de la mano derecha de Jenny. Casi le daba miedo tocarla, pese a que ahora estaba profundamente dormida. Al primer contacto, su mano le pareció cálida y relajada, como si no tuviera huesos. Le repugnó aquella flaccidez laxa, aquel contacto sin comunicación, sin deseo. Después de hacer lo mismo con el vaso y con la botella de cerveza, se sintió satisfecho: ya no tendría que tocarla más que una vez.

Para terminar cogió la carta que él había dirigido a los Priddy y los guantes de goma y lo echó a la caldera. Ahora sólo faltaba abrir la llave del gas. Quedaba a la derecha de la estufa, al alcance de su fláccido brazo derecho, de modo que le cogió la mano, apretó el índice y el pulgar contra la llave y la abrió. En seguida se oyó el suave silbido del gas mientras iba saliendo. Se preguntó cuánto tiempo tardaría. Seguramente, no demasiado. Quizá todo sería cuestión de minutos. Apagó la luz y se marchó, cerrando la puerta al salir.

Fue entonces cuando se acordó de las llaves de la puerta principal. Tenían que encontrarlas encima de la chica. El corazón se le quedó casi paralizado cuando se dio cuenta de lo fatal que habría sido cometer ese error. Volvió a entrar en la habitación ayudándose con la linterna, se sacó las llaves del bolsillo y, conteniendo la respiración para no inhalar gas, las puso en la mano izquierda de Jenny. Cuando oyó maullar a *Tigger* ya estaba en la puerta. Debía de haberse quedado dormido debajo del armario, pero ahora se paseaba tranquilamente alrededor del cuerpo de la chica y extendía una pata vacilante hacia su pie derecho. Nagle descubrió que se sentía incapaz de volverse a acercar a aquel cuerpo.

—Ven aquí *Tigger* —susurró—. ¡Ven aquí, hombre!

El gato dirigió los ojos ambarinos hacia él y pareció considerar la idea, aunque sin ninguna emoción y sin ninguna prisa. Luego cruzó el umbral de la puerta lentamente. Nagle puso el pie debajo de su suave panza, izó al gato y lo hizo saltar fuera de la habitación de un puntapié.

—¡Maldito bobo!, sal de aquí, ¿o quieres perder tus siete vidas de golpe? ¡Eso mata!

Cerró la puerta y el gato, repentinamente activo, salió disparado hacia la oscuridad.

Nagle se dirigió a oscuras hacia la puerta trasera, tanteó el pestillo con la mano y salió. Luego se quedó quieto un momento, con la espalda pegada a la puerta, para asegurarse de que el callejón estaba vacío. Ahora que ya todo había terminado, empezaba a sentir los síntomas de la tensión. Tenía la frente y las manos empapadas en sudor y le costaba respirar. Aspiró profundamente el aire húmedo y terriblemente frío de la noche. La niebla no era densa, apenas una neblina, y veía el brillo del farol que señalaba el final de la callejuela como una mancha amarilla en medio de la oscuridad. Aquel resplandor, situado apenas a unos cuarenta metros, representaba la seguridad. Sin embargo, de pronto le pareció inalcanzable. Como un animal metido en su guarida, miró aquel peligroso farol con horrorizada fascinación y quiso mover unas piernas que habían perdido toda su fuerza. Agazapado en la oscuridad, escondido en el umbral de la puerta con la espalda pegada a la madera, luchó para controlar el pánico. Al fin y al cabo, no tenía excesiva prisa. Dentro de poco huiría de aquel falso santuario y dejaría atrás el callejón. Luego sólo tendría que entrar en la plaza por el otro lado y esperar a que el primero que pasara por casualidad lo viera golpeando inútilmente la puerta principal. Incluso tenía pensado lo que diría: «Es mi novia. Creo que está aquí dentro, pero no quiere abrir. Esta tarde he estado con ella y, cuando se ha marchado, me he dado cuenta de que me faltaban las llaves. Estaba muy rara. Será mejor que vaya a buscar a la policía. Voy a romper esta ventana».

Luego el estrépito de los cristales rotos, la carrera hacia el sótano y la oportunidad de volver a cerrar la puerta trasera con pestillo antes de que los apresurados pasos se le echaran encima. Ya habría pasado lo peor. A partir de entonces, todo sería muy fácil. A las diez ya se habrían llevado el cuerpo, la clínica estaría vacía y en seguida pasaría al último acto.

En el Embankment el tráfico estaba casi parado. Debía de haber función en el Savoy.

—Ahora no hay nadie de guardia en la clínica, ¿no? —preguntó Dalgliesh de pronto.

—No, señor. Se acordará de que esta mañana le he preguntado si era necesario enviar a un hombre y usted me ha dicho que no.

—Me acuerdo.

—Al fin y al cabo, señor, no parecía muy necesario. Ya habíamos registrado el sitio a fondo y no es que andemos sobrados de hombres.

—Ya lo sé, Martin —repuso Dalgliesh, enojado—. Aunque

pueda sorprenderle, éste es el motivo de que tomara esa decisión.

El coche volvió a pararse.

—¿Qué demonios está haciendo? —dijo Dalgliesh sacando la cabeza por la ventanilla.

—Lo hace lo mejor que puede, señor.

—Eso es lo que más nervioso me pone. Vamos, sargento. ¡Nos bajamos! El resto del camino lo haremos a pie. Seguramente es una tontería pero, cuando lleguemos a la clínica, cubriremos las dos salidas. Usted vaya hacia la trasera.

Si Martin se sorprendió, no era propio de su naturaleza demostrarlo. El viejo parecía tener algo entre ceja y ceja. Lo más seguro era que Nagle hubiera regresado a su piso y que la clínica estuviera cerrada a cal y canto. Parecerían un par de locos entrando furtivamente en un edificio vacío. De todos modos, pronto lo sabrían. Reunió todas sus energías para marchar al mismo paso que el superintendente.

Nagle nunca supo cuánto tiempo estuvo esperando en el umbral de la puerta doblado casi por la mitad y resollando como un animal. Sin embargo, al cabo de un rato, volvió a recobrar la calma y, con ella, el uso de las piernas. Avanzó furtivamente hacia adelante, trepó por la verja trasera y se dejó caer en el callejón. Andaba como un autómata, con los brazos rígidos pegados a los lados y los ojos cerrados. De pronto oyó unos pasos y, al abrir los ojos, vio una voluminosa silueta, recortada contra la luz del farol, que le resultaba familiar. Se acercaba a él despacio, inexorablemente, a través de la niebla. El corazón le dio un vuelco y se puso a latir locamente haciendo temblar todo su cuerpo. Al sentir el primer impulso fatal de echar a correr, notó las piernas pesadas y frías como la muerte. Pero por lo menos su cerebro empezó a trabajar. Mientras pudiera pensar, había esperanza. Era más listo que ellos. Con un poco de suerte, ni siquiera se les ocurriría entrar en la clínica. ¿Por qué habrían de hacerlo? Además, era seguro que ahora ya estaba muerta. Si Jenny estaba muerta, podían sospechar lo que quisieran, pero no podían probar nada.

La linterna iluminó la cara de lleno y luego escuchó aquella voz pausada y sin enfásis.

—Buenas noches, joven. Esperábamos encontrarle aquí. ¿Entra o sale?

Nagle no contestó, pero distendió los labios dibujando algo parecido a una sonrisa. Podía imaginar el aspecto que debía de tener bajo aquella luz tan potente: el rostro de un muerto, la boca abierta por el miedo, la mirada fija.

Fue entonces cuando sintió un roce contra las piernas. El policía se agachó y recogió al gato, sosteniéndolo entre ambos. Casi al instante el gato empezó a ronronear, estremeciéndose de satisfacción al contacto de aquella mano cálida.

—De modo que *Tigger* está aquí. Lo ha dejado salir, ¿no? ¿Han salido juntos?

De pronto los dos se habían dado cuenta del hecho y sus ojos se habían encontrado: del cálido pelo del gato emanaba un olor a gas, débil pero inconfundible, que quedó suspendido entre ambos.

Para Nagle, la media hora siguiente transcurrió en un confuso torbellino de ruidos y luces cegadoras que hacían surgir con sorprendente claridad nítidas imágenes que quedaron impresas para siempre en su mente. No recordaba al sargento Martin arrastrándolo y haciéndolo saltar de nuevo por encima de la verja de hierro; sólo se acordaba de cómo lo agarraba, haciendo presa en él como un torniquete y dejándole el brazo entumecido y recordaba también el vaho acre y caliente del aliento de Martin proyectándose sobre su oreja. Hubo un golpe violento seguido del triste tintineo de cristales rotos cuando alguien abrió de una patada la ventana del cuarto de los vigilantes, luego se oyó un silbido agudo, pasos apresurados y confusos en las escaleras de la clínica y notó unos focos de luz que herían sus ojos. En una de las imágenes Dalgliesh estaba agachado sobre el cuerpo de la chica, con la boca abierta como una gárgola conectada con la boca de Jenny mientras insuflaba aire con fuerza en sus pulmones. Parecía que los dos cuerpos estuvieran luchando, unidos por un beso tan obsceno como el rapto de la muerte. Nagle no dijo nada. Tenía prácticamente la mente en blanco, aunque el instinto le advertía que era mejor no decir palabra. Inmovilizado contra la pared por unos fuertes brazos, observaba fascinado el movimiento febril de los hombros de Dalgliesh cuando, de pronto, sintió lágrimas en los ojos. Enid Bolam estaba muerta, Jenny estaba muerta y él se sentía cansado, desesperadamente cansado. No había querido matarla. Era la señorita Bolam la que lo había empujado a meterse en el peligroso embrollo del asesinato. Ni Jenny ni ella le habían dejado otra elección. Y ahora había perdido a Jenny, puesto que Jenny estaba muerta. Al enfrentarse contra la enormidad de la injusticia que le habían obligado a cometer sintió, sin sorprenderse, un cálido torrente de lágrimas de autocompasión que le surcaba el rostro.

De pronto la habitación se llenó de gente. Había muchos hombres uniformados, uno de ellos tan corpulento como un Holbein, con mirada de cerdo, que se movía lentamente de un lado a otro. Se oyó el silbido del oxígeno y un murmullo de voces que parecían consultarse cosas entre sí. Luego, unas manos cuidadosas y experimentadas colocaron algo encima de una camilla: un bulto envuelto en una manta roja que rodó hacia un lado tan pronto como lo levantaron en la camilla. ¿Por qué la trasladaban con tanto cuidado si ya no podía sentir las sacudidas?

Dalgliesh no habló hasta que se hubieron llevado a Jenny.

—Muy bien, sargento —dijo, sin mirar a Nagle—. Lléveselo a jefatura. Allí podrá contarnos todo lo que tenga que decirnos.

Nagle movió la boca, pero tenía los labios tan secos que percibió el crujido de la piel. Pasaron unos segundos antes de que le salieran las palabras, pero a partir de entonces ya nada pudo pararlo. Aquella historia tan cuidadosamente ensayada brotó de sus labios como un torrente, impetuoso pero poco convincente.

—No hay nada que contar. Ha ido a verme a mi piso y hemos pasado la tarde juntos. He tenido que confesarle que debía marcharme sin ella. Se lo ha tomado muy mal y, cuando ya se había ido, me he dado cuenta de que me faltaban las llaves de la clínica. Como sabía que estaba un poco nerviosa, he pensado que lo mejor que podía hacer era acercarme hasta aquí. Hay una nota encima de la mesa. La ha dejado ella. Como he visto que estaba muerta y que no podía hacer nada por ella, me he marchado. No quería que me involucraran en el asunto. Tengo que pensar en la Bollinger. No me conviene verme envuelto en un suicidio.

—Será mejor que, de momento, no diga nada más dijo Dalgliesh, pero tendrá que procurar hacerlo mejor que ahora ¿sabe usted? La chica no nos ha dicho lo mismo. Esa nota que hay encima de la mesa no es la única que ha dejado.

Con lentitud deliberada, se sacó un trozo de papel doblado del bolsillo de la pechera y lo sostuvo a unos pocos centímetros de los ojos fascinados y aterrorizados de Nagle.

—Si esta tarde estaban ustedes juntos en su piso, ¿cómo puede explicar que encontráramos esta nota debajo de la aldaba de la puerta?

Fue entonces cuando Nagle se dio cuenta, con tremenda desesperación, de que, después de todo, la muerta, tan impotente y despreciada, todavía podía testificar contra él. Instintivamente alargó la mano para coger la nota, pero en seguida dejó caer el brazo. Dalgliesh volvió a guardársela en el bolsillo.

—¿De modo que esta noche vino aquí corriendo como un loco porque le preocupaba la seguridad de la muchacha? —dijo, mirando a Nagle de cerca—. ¡Qué conmovedor! En ese caso, permítame que le tranquilice: vivirá.

—Está muerta —dijo Nagle torpemente—. Se ha suicidado.

—Cuando la he dejado, respiraba. Mañana, si todo va bien, podrá contarnos qué ha pasado. Y no sólo lo que ha pasado aquí esta noche sino que también le haremos algunas preguntas acerca del asesinato de la señorita Bolam.

—¿Del asesinato de la señorita Bolam? —dijo Nagle soltando una terrible carcajada. Lo que es esto, no me lo cargaréis, y voy a deciros por qué, pobres bobos: porque yo no la maté. Si queréis poneros en ridículo, ¡adelante! No permitáis que os lo impida. Pero, os lo advierto, si me detenéis por el asesinato de la señorita Bolam, ¡haré que vuestros nombres apesten en todos los periódicos del país! —dijo levantando el puño contra Dalgliesh—. Vamos, superintendente, adelante ¡Acúsame! ¿Qué te lo impide? Has sido muy listo al resolverlo todo, ¿no? Pero te has pasado de listo, ¡maldito poli arrogante!

—No le estoy acusando de nada —dijo Dalgliesh—. Lo único que hago es invitarlo a acompañarnos a jefatura para que conteste algunas preguntas y haga una declaración. Si quiere un abogado, tiene derecho a pedirlo.

—Lo haré, pero de momento no lo necesito. No tengo prisa, superintendente. Estoy esperando una visita, ¿sabe usted? Quedamos en encontrarnos aquí a las diez y casi es la hora. Tengo que decirle que habíamos pensado que estaríamos solos y la verdad es que no creo que la persona que he citado esté demasiado contenta de encontrarlos aquí. De todos modos, si quiere conocer al asesino de la señorita Bolam, será mejor que no se vayan. A la persona que estoy esperando le han enseñado a ser puntual.

De pronto sintió que ya no tenía miedo. Sus ojos castaños volvían a ser inexpresivos, estanques turbios donde sólo el iris brillaba con vida propia. Martin, que todavía tenía a Nagle agarrado por los brazos, sintió que sus musculos volvían a tensarse, que recobraba confianza. Pero antes de que nadie tuviera tiempo de hablar, los oídos de todos captaron el sonido de unos pasos. Alguien acababa de entrar por la puerta del sótano y avanzaba lentamente por el pasillo.

Dalgliesh se situó junto a la puerta de una silenciosa zancada y se apretó contra ella. Los pasos tímidos y vacilantes se quedaron fuera. Tres pares de ojos vieron girar el pomo de la puerta, primero hacia la derecha, y luego hacia la izquierda.

—¡Nagle! ¿Estás aquí? ¡Nagle! —decía una voz suave—. Abre la puerta.

De un solo movimiento, Dalgliesh se hizo a un lado y abrió la puerta de un golpe. Involuntariamente, la pequeña silueta avanzó bajo el resplandor de las luces fluorescentes. Unos inmensos ojos grises se abrieron como platos y empezaron a pasearse de un rostro a otro. Eran los ojos de una niña que no comprendía nada. Gimoteando, apretó el bolso contra el pecho en un repentino gesto protector como si estuviera defendiendo a un bebé. Librándose de Martin, Nagle se lo arrancó de las manos y lo arrojó a Dalgliesh. El bolso cayó directamente en las manos del detective, que notó en sus dedos el pegajoso tacto del plástico cálido y barato. Nagle procuró no alterar el tono de su voz, aunque no pudo evitar que sonara entusiasmada y triunfante.

—Ábralo y eche un vistazo, superintendente. Lo encontrará todo. Voy a decirle de qué va: una confesión firmada del asesinato de la señorita Bolam y cien libras en billetes, primer pago a cuenta por mantener cerrada la boca. Lo siento, chica —dijo, dirigiéndose a la visitante—. Yo no lo había planeado así. Estaba plenamente decidido a no decir nada de lo que vi, pero las cosas han cambiado desde el viernes por la noche. Ahora tengo que preocuparme de mis propios problemas y ya nadie va a colgarme ninguna acusación por asesinato. Nuestro pequeño contrato ha tocado a su fin.

Pero Marion Bolam se había desmayado.

Dos meses más tarde, un tribunal de magistrados sometió a Marion Grace Bolam a juicio, acusada del asesinato de su prima. El caprichoso otoño había dado paso a un crudo invierno y Dalgliesh regresaba solo a jefatura bajo un cielo gris encapotado, que parecía combarse con el peso de la nieve. Habían empezado a caer los primeros copos que se derretían al caer sobre su rostro. En el despacho de su jefe las luces estaban encendidas y las cortinas corridas, escondiendo el resplandeciente río, aquel collar de luz que rodeaba el Embankment y toda la helada inactividad de un atardecer de invierno. Redactó su informe brevemente y el jefe le escuchó en silencio.

—Supongo que procurarán alegar responsabilidad menor. ¿Cómo estaba la chica? —preguntó.

—Perfectamente tranquila —dijo Dalgliesh—, como una niña que sabe que ha hecho algo que no debía y que se porta lo mejor que puede para ganarse el perdón de los mayores. Tengo la impresión de que no experimenta ningún sentimiento de culpabilidad, excepto el típico de las mujeres cuando se las coge con las manos en la masa.

—Era un caso bastante claro —dijo el jefe—: el sospechoso y el móvil obvio.

—A primera vista, demasiado obvio para mi gusto —dijo Dalgliesh con amargura—. Si este caso no me cura el engreimiento, ya nada lo hará. Si hubiera prestado más atención a lo evidente, quizá me habría preguntado por qué la chica no volvió a Rettinger Street hasta pasadas las once, cuando terminaba la emisión de televisión. Había estado con Nagle, está claro, arreglando los pagos del chantaje. Al parecer se encontraron el el parque St. James. Cuando Nagle entró en la sala de historiales y la encontró agachada junto al cadáver de su prima, comprendió lo que había pasado. Seguramente la vio antes de que ella oyera nada y se hizo cargo del asunto con su eficacia habitual. Naturalmente, fue él quien se ocupó de colocar cuidadosamente el fetiche sobre el cadáver. Este detalle llegó a desconcertarme. De algún modo, no conseguía imaginarme a Marion Bolam en aquel despectivo gesto final. Pero era el crimen obvio, perfectamente obvio. Casi ni intentó esconderlo. Llevaba los guantes de goma que había usado metidos en el bolsillo de su uniforme. Las armas que utilizó eran las que encontró más a mano. No trató de incriminar a nadie. Ni siquiera intentó actuar inteligentemente. Hacia las seis y doce llamó a la oficina general y pidió a Nagle que no bajara aún a recoger la ropa. Nagle no pudo resistir mentir acerca de aquella llamada que, dicho sea de paso, volvió a brindarme otra posibilidad de mostrarme perspicaz en exceso. Luego llamó a su prima. No podía estar totalmente segura de que Enid bajaría sola y tenía que dar una excusa de peso, de modo que esparció los historiales por el suelo. Luego esperó en la sala de archivos a que llegara su víctima, con el fetiche en la mano y el escoplo en el bolsillo del uniforme. Tuvo la mala suerte de que Nagle entrara a escondidas en la clínica después de haber salido con el correo. Nagle había escuchado la conversación de la señorita Bolam con el secretario y quería hacerse con el historial de Fenton. Le parecía que lo más seguro era echarlo en la caldera del sótano. Sin embargo, el hecho de descubrir el asesinato le obligó a cambiar sus planes y ya no volvió a presentársele ninguna otra oportunidad cuando se descubrió el cadáver y se clausuró la sala de archivos. Sin embargo, la enfermera Bolam, no tuvo tiempo de escoger. El jueves por la noche se enteró de que Enid tenía la intención de modificar el testamento. El viernes por la tarde había sesión de ácido lisérgico y era el día que le caía más cerca. Tendría el sótano para ella sola. No podía actuar antes ni tampoco se atrevía a hacerlo más tarde.

—A Nagle ese asesinato le venía de perlas —dijo el jefe—. No debe echarse las culpas por haberse fijado sólo en él. Pero si insiste en seguir compadeciéndose no espere que le estropee la diversión.

—Quizás el asesinato le conviniese, pero no era necesario —repuso Dalgliesh—. ¿Por qué tenía que haber matado a la señorita Bolam? La única ambición de Nagle, aparte de hacer dinero fácil, era conseguir la Bollinger y marcharse a Francia sin que nadie se enterara. Supongo que sabía que sería difícil que le acusaran del chantaje de Fenton, aunque el secretario decidiera recurrir a la policía. Y de hecho, seguimos sin tener pruebas suficientes para acusarlo. Pero el asesinato es otra cosa. Cualquier persona relacionada con un asesinato, puede ver desbaratados todos sus planes. Hasta a los inocentes les puede costar librarse de las posibles salpicaduras. Lo único que hizo el asesinato de Bolam fue conseguir que él corriera mayor peligro. Pero asesinar a Priddy fue un asunto muy distinto. De un solo tiro protegía su coartada, se libraba de un estorbo y tenía la oportunidad de casarse con la heredera de casi treinta mil libras. Sabía que no tenía nada que hacer si Marion Bolam se enteraba de que Priddy había sido su amante. Por algo era prima de Enid Bolam.

—Por lo menos le tenemos como cómplice y eso le mantendrá fuera de circulación durante un tiempo —dijo el jefe—. No es que no me alegre de que los Fenton se hayan librado de la penosa experiencia de presentar pruebas, pero dudo que la acusación por intento de asesinato pueda mantenerse, a no ser que la Priddy cambie de opinión. Si ella insiste en corroborar la versión de Nagle no iremos a ninguna parte.

—No va a cambiar de opinión —dijo Dalgliesh con amargura—. Claro que Nagle no quiere verla, pero eso no modifica la situación. Lo único en que ella piensa es en hacer planes para la vida que llevarán juntos tan pronto como él salga. Y que Dios la ayude cuando él salga.

El jefe removió irritado su enorme cuerpo en el asiento, cerró el informe y lo pasó por encima de la mesa a Dalgliesh.

—Ni usted ni nadie puede hacer nada. Es el tipo de mujer que va tras su propia destrucción. A propósito, ha venido a verme ese artista... Sugg. ¡Qué ideas tan extravagantes tiene esa gente sobre los procesos judiciales! Le he dicho que el asunto ya no dependía de nosotros y le he mandado donde corresponde. ¿Sabe que quiere pagar el abogado de Nagle? Dijo que si cometíamos un error el mundo perdería un gran talento.

—De todos modos, lo perderá —repuso Dalgliesh, pensando en voz alta—. Me pregunto cómo tendría que ser de bueno un pintor para que lo soltaran con una acusación de asesinato sobre sus espaldas como la que pesa sobre las de Nagle. ¿Como Miguel Ángel? ¿Como Velázquez? ¿O acaso como Rembrandt?

—Bueno —respondió el jefe, dando por zanjada la cuestión—, si tuviéramos que hacernos esta pregunta, no seríamos policías.

En el despacho de Dalgliesh, el sargento Martin estaba ordenando unos papeles y, después de levantar los ojos para mirar a su superior, pronunció un imperturbable «Buenas noches, señor» y se marchó. Había ciertas situaciones que su sencilla naturaleza le aconsejaba prudentemente evitar. Cuando acababa de cerrar la puerta, justo al salir, sonó el teléfono. Era la señora Shorthouse.

—¡Hola! —exclamó la mujer—. ¿Es usted? Me ha costado un montón dar con usted. Hoy le he visto en el juicio. Supongo que usted no ha debido de verme. ¿Cómo está?

—Bien, gracias, señora Shorthouse.

—Como supongo que no volveremos a vernos se me ha ocurrido llamarle para saludarle y contarle las últimas noticias. ¡La de cosas que han pasado en la clínica...!, se lo digo yo. Para empezar, la señorita Saxon se marcha. Se va a trabajar a un centro para niños subnormales que hay en el norte. Lo llevan católicos romanos. ¡Es curioso eso de marcharse a trabajar a un convento! En la clínica nunca ha habido nadie que hiciera una cosa parecida.

Dalgliesh dijo que lo comprendía perfectamente.

—A la señorita Priddy la han trasladado a una de las clínicas de enfermedades respiratorias que posee la sociedad. El señor Lauder ha considerado que le convenía cambiar. Ha tenido una trifulca tremenda con sus padres y ahora vive sola en una casa de huéspedes de Kilburn. Pero, bueno, eso usted ya lo debe de saber. La señora Bolam se ha ido a vivir a un asilo carísimo que está cerca de Worthing gracias a la parte que le ha tocado de la herencia de Enid... claro. ¡Pobre mujer! Me sorprende que se haya decidido a tocar un solo penique de ese dinero.

A Dalgliesh le sorprendía, pero no se lo dijo.

—Y luego está lo del doctor Steiner —prosiguió la señora Shorthouse—. Se va casar con su esposa.

—¿Qué ha dicho usted, señora Shorthouse?

—Bueno... a volverse a casar. Lo han decidido así, de pronto. Se habían divorciado y ahora se vuelven a casar. ¿Qué le parece?

Dalgliesh dijo que lo importante era lo que pudiera parecerle al doctor Steiner.

—¡Oh!, ése está más contento que un perro con collar nuevo. Y un collar nuevo es lo único que va a sacar, si quiere que se lo diga. Corre el rumor de que la Junta Regional va a cerrar la clínica y va a trasladar a todo el personal a un departamento para pacientes externos de un hospital. ¡Bueno, ya está bien! Primero apuñalan a una, después casi asfixian a otra y ahora un juicio por asesinato. ¡No es muy bonito, no! El doctor Etherege dice que lo lamenta por los pacientes... pero yo no soy de esas personas a las que les gusta hacer comentarios. Las cifras no han subido ni la mitad desde el pasado octubre. Eso le habría gustado a la señorita Bolam. Siempre andaba preocupada con las cifras. Y figúrese usted que, encima, hay gente que anda diciendo que no habríamos tenido todos estos problemas con Nagle y Priddy si usted hubiera atrapado al culpable a la primera. Lo cierto es que no me parece que anden muy equivocados. Lo que yo digo es que usted lo hizo lo mejor que pudo y que no hay nada que lamentar.

¡Nada que lamentar! De modo que ésas eran las consecuencias del fracaso, pensó Dalgliesh con bastante amargura al colgar el teléfono. Ya tenía suficiente con su propia autocompasión corrosiva y amarga sin tener que aguantar las peroratas moralizadoras del jefe, el tacto de Martin y la condolencia de la señora Shorthouse. Si quería librarse de aquel profundo abatimiento que lo invadía debía tomarse un respiro después de tanto asesinato y de tanta muerte, dar un paseo aquella misma tarde y alejarse de la sombra del chantaje y del asesinato. Se le ocurrió de pronto que lo que más necesitaba era salir a cenar con Deborah Riscoe. Por lo menos, se decía irónicamente, sería un cambio de problema.

Ya tenía la mano en el teléfono cuando se detuvo, paralizado por una antigua cautela, una antigua incertidumbre. Temía que le disgustase recibir una llamada en su despacho, precisamente en la casa Hearne e Illingworth. Pero se acordó de su imagen la última vez que se habían visto y descolgó el teléfono. No entendía por qué no iba a poder cenar con una mujer atractiva sin necesidad de pasar por todo aquel morboso autoanálisis preliminar.

La invitación no le comprometía a nada trascendental: simplemente a procurar que ella pasara una velada agradable y a pagar la cuenta. Y por otra parte, tenía todo el derecho a llamar a sus editores.

Título de la edición original: *A Mind to Murder*
Traducción del inglés: Roser Berdagué Costa
Diseño de la colección: Winfried Bährle
Ilustración: H. Elena/M. Dédalo

Círculo de Lectores, S.A.
Valencia, 344, 08009 Barcelona
1 3 5 7 9 2 9 0 4 8 6 4 2

Licencia editorial para Círculo de Lectores
por cortesía de Ediciones Versal, S.A.

Depósito legal: B. 3101-1992
Fotocomposición: gama, s.a., Barcelona
Impresión y encuadernación: Printer industria gráfica, s.a.
N. II, Cuatro caminos s/n, 08620 Sant Vicenç dels Horts
Barcelona, 1992. Printed in Spain
ISBN: 84-226-3968-8
N.º 29652